AF194309

Gute Nacht, Mörder!

von

Renate C. Gust

*Bibliografische Information der Deutschen Nationalbibliothek:
Die Deutsche Nationalbibliothek verzeichnet diese Publikation
in der Deutschen Nationalbibliografie; detaillierte
bibliografische Daten sind im Internet über http://dnb.dnb.de
abrufbar.*

© 2020 Renate C. Gust
Cover – Gestaltung: Christina Weidemann
Cover – Bilder 1-4: by Pixabay
                1. Michel: chrgerhart
                2. Jungfernstieg: PaulSchneider
                3. Himmel: 12019
                4.Blut: Clcker-Free-Vector-Images
Coverrückseite: Rahmen: © 2018 pngkey.com
Buch - Layout: Jan Juhnke

Herstellung und Verlag: BoD – Books on Demand, Norderstedt

ISBN: 9783751998871

Dieses Buch ist ein Roman. Handlungen und Personen sind frei erfunden. Ähnlichkeiten mit lebenden oder toten Personen sind nicht gewollt und wenn dann, rein zufällig.

1.

Es war früher Morgen, als sein Handy mit Vibrationsalarm weckte. Schnell stand er auf und verließ das Bett, um seine noch schlafende Frau nicht zu wecken. Er nahm seine Wäsche unter den Arm und verzog sich unter die Dusche. Alles blieb ruhig im Haus, seine Töchter waren um diese Zeit noch nicht wach zu bekommen und er war froh, niemandem aus der Familie auf dem Weg zur Arbeit vorher zu begegnen. Die Dusche tat ihm gut, spät war es gestern Abend geworden. Ein leichtes Lächeln glitt über seine Lippen, als er an den Opernabend in der früheren Musikhalle, heute Laeiszhalle, dachte. Es gab Guiseppe Verdi´s "Nabucco". Die Kleine, wie er sie nannte, war hin und weg gewesen. Er lächelte spöttisch. Keine Kultur, kein wie auch immer geartetes Interesse an schönen Dingen, aber dreiundzwanzig Jahre und einen Körper wie aus dem Bilderbuch. Er hatte auch nichts anbrennen lassen, erst der Opernabend, dann gegenüber um die Ecke zum Italiener, dort einige Gläser Prosecco und schon hatte er sie da, wo er sie hinhaben wollte. Das Hotelzimmer nebenan war schon bestellt, sie war leicht betrunken, als er die Tür des Zimmers öffnet und sie direkt auf das breite französische Bett bugsierte.

Er war erst um 2 Uhr nachts nach Hause gekommen, hatte das Auto gleich draußen in der Einfahrt stehen lassen. 5.30 Uhr würde er sich Richtung Klinik bewegen. Es waren einige schwere Operationen am frühen Morgen angesetzt, da war es gut, vorher kalt und später nur lauwarm zu duschen. Das brachte den Kreislauf in Schwung. Nach dem Rasieren zog er sich an, ging kurz in die offene Küche, um sich einen frischen Orangensaft aus dem Krug im Kühlschrank zu holen. Nach zwei hastig getrunkenen Gläsern des Saftes stellte er den Krug zurück und nahm die von seiner Frau vorbereiteten Brote aus einer Tupper-Box und öffnete sie. Hmmh, kaltes Roastbeef mit einem Salatblatt und selbstgemachter Remoulade, so hatte er es gerne. Er verstaute die Brote in seinem Rucksack, sah in seinen Taschen des Jacketts nach, ob seine Autoschlüssel, das Portemonnaie und auch die Klinikschlüssel darin waren. Es versprach ein sonniger Tag zu werden, er legte das Sakko sorgsam über seinen Arm, griff nach dem Rucksack und verließ so geräuschlos wie möglich das Haus. Sein Auto stand in der Einfahrt, wie er es in der Nacht verlassen hatte. Er stieg ein, drückte kurz auf die eingespeicherte Nummer seines Smartphones. Eine dunkle Frauenstimme meldete sich. Er sagte: "Ich bin es. Sitze schon im Auto." Sie war seine Sekretärin, die ihm als Chefarzt der Klinik zustand und auf die in jeder Lebenslage Verlass war. Eine echte Perle. Sie kannte ihn in allen Facetten seines Lebens, war verschwiegen wie ein Buch und im Gegensatz zu seiner Ehefrau in keiner Weise bewertend oder verurteilend. Über die Jahre hatte er zu ihr ein enges Vertrauensverhältnis aufgebaut, was einzigartig für ihn war. Sie kannte die dunklen Seiten seines Lebens, auf seine Bitte hin hatte sie ihm schon mehrfach eine junge Dame aus einem Begleit-Service besorgt, wenn ihm eine der anstehenden Tagungen zu langweilig wurde. Er warf einen kurzen Blick auf seine Cartier -Uhr. "Ich denke, wenn die Elbbrücken noch frei sind, bin ich in einer guten halben Stunde bei Ihnen. Ja, danke. Bis gleich." Er verstaute das Handy und startete den Wagen. Der volle Sound des Achtzylinders ertönte. Sollen sie doch alle aus dem Bett fallen, dachte er. Der Papa muss ja auch schon um diese Zeit arbeiten fahren und das Geld verdienen, das ihr alle so mit vollen Händen ausgebt. Gerade gestern hatte es eine sehr heftige Auseinandersetzung mit seiner Frau und seiner Tochter gegeben. Seine Jüngste wollte in ein Tenniscamp in den Ferien fahren. 2.400 Euro für knappe 10 Tage Ferien. Er schluckte immer noch. Was sind das für Zeiten, wo Kinder für mehr als einen Monatslohn eines normalen deutschen Arbeitnehmers in den Schweizer Alpen Tennis spielen, fragte er sich. Klar, seine Frau hatte sich auf die Seite der Tochter geschlagen. Sie könne in diesem Training-Camp deutlich ihren Aufschlag verbessern und vor allen Dingen seien dort nur die Besten der Besten des europäischen Tennisnachwuchses eingeladen.

Man wisse nie, welches Kind welcher Eltern Marie da so träfe... Er hatte eingewilligt, wie immer. Aber gefallen hatte es ihm nicht. Vor allem nicht, dass seine Tochter es selber völlig in Ordnung fand, dass er dafür sein hartverdientes Geld bereitstellte.

Manchmal war er einfach zu konfliktscheu, wenn es um seine Familie ging. Er nahm sich vor, mit seiner Frau heute Abend darüber zu reden, ihr seine Position als Familienoberhaupt und Alleinverdiener deutlich zu machen. So jedenfalls ging es nicht weiter. Irritiert sah er auf. Im Rückspiegel nahm er kurz eine Bewegung wahr, irgendwas war hinter ihm... Er wollte etwas sagen, sich umdrehen. Dann erst spürte er die harte Schlinge um seinen Hals. Er hatte keine Chance, der Luftnot zu entkommen. Den Stich in seinen Oberarm einige Zeit später, spürte er schon nicht mehr. Seine Hände griffen zum Hals und schon umfing ihn tiefe schwarze Nacht. Unendlich tiefe Nacht.

*

Der Notruf ging um 05.43 Uhr bei der Polizeidienststelle ein. Nur wenige Minuten später klingelte das Handy von Conny Schmidt. Sie tastete nach dem schrillen Störenfried auf ihrem Nachttisch. "Ja, hmh... Wo"? Mühsam setzte sie sich auf, strich sich eine lose Haarsträhne aus dem Gesicht und nahm das Telefonat an... Mehrfach nickte sie, dann antwortete

9

sie seufzend: "Ja, ich brauche zwei Minuten, dann bin ich unterwegs". Sie sprang aus dem Bett und schlüpfte in ihre am Boden liegenden Sachen vom Abend zuvor, sprintete in die Küche, setzte den Wasserkocher auf und lief weiter ins Bad. Kurz die Schminkreste von gestern Abend aus dem Gesicht, dann die Haare bürstend, putzte sie ihre Zähne. Noch ein kurzer Blick in den Spiegel und schon war sie aus dem Badezimmer heraus. Das Cappuccino-Pulver schüttete sie in die Fernfahrer-Tasse, das kochende Wasser und den Deckel da drauf. Kurz schütteln und los. Noch im Treppenhaus zog sie den Reißverschluss ihrer halbhohen Stiefel hoch, nahm zwei Stufen auf einmal, um kurz vor der Haustür ihre Jacke zu schließen und sich die Wollmütze auf den Kopf zu setzen. Nur zwei Häuserecken weiter stand ihr Wagen. Sie hasste es, am späten Abend nach Hause zu kommen und mindestens zwei Runden um den Block fahren zu müssen, um irgendwo ihren Xedos zu parken. Aber was sie noch mehr hasste, waren Tote, die definitiv zu früh für ihre persönliche Wohlfühlzeit gefunden wurden. Ihre bevorzugte Reihenfolge am Morgen war folgende: Erst sich vom Handy wecken lassen, beim zweiten Alarm aufstehen, dann ihr geliebtes morgendliches Ritual von Dusche, Anziehen, Kaffee, Zigarette und noch einmal Kaffee. Danach erst konnte der Tag beginnen, mit wie vielen Toten auch immer. Es war noch dunkel, als sie ihr Auto aufschloss und sich auf den Sitz fallen ließ. Das Leder quietschte leicht und erinnerte sie daran, dass sie seit dem Sommer schon die gekaufte Lederpflege-Creme in ihrer viel zu großen Handtasche hatte. Wiedermal nicht geschafft. Ihre Mutter würde sagen: „Nix gekonnt!" Sie prustete kurz. Es war kalt, viel zu kalt, obwohl der eigentliche Winter noch einige Wochen entfernt lag. Nach Starten des Motors klickte sie auf die Taste der Sitzheizung und lächelte leicht. Was für ein Glück, dass sie das Auto noch im Internet gefunden hatte. „Einmal Xedos, immer Xedos!", hatte ihr Mazda-Verkäufer vor knapp sieben Jahren zu ihr gesagt und er hatte recht behalten. Dieses Auto passte zu ihr, wie nur Weniges in ihrem Leben. Ihr erster Xedos, Baujahr 1993, hatte sie bis vor kurzem begleitet. Danach hatte sie ihn für wenig Geld in liebevolle Hände gegeben. Der Käufer kannte die Vorzüge des Wagens und hatte im Gegensatz zu ihr Mechaniker-Wissen, um die anstehenden Reparaturen alleine zu bewerkstelligen. Nach nur drei Wochen ohne Auto war ihr klargeworden: ein Leben ohne Xedos, war kein Leben für sie. Ein sanftes, fast intim zu nennendes Motorengeräusch, ein V6- Motor, der gerne und ausdauernd schnell gefahren werden wollte, sowie die Annehmlichkeiten einer großen Limousine mit Leder und Sitzheizung hatten ihr Herz in Kürze erobert und so war dieser 1998er Xedos sicherlich nicht der letzte seiner Art, den sie im Leben noch zu fahren gedachte.

Sie fuhr in Richtung Mühlenkamp, bog links in den Poelchaukamp, vorbei bei ihrem Stamm-Eiscafe auf der linken Straßenseite. Das beste Eis der Stadt wurde dort in einem kleinen, fast imbiss-artig aussehenden Laden angeboten. In Sommerzeiten bildeten sich Menschenschlangen bis weit in den Mühlenkamp hinein. Doch die weiß-rote Eis-Fahne wehte heute nicht, wahrscheinlich hatte es die Besitzer in den wohlverdienten Urlaub verschlagen, mehrere Monate in den Süden Spaniens. Sie hatten einige Wohnungen in Andalusien, vermieteten diese auch und Conny konnte sich daran erinnern, eine Visitenkarte vom Eis-Cafe-Besitzer in die Hand gedrückt bekommen zu haben: "Hier, wenn Sie mal richtig Urlaub machen wollen...". Sie grinste leicht. Von wollen konnte bei ihrem Job keine Rede sein. Dauerhaft unterbesetzt in der Abteilung, dauerhaft im Einsatz, weil die bösen Buben und Damen dieser Stadt einfach nicht einen Monat aufhören konnten, zu morden. Als sie mit ihren Kollegen selbst an ihrer internen Weihnachtsfeier ausrücken mussten, um einen mit sechs Messerstichen getöteten Kosovo-Albaner in einer Spelunke im Hamburger St. Pauli–Viertel in die Gerichtsmedizin transportieren zu lassen und allen angetrunkenen Besuchern der Kneipe Fragen zu Tatzeit und -Tathergang stellten, war Conny schon damals klar: das wird ein verdammt hartes Jahr. Sie schaute kurz auf ihre Armbanduhr. Kurz nach Fünf und schon einige Autos auf der Straße. Ihre Großmutter, eine waschechte Hamburger Deern, hatte dazu immer den gleichen Spruch gehabt: "Wer vor Neun das Haus verlässt, ist arm!"

Na ja, das stimmte nicht ganz, liebe Oma, dachte sie und lächelte verschmitzt. Da sie kaum dazu kam, Geld unter die Leute zu bringen, hatte sich ein schönes Polster auf ihrem Konto angesammelt. Arbeiten, Essen, Schlafengehen, Arbeiten. Wo sollte dort noch Zeit für ausgedehnte Shopping-Touren sein? Die Summe ließ sich sehen und auch wenn Conny nicht so sehr an Geld und Absicherung im Alter dachte, so beruhigte sie doch immer der Blick auf dieses virtuelle Geld, das sich bei ihrem meist nächtlichem online-banking – Aktionen zeigte.

Sie war schon auf Höhe von „Bobby Reich", dem Cafe und Restaurant mit Bootsverleih an der Außenalster, kurz vor der Krugkoppelbrücke. Wehmütig dachte sie an frühere schöne Nachmittage, die sie dort verbracht hatte. Mal einfach auf der Terrasse sitzend das herrlichen Panorama Hamburgs bis zum Rathaus hin genießen und einfach nur nichts tun. In ihrer Erinnerung sah sie sich auch im Kanu mit Freunden und Freundinnen quer über den nördlichen Teil der Alster Richtung Leinpfad schippernd. In diesem Jahr war sie zu nichts gekommen. Es gab kaum freie Wochenenden und wenn, dann war sie auf Anraten ihrer Kollegen so weit wie irgend möglich von ihrer Heimatstadt entfernt, damit sie nicht plötzlich zu einem Einsatz gerufen werden konnte. Sie seufzte, so ging das nicht weiter. Ihr NAVI führte sie bereits auf den Mittelweg, dann übergangslos in den

Dammtordamm. Sie sah auf den vor ihr liegenden stattlichen Bahnhof. Ihres Wissens war der Anfang des 19.Jahrhunderts gebaute Bahnhof aus der Gründerzeit. Im Gegensatz zu den meisten Fernbahnhöfen, die sie kannte, gab es hier nur zwei Gleise, einmal Richtung Hauptbahnhof und weiter, einmal Richtung Altona und weiter. Auf der Seite von "Planten und Blomen" gab es noch zwei Gleise für den S-Bahn-Betrieb - das war es dann auch schon. Sie konnte nicht verstehen, dass man tiefe unterirdische Bahnhöfe brauchte, um dann im Verhältnis zu den alten Bestandsbahnhöfen gerade mal 6 Minuten schneller irgendwo zu sein. Auch dafür liebte sie ihre Stadt. So ein Stuttgart 21, nein, das gäbe es bei den Hamburgern nicht. Niemals.

2.

Nur wenige Minuten später war sie schon auf dem Millerntordamm. An der U-Bahn-Station St. Pauli bog sie rechts ab und folgte den Schildern "Hafen/Fähre". Sie liebte die Strecke Richtung Landungsbrücken, der den Blick auf den von ihr so heiß geliebten Hamburger Hafen freigab. Wenigstens beruflich komme ich mal wieder hier lang, dachte sie leicht grimmig. Der Straßenverkehr hatte zugenommen, sie fuhr an dem St. Pauli- Fischmarkt vorbei und war wenig später schon auf der ,Palmaille', die am schönen Altonaer Rathaus vorbeiführte und direkt in die Elbchaussee überging. Ihr Telefon klingelte: "Ja?", fragte sie. "Ich bin gleich da. Auf welcher Seite der Chaussee ist es denn?" Ihr kauziger Kollege brummte: "Gleich gegenüber der Kita Elbchaussee, also linke Hand. Du wirst uns schon sehen, hier blinkt es überall. Park doch auf dem Fußweg, da stehen wir alle." Der Gute, auf ihn war doch immer Verlass. Conny liebte ihren Kollegen, den "Schorsch", wie er von ihr und den Anderen im Team genannt wurde. Ein Bayer in Hamburg, das war schon vor 6 Jahren, als sie ihn kennenlernte, ungewöhnlich. Vor allem hatte er kaum etwas an sich verändert. Weder seine hochbayrische Aussprache, noch den alten abgewetzten Lodenmantel, mit dem er wohl schon in seiner Münchner

Kriminalassistentenzeit herumgelaufen war. Er war ein Urgestein, wenig taktvoll, immer mit einem meist frechen Spruch unterwegs, und im Gegensatz zu ihr ging er in jede Diskussion und in jeden Kontakt, koste es, was es wolle. Er stand zu sich, zu seinen Meinungen, zu seiner fast animalisch anmutenden Art, Fälle aufzuklären. Er hatte eben ein "Gschpürr", dem er folgte, egal, ob es dem Chef oder ihr passte oder auch nicht. Sie war im Team die Rationale, die Vernünftige. Schnell denkend, kriminalistisch begabt und vor allem ausgestattet mit einem Gedächtnis, dem nichts verloren ging. Noch nach Jahren konnte sie Obduktionsberichte oder ballistische Ermittlungen fast auswendig rezitieren. Nichts entging ihr und ihrem scharfen Verstand. Damit war sie fast wie von selbst ihrem bayrischen Kollegen zugeordnet worden. "Handarbeiten oder Gewichtheben. Turnschuh oder Lackschuh!", hatte ihr Chef Dietmar Brodten damals gesagt. "Dazu passt nur eins: Conny und der Schorsch". Basta! So wurden sie zusammengesetzt in ein gemeinsames Büro, und arbeiteten sich von Fall zu Fall zum besten Ermittlungsteam der Hansestadt empor. Sie, die eher konfliktscheue und spröde Kriminalistin und ihr bayrischer Kollege. Sie schmunzelte leicht, als sie ihn neben seinem 5er-BMW auf dem Fußweg stehen und rauchen sah. So verliebt wie sie in ihren Mazda war, so gab es für den Schorsch nur die Autos der Bayrischen Motorenwerke. So eine "Japs-Reisschüssel" wäre er nie gefahren, hatte er zu Anfang ihrer gemeinsamen Arbeit getönt, war aber etwas ruhiger geworden, nachdem zwei seiner Neuwagen relativ schnell wieder zurück ins heimatliche Werk gebracht werden mussten, weil sie zu den sogenannten „Montags-Autos" gehörten und nachträglich Verbesserungen erhielten. In dieser Zeit hatte sie ihn oft abgeholt von seiner Wohnung in Alt-Rahlstedt und siehe da, er grantelte kaum noch über ihr Auto, verkniff sich von dieser Zeit an sogar die ihm eigenen schmählichen Bemerkungen. Sie stieg aus ihrem Wagen, ein leichter Nieselregen hatte eingesetzt. Sie zog ihr Halstuch höher über ihren Hals, die Mütze tiefer ins Gesicht und ging auf ihren Kollegen zu. "Moin Schorsch. Was für eine Zeit? Grauenvoll. Da hätte ich gut noch eine Stunde im Bett liegen können, dann aufstehen, duschen und frühstücken, Aber nein, immer diese Anrufe zur Nachtschlafenden Zeit. Nun ja, was soll`s!?". Schorsch sagte nichts, zuckte nur die Schultern, schnippste seine Zigarette auf die Fahrbahn und zeigte auf die Einfahrt der großen Villa. "Sie ham´s ihn im Auto erwischt. Er wollte grad losfahren, dann kam der Belzebub!" Sie gingen zusammen durch das weit geöffnete schmiedeeiserne Tor. "War das schon offen, bevor der Wagen dort gestartet wurde?", fragte sie. Ihr Kollege zuckte wieder mit den Schultern. "Keine Ahnung. Ich bin wie Du auch eben erst gekommen." Die Kollegen von der Spurensicherung waren im vollen Gange, ein Polizist stand links neben dem Jaguar und kam auf sie zu. Sie gaben sich die

17

Hand. "Guten Morgen. Kai Brembach", stellte er sich vor. „Ich war mit meinem Kollegen hier der Erste vor Ort. Ich habe nichts angefasst, nur den Standort gesichert." Conny nickte und schaute ihm freundlich in die Augen. "Guten Morgen. Conny Schmidt. Das ist mein Kollege Georg Weissner." Sie zeigte auf Schorsch. "Was für ein mieses Wetter! Wer hat Sie angerufen?", fragte sie den jungen Polizisten. "Die Dame des Hauses", er zeigte nach oben."Frau von Öxstedt. Sie war früh erwacht und wunderte sich, dass der Wagen ihres Mannes immer noch hier in der Einfahrt stand. Mit laufendem Motor, das fand sie sehr ungewöhnlich. Normalerweise war ihr Mann, Bertram von Öxstedt, getimt wie ein Uhrwerk. Er sollte schon längst um diese Zeit am Operationstisch in der Klinik in Hamburg-Harburg stehen. Dort ist – nein - dort war er Chefarzt der Inneren Abteilung und hatte wohl heute ein Mega-Programm im OP. Sie ist dann in ihren Morgenmantel gesprungen und nach unten gelaufen. Da fand sie ihren Mann tot im Auto."Wer hat den Motor ..." „.... ausgestellt?" Conny sah ihren Kollegen lachend an. Beide waren wieder synchron bei der gleichen Frage gewesen. Der Polizist sah von einem zum anderen, grinste und sagte: "Sie hat ihn ausgemacht. War wohl ein Reflex in der Schrecksekunde, wo sie ihn dort tot im Auto sitzen sah." Er wandte sich zum Eingang des Hauses. "Sie können sie gleich befragen, sie und ihre beiden Töchter sitzen unten in der Küche. Sind alle ziemlich verstört und durch den Wind..., na ja, kein Wunder!" Conny beugte sich von der Beifahrerseite ins Fahrzeug, beobachtete den Toten, während ihr Kollege schon dabei war, die Handschuhe überzustreifen und die Tür hinten zu öffnen. "Er wurde überrascht. Der Mörder muss von hinten gekommen sein", sagte Georg Weissner. Conny beugte sich zum Toten und legte den Kopf leicht zur Seite. "Das war eine Schlinge, ein Seil oder etwas Ähnliches", und zeigte auf den Hals voller roter Striemen. "Habt Ihr etwas gefunden?", fragte sie den Polizisten, der neben ihr stand. "Nein, bedauere. Nichts gefunden, gar nichts". Sie zuckte mit den Schultern. "Gehen wir rein Schorsch? Also ich habe im Augenblick genug gesehen." Ihr Kollege auf der anderen Seite nickte und wandte sich beim Aussteigen an den Streifenpolizisten. "Dann müssen der oder die Täter das Seil oder ähnliches mitgenommen haben. Komisch, wer nimmt sich dafür die Zeit?" Schon vor dem Eingang angekommen, ging Conny mit schnellen Schritten noch einmal zurück zum Jaguar. "Sorry, aber ich habe vergessen, zu fragen, ob irgendwas fehlt? Uhr, Portemonnaie oder so?" Ein Kollege von der Spurensicherung, der gerade dabei war, seinen Koffer zu packen, sah kurz auf. "Nein, es ist alles da. Auf dem Beifahrersitz lag ein Rucksack, mit allem, was zu ihm gehörte. Geld, Papiere... Reichen wir Ihnen nachher ins Büro. Okay?" Conny nickte und wandte sich ihrem Kollegen zu. „Na ja, bis auf die Tatwaffe, das Seil oder was auch immer genutzt wurde, " sagte sie und zuckte leicht mit den Schultern. Nebeneinander gingen sie die wenigen Stufen zur Haustür empor. Ein weiterer Polizist öffnete ihnen. "Guten Morgen." Sie betraten einen stilvoll eingerichteten offenen Wohnbereich. "Darf ich Sie zu Frau Öxstedt und ihren beiden Töchtern bringen?" "Ja, freilich", antwortete Georg Weissner. Nebeneinander betraten sie die offene Küche. Eine blonde, sehr gutaussehende Frau Anfang Fünfzig, saß auf einem hellbraunen Rattansessel und hielt ein Taschentuch in der Hand, um sich immer wieder die rot geweinten Augen zu wischen. Daneben auf einer Kieferbank waren zwei junge Frauen. Die eine stand auf, als die Kommissare die Küche betraten. "Guten Morgen. Gut, dass Sie da sind." Sie zeigte auf die weinende Frau. "Das ist meine Mutter. Sylvia von Öxstedt." Diese stand auf und gab der Tochter mit der Hand ein kleines Zeichen. "Es ist schon gut Marie. Setz Dich wieder. Ich schaff das schon." Sie gab erst Georg Weissner die Hand, dann Conny. "Guten Tag. Bitte nehmen Sie Platz. Möchten Sie einen Kaffee?" "Gerne!" Auch die Antwort kam synchron. Ein eingespieltes Team eben, dachte Conny für sich. Sie nahmen Platz, die wohl jüngste Tochter ging schnell zu einem Regal und entnahm zwei Kaffeebecher, stellte sie vor sie auf den Tisch und griff zur Thermoskanne. Der wunderbare Geruch eines kürzlich frisch aufgebrühten Kaffees stieg Conny in die Nase und ließ sie tief aufatmen: "Großartig, vielen Dank." Sie wandte sich an die blonde Frau: "Liebe Frau von Öxstedt. Das ist mein

Kollege Georg Weissner, ich bin Conny Schmidt. Wir kommen von der Mordkommission Hamburg. Ist es möglich, dass wir Ihnen einige Fragen stellen?" Die blonde Frau nickte, setzte sich gerade hin und blickte die beiden Kommissare an. „Natürlich geht das. Darf ich vorstellen, das sind meine Töchter: Marie und dies ist Karla." Ihrer Hand folgend, sah Conny auf die beiden jungen Frauen und nickte kurz zur Begrüßung. „Guten Morgen. Macht es Ihnen etwas aus, kurz nach nebenan zu gehen? Wir möchten Ihrer Mutter gerne einige Fragen stellen. Danach werden wir gleich zu Ihnen kommen. Bleiben Sie also bitte in der Nähe."

Die jungen Frauen erhoben sich. „Wir sind nebenan im Wohnzimmer", sagte Karla, gut an den brünetten Haaren von ihrer hellblonden Schwester zu unterscheiden. Die Kommissare warteten einen Moment, dann beugte sich Georg Weissner vor. „Frau von Öxstedt, auch im Namen meiner Kollegin Ihnen zunächst unser herzlichstes Beileid. Es tut uns sehr leid, was passiert ist und dass wir Sie in einer solchen Situation wie dieser behelligen müssen, aber wie Sie wohl schon selbst gesehen haben, ist Ihr Mann nicht eines natürlichen Todes gestorben. Da ist es unumgänglich, dass wir mit Ihnen sprechen." Frau von Öxstedt schluchzte laut auf und schüttelte ihren Kopf. „Ja, wer tut denn so etwas? Ich kann es nicht verstehen. Ich kann es überhaupt nicht verstehen. Er war ein überaus beliebter Mensch. Ein guter Vater, ein großartiger Arzt, ein brillanter Operateur.

21

Alle mochten ihn, die Kollegen, die Patienten. Viele kamen von weither, um sich von ihm behandeln zu lassen. Er hatte einen exzellenten Ruf weit über die Grenzen Deutschlands, ja, sogar Europas hinaus. Conny hakte hier ein: „Sie haben heute Morgen das Auto Ihres Mannes noch stehen sehen? Ist Ihnen etwas Besonderes aufgefallen? Haben Sie jemanden gesehen? Jedes Detail, jede Kleinigkeit könnte für uns wichtig sein." Frau von Öxstedt versuchte sich zu sammeln, atmete mehrmals tief ein und aus. „Ich bin früh wach geworden, früher als sonst auf jeden Fall. Ich bin kurz zur Toilette und als ich dann zurückkam ins Schlafzimmer, da hörte ich den Motor des Jaguars laufen. Das war ungewöhnlich, sehr ungewöhnlich. Ich bin kurz zur Tür, um zu hören, ob mein Mann noch im Haus war, nahm an, er habe etwas vergessen..." „Und, haben Sie etwas gehört, im Haus oder vielleicht draußen?", fragte Conny nach. „Nein, es war still im Haus. Nur der Motor des Jaguars brummte. Ich bin zum Fenster, um zu schauen, ob er noch dasteht, dann habe ich mir den Morgenmantel übergeworfen und bin die Treppe hinunter und nach draußen. Erst da habe ich ihn gesehen, auf dem Fahrersitz, in.., in..., in so unnatürlicher verkrampfter Haltung. Das war einfach nur schrecklich!" Sie schluchzte laut auf. Beide Kommissare nickten. „Was haben Sie dann gemacht?", fragte Conny. Frau von Öxstedt stand kurz auf, um sich neue Taschentücher zu holen, schnäuzte in eines und dachte kurz nach, bevor sie antwortete: „Erst wollte ich weglaufen und nach meinen Töchtern rufen. Aber ich hielt plötzlich inne, wollte das Auto ausmachen. Es dröhnte so in meinen Ohren." „Welche Tür des Wagens haben Sie dann geöffnet?" "Erst die hintere, die auf der Fahrerseite. Aber in diesem Moment habe ich gesehen, dass ich von dort gar nicht zum Zündschloss komme, ohne meinen Mann zur Seite zu schieben...". Ein kurzer Blick zu Conny zeigte ihr, dass ihr Kollege es genauso vermutet hatte. „Wussten Sie, dass er nicht mehr lebt?" Frau von Öxstedt schaute mit großen Augen auf Georg Weissner. „Ja, klar. Das war unübersehbar. Seine starren Augen, die Körperhaltung, das war mir sofort klar. Dazu das mit den blutigen Striemen am Hals..." „Was haben Sie dann gemacht?" Conny sah, dass eine der Töchter in die Küche kam. „Kann ich kurz den Wasserkocher aufstellen, wir möchten uns einen Tee aufsetzen?", fragte Karla schüchtern. „Ja, machen Sie nur, wir sind auch gleich soweit." Conny griff zu ihrem mittlerweile leeren Kaffeebecher. „Darf ich uns noch kurz einschenken?" Frau von Öxstedt griff vor ihr zur Thermoskanne, öffnete den Verschluss und sagte: "Ja, natürlich. Entschuldigen Sie bitte, ich vergaß, nachzufragen." Auch Georg Weissner hielt den Becher hin, um noch einen zweiten Kaffee zu bekommen. „Sie sind's hinten also raus...? Was genau haben Sie danach gemacht?" Frau von Öxstedt schien ruhiger zu werden. Sie schenkte auch sich einen Kaffee nach und schaute hoch. „Ich wollte diesen blöden Motor ausmachen!

Mein Mann wusste genau, wie mich dieser Lärm morgens stört. Ich bin also hinten raus, hab dann die Beifahrertür aufgemacht, mich ins Auto... gelehnt und den Zündschlüssel herumgedreht". Sie schluchzte auf. „Dann war es plötzlich so still. Ich weiß es gar nicht, hab ich erst geschrien und bin dann ins Haus gelaufen oder war es anders herum? Ich war völlig fertig. Erst dieser Motor, dann die Stille. Grauenvoll!" Conny nickte, verständnisvoll sagte sie. „Das kann ich verstehen. Können Sie sich daran erinnern, ob die Einfahrt geschlossen oder offen war?" Die Antwort kam sofort. „Offen, die war schon offen, als ich noch von oben aus dem Schlafzimmer gesehen hatte". Georg Weissner schaltete sich ein: „Haben Sie das Öffnen gehört, als Sie das erste Mal aufstanden?" Die am Wasserkocher stehende Tochter drehte sich um, den Kopf schüttelnd. „Nein, das Tor war die ganze Nacht offen. Papa ist spät heute Nacht gekommen, da hatte er wohl die Einfahrt offengelassen. Das macht er oft, wenn er weiß, dass er wieder früh raus muss". "Sie haben es gesehen? Wann?" Georg Weissner störte sich nicht, die Befragung auch hier weiter fortzuführen, während sich Conny schon Gedanken darüber machte, dass die andere junge Frau dort drüben im Wohnzimmer alleine saß, während sie hier nun zu Viert sprachen. Conny mochte es ganz und gar nicht, wenn die von ihnen geplante Ordnung so durcheinandergeworfen wurde. Das war ihr Schorsch, so wie er leibt und lebte. Karla selbst errötete leicht.

„Mein Freund war bei mir, wir waren in meinem Zimmer, haben einen Film gesehen. Ja, und dann sind wir dabei eingeschlafen und erst durch das Klingeln meines Handys in der Nacht geweckt worden. Meine Freundin hatte Stress zuhause und wollte noch reden."Conny beschloss, ihre Ordnung wieder-herzustellen und stand auf, um die andere Tochter zu holen. „Wann war das?" fragte sie schon im Gehen. „Also, meine Freundin rief so kurz vor Zwei an. Benjamin, mein Freund, schreckte auf und zog sich an. Er steht kurz vor den Abi-Klausuren und wollte unbedingt noch zu sich nach Hause. Er war schon an der Tür meines Zimmers, aber dann hörte ich, wie die Einfahrt sich öffnete und mein Vater nach Hause kam. „Was haben Sie dann gemacht?" Conny war schon wieder in der Küche, hinter ihr stand die andere Tochter. „Marie, seien Sie so nett und setzen Sie sich bitte zu Ihrer Mutter." Karla stutzte ein wenig, wirkte leicht verwirrt und antwortete zögernd. „Ich sagte meiner Freundin, dass ich sie gleich zurückrufe, habe aufgelegt und bin dann zur Tür, um Benny, also Benjamin, zurückzuhalten. „Ihr Vater sollte Ihrem Freund nicht begegnen...?", brummte Georg Weissner. „Nein, mein Vater mag ihn nicht, und ich hatte keine Lust, auf irgendeine unnötige Diskussion mit ihm. Besuch erlaubt er schon jederzeit, aber er regt sich, nein, er regte sich so häufig darüber auf, dass Benny das Leben nicht richtig ernst nimmt, dass er mehr an Spaß und Party denkt. als an seine Pflichten. Das war meinem Vater ein Dorn im Auge. Wir haben also an der Tür gelauscht, bis mein Vater die Treppe hochstieg und ins Badezimmer ging. Erst als er da wieder raus war, und die Tür im Schlafzimmer geschlossen wurde, habe ich meinen Freund runtergebracht, die Haustür aufgeschlossen und ihn verabschiedet. An der geöffneten Tür habe ich gesehen, dass die Einfahrt offen war." Conny wandte sich an Frau von Öxstedt: „Können Sie bestätigen, dass Ihr Mann so um die Zeit nach Hause kam?" Sylvia von Öxstedt schüttelte den Kopf. „Ich war gestern am frühen Abend zu meinem Yoga—Kurs, danach habe ich mit zwei Freundinnen noch kurz etwas beim Italiener unten an der Elbchaussee gegessen und getrunken. Wir haben uns gegen Zehn Uhr verabschiedet, ich bin dann nach Hause. Marie saß im Wohnzimmer, hatte den Fernseher laufen. Ich habe mich noch zu ihr gesetzt, wir haben etwas geredet. Ich hatte leichte Kopfschmerzen und bin noch während der Nachrichten dann gleich zum Schlafen hoch. Wann mein Mann kam, weiß ich wirklich nicht". Georg Weissner drehte sich zu Marie von Öxstedt. „Sie waren den ganzen Abend zuhause?" Die junge Frau nickte, sah ihre Mutter an. „Ja, ich wollte den Abend hier in Ruhe verbringen, habe einen Film gesehen und dann noch mit meiner Mutter, nachdem sie wieder zuhause war, die Tagesthemen im Ersten Programm zusammen geschaut. Danach ging sie ins Bett und ich nur wenig später nach ihr.

„Haben Sie Ihren Vater kommen oder vielleicht heute Morgen gehen hören?" Conny war nicht überrascht. Das war für die drei Frauen ein scheinbar ganz normaler Abend gewesen, nichts war auffällig oder in irgendeiner Art und Weise bemerkenswert. Trotz des Kaffees spürte sie eine leichte Müdigkeit und beschloss, diese Befragung so gut es ging, schnell abzuschließen. Marie dachte kurz nach. „Nein, ich bin zwar auch einmal in der Nacht kurz wach gewesen und zur Toilette gegangen, aber nein, ihn oder jemand anderes habe ich weder abends noch morgens gehört." Georg Weissner guckte seine Kollegin an, sie nickte ihm unmerklich zu. Abschluss, hieß das unter ihnen. Er wartete kurz ab, dann sagte er: " Ja, das war sehr freundlich von Ihnen, dass Sie selbst in dieser schweren Situation bereit waren, einige Fragen zu beantworten. Herzlichen Dank dafür. Meine Kollegin und ich lassen Ihnen gerne unsere Visitenkarten da. Bitte scheuen Sie sich nicht, uns zu kontaktieren, falls Ihnen noch etwas einfällt zu dem gestrigen Abend oder etwas, was damit zusammenhängt. Falls auch wir noch weitere Fragen haben, kommen wir wieder auf Sie zu. Aber zunächst Dankeschön für Ihre Unterstützung." Conny stand auf. „Auch von mir herzlichen Dank. Sagen Sie, Frau von Öxstedt, aus welchem Grund war Ihr Mann gestern außer Haus? Wissen Sie, was er am Abend vorhatte?" Die blonde schlanke Frau stand ebenfalls auf. „Nein, das tut mir sehr leid, er sprach nur von einem sehr langen Abend, versprach aber, danach nach Hause zu kommen. Manchmal kam es vor, dass er in seiner kleinen Dienstwohnung neben der Klinik übernachten musste. Aber gestern wollte er nach Hause kommen. Ich persönlich interessiere mich wenig für seine Arbeit, aber er ist ein sehr bekannter Mann, der häufige dienstliche Treffen hatte. Meist ging es an diesen Abenden um Klinikbelange, manchmal gab es Termine mit weltbekannten Kollegen, die extra für ein Treffen mit ihm hier nach Hamburg kamen. Aber alles Berufliche sollten Sie mit seiner Sekretärin besprechen. Frau Dorn, Hertha Dorn. Sie hatte heute auch schon zweimal hier angerufen. Sie konnte gar nicht verstehen, warum er noch nicht da war, um sich auf die erste Operation vorzubereiten. Beim zweiten Anruf habe ich ihr gesagt, dass er tot ist. Sie war völlig entsetzt. Vielleicht sprechen Sie mal mit ihr. Ich schreibe Ihnen ihre Privat- und ihre Dienstnummer auf". Conny nahm den Zettel, bedankte sich nochmal und folgte ihrem Kollegen zur Ausgangstür. Der junge Polizist stand noch immer vor dem Haus. „Herr Brembach, wir sind jetzt hier erst mal fertig." Conny sah in den Augen des jungen Kollegen Freude aufblitzen. Ja, sie hatte ein gutes Namensgedächtnis. Schorsch hingegen wird schon jetzt ein Problem haben, die Töchter der Frau von Öxstedt namentlich erinnern und auseinanderhalten zu können. „Der Tote ist auf dem Weg in die Pathologie, den Wagen hat die Spurensicherung mitgenommen...". Kai Brembach sah Conny in die Augen. Was für eine reizende Kollegin!

Er nahm sich vor, sie im Blick zu behalten, vielleicht sogar, sie einmal anzusprechen und um ein Date zu bitten. Ja, er wusste schon, in seiner Generation wurde ‚gewhatsapped' oder gemailt, aber sich einfach mal auf einen Kaffee oder ein Glas Rotwein zum Feierabend hin zu verabreden, war einfach nicht mehr aktuell. Trotz seiner gerade mal siebenundzwanzig Lebensjahre hatte er feste Werte und Einstellungen, besonders im Zusammenhang mit Frauen. „Jaaa, nun ist es auch mal gut, mit den Freundlichkeiten," grummelte Georg Weissner. Charmant wie er war, klang das Wort „Freiiindlichkeit" urbayrisch. Conny wusste genau, dass dem Schorsch sofort aufgefallen war, wie gut sie dem jungen Polizisten gefiel. „Alter Wegbeißer", sagte sie lachend, als sie zu ihm ins Auto stieg. „Der hat sich doch nur gefreut, dass ich seinen Namen behalten hatte. Das kommt bestimmt nicht oft vor, dass aus unserer Truppe jemand nett zu den Jungs und Mädels des Streifendienstes ist. Die MOKOs halten sich doch fast alle für was Besseres!" „Sind wir auch", brummelte Weissner. Conny hatte ihre Autoschlüssel dem jungen Polizisten gegeben und ihn gebeten, den Wagen zurück zum Polizeipräsidium zu fahren. Sowohl sie wie Weissner mochten es, nach dem ersten Tatortbesuch gemeinsam zu fahren, um sich auch ungestört über ihre Vermutungen und gemachten Erfahrungen zu unterhalten. „Irgendwas ist merkwürdig an diesem Mord", begann Weissner. „Da stellt dieser Arzt gestern Nacht das Auto vor seiner Haustür ab, lässt die

Toreinfahrt offen, geht für einige Stunden schlafen, steht dann wieder auf, steigt ins Auto und wird von hinten erwürgt. Mit einer Schlinge oder einem dünnen Seil, was dann der oder die Täter nach Vollzug noch umständlich dem Ermordeten abnehmen, es einpacken und wieder mitnehmen. Was soll das?" Conny schaute aus dem Fenster, versuchte ihre Gedanken zu sammeln. „Ich frage mich vor allem, wie kamen der oder die Täter in den Wagen? Hatte der Doc nicht nur die Einfahrt offengelassen, sondern auch die Wagentüren nicht verschlossen?" Georg Weissner schüttelte den Kopf". „Das kann ich mir nicht vorstellen. Das ist ein Jaguar S-Type, den lässt man doch nicht einfach so an einer so viel befahrenen Straße wie der Elbchaussee stehen. Mit offenen Türen, offener Einfahrt, nein, das kann ich mir nicht wirklich vorstellen."Conny sah kurz zu ihrem Kollegen, der sicher die Spur Richtung Innenstadt wechselte. Sogar ohne NAVI kannte sich Weissner verdammt gut aus auf Hamburgs Straßen. „Weißt Du Schorsch, mir bereitet auch eher die Täter-Seite Kopfzerbrechen. Was ist das für ein Mensch? Ich gehe jetzt mal der Einfachheit halber von nur einem Täter, wohl männlich, aus. Da will ich, also ich der Täter, so einen Chefarzt einer Klinik umbringen, beobachte den und dessen Haus, stelle vielleicht fest, dass der nicht immer die Einfahrt verschließt. Aber woher weiß dieser Mensch, dass auch das Auto nicht verschlossen ist oder woher hat er den Schlüssel? Gibt es einen Ersatzschlüssel? Und wo liegt oder hängt der?" Georg Weissner grunzte leise: „Nach dem Starten waren alle Türen des Autos zumindest kurz offen, aber das muss der Tote dann doch gehört haben, wenn jemand von hinten dazu gestiegen wäre." Conny nickte. „Klar, und beim Einsteigen des Mörders hätte er hupen, sich wehren oder flüchten können. Das macht alles gar keinen Sinn!

3.

Die Ost-West-Straße lag bereits hinter ihnen. „Wollen wir eben noch frühstücken fahren oder willst Du gleich ins Präsidium?", fragte er. „Ich bin hungrig und nun ist es schon knapp vor Neun. Da hat unsere Kantine nur noch Kaffee für uns." Conny überlegte und nickte. „Unser Bäcker in der Langen Reihe?" Ohne zu antworten, bog Weissner ab. Ein, zwei Straßen weiter waren sie schon in der ‚Schmilinskystraße', dann an der Ecke direkt bei „Frau Möller", einer der urigsten Kneipen Hamburgs, bogen sie links in die Lange Reihe. „Ich weiß ja nicht, was Ihr Hamburger sonst unter „Kiez" versteht, aber dieses Viertel ist für mich der Kiez, der wirklich Kiez Hamburgs". Conny lachte kurz auf. Sie wusste, ihr Kollege hatte sein Herz verloren, justamente in dem Moment, als er am Hafen das Portugiesenviertel und wenig später die Lange Reihe mit ihren Nebenstraßen zwischen Steindamm und Alster kennengelernt hatte. Der Stadtteil St. Georg hatte es ihm besonders angetan, das Miteinander von Arm und Reich, von Katholiken und Homosexuellen, von seit langem hier lebenden Ausländern und echten Hamburgern. Sie hatte es nie verstanden, aber er hatte ein Faible für diese Straßen und Kneipen und diese mit ihren Leuten hatten ein Faible für ihn. Bei vielen

Restaurants und Kneipen war er ein bekannter und beliebter Stammgast. So offen er auch sonst im Kontakt mit Menschen war, hatte Conny zunächst nur wenig von ihm über ihn selbst erfahren. In Oberammergau geboren, mit den Eltern und einem jüngeren, aber behinderten Bruder sehr behütet aufgewachsen, machte der Schorsch ein gutes Abitur und ging nach dem abgeleisteten Zivildienst in den Polizeidienst. Etwas paradox, wie Conny fand, aber auch hierfür hatte ihr Kollege eine plausible Erklärung parat. Nachdem er die subtilen Aggressionen in einem bundesdeutschen Sozialverband über die achtzehn Monate Zivildienst kennengelernt habe, hätte er sich danach für ein Leben mit Waffe entschieden. Das sei deutlich ehrlicher und aufrichtiger, flachste er dazu immer. Für die Kommissaren-Laufbahn zog er direkt nach München. Zu dieser Zeit gab es auch eine Frau in seinem Leben. Irgendwann hatte er Conny erzählt, dass er sogar verheiratet war. Aber diese Ehe hatte nur wenige Jahre Bestand. „Ging nicht gut...", war sein lakonischer Satz dazu.

Das Glück war ihnen an diesem verregneten Morgen hold, nur wenig Schritte von ihrer Lieblingsbäckerei entfernt, fanden sie einen Parkplatz. Conny zog ihre Mütze tief ins Gesicht, ein kalter Wind, gepaart mit Nieselregen ließen sie die wenigen Meter im Laufschritt sprinten. Im Laden war es warm, ein Tisch war gerade frei geworden. Die frisch belegten Brötchen in der Auslage sahen gut aus und Conny merkte jetzt erst, wie hungrig sie war.

Während Georg den Tisch sicherte und sich den Mantel auszog, bestellte sie am Tresen zwei Milchkaffee, dazu zwei halbe Brötchen mit Zwiebelmett für ihren Schorsch. Sie selbst nahm die Laugenstange mit Käse. „Nochmal das Gleiche an Kaffee?" Georg Weissner stand schon neben dem Tisch und sah sie fragend an: „Ja, gerne." Conny nickte. Sie rührte gedankenverloren in ihrem Milchkaffee. „Du, wir müssen zu dieser Frau Dorn, der Sekretärin des Toten. Vielleicht hat der ach so tolle Operateur vor kurzem einen gravierenden Fehler bei einer Operation gemacht und jemand ist dabei gestorben. Kann ja sein, dass ein Angehöriger jetzt Rache nimmt." „Liebe Kollegin, Du schaust zu viel „Tatort" im Fernsehen", lachte Georg Weissner. Conny schmunzelte. Ja, er hatte recht. Da hatte es vor kurzem so eine Wiederholung des Krimis zu genau diesem Thema gegeben. „Aber warum nicht? Ich glaube solche Operateure leben gefährlich. Zu viele Neider, zu viele Kritiker - auch innerhalb der Klinikhierarchie." Conny biss in ihre Laugenstange, während Schorsch den frischen Kaffee auf den Tisch stellte. „Ich weiß nicht so recht..., ich denke, er gehörte doch zu den Guten... Wieso dann er? Irgendwie habe ich das Gefühl, da kommt noch was auf uns zu. Was Großes, was wir im Augenblick noch gar nicht übersehen können... Lass uns rüber ins Büro fahren, vielleicht gibt es schon Ergebnisse der Spurensicherung oder aus der Pathologie."

Conny nickte: „Ja, und danach fahren wir zur Sekretärin und gucken uns mal den Arbeitsplatz des Ex-Chefarztes an." Schorsch schien sich fast an seinem Brötchen zu verschlucken, hustete und schaute sie an: "Höre ich da irgendwelche Ironie in Deinen Worten?" Sie zuckte die Schultern. „Na ja, als Götter in Weiß habe ich sie vielleicht noch als kleines Kind gesehen, auch, weil meine Eltern jedem Wort ihrer Ärzte Glauben geschenkt haben. Später als Erwachsene musste ich dann feststellen, dass mehr als Glauben bei der Schulmedizin auch nicht möglich ist. Wissen ist meiner Meinung nach etwas ganz Anderes!" Sie seufzte auf und schüttelte leicht den Kopf. „Klar, auch wir formulieren Thesen, sinnige und unsinnige. Doch wir sammeln Fakten, Tatsachen, reihen diese aneinander und kommen oft zu Schlüssen, die wir dann wiederum überprüfen. Ein in sich völlig abgerundetes logisches System". Schorsch nahm ein Schluck Kaffee. „Ja nun, machen's die Ärzte doch genauso. Gehst mit Husten hin, da horchen sie mit dem Stethoskop auf Brust und Rücken. Dann sagen sie so etwas wie „Bronchitis", schreiben Dir ein Rezept mit Hustensaft und sagen zum Schluss, man möge mal das Rauchen lassen! Was hat das mit Glauben zu tun?" Conny lachte. „Das nenne ich mal stringentes Handeln: Analyse, Diagnose und Aktion durch Medikamente und Ratschläge. Und alles in nur knapp 5 Minuten. Stimmt, ich würde sofort mit einem Hausarzt tauschen. Aber es gibt ja auch Fragen, die bis heute auch von der

Schulmedizin kaum beantwortet werden können. Wieso entsteht Diabetes? Warum ist der Heilerfolg beim Besprechen einer Gürtelrose fast 100%, der von Medikamenten bei dieser gleichen Diagnose aber deutlich geringer? Und wieso werden Menschen, die in Kliniken an ganz banalen Dingen operiert werden so krank, dass ihnen manchmal Arme oder Beine amputiert werden müssen, weil die Entzündungen nicht heilen. Das ist doch irre oder?" Weissner nickte. „Ja, Krankenhäuser machen krank. Das sagt ja schon der Name." Sie fuhren zunächst zum Präsidium, jeder von ihnen hing seinen eigenen Gedanken nach. Erst am Schreibtisch sah Conny ihren Kollegen an. „Du, ich schau mal kurz, was die SPUSI hat, dann fahr ich gleich in die Klinik zu der Frau Dorn. Du bleibst lieber hier oder?" Sie kannte doch ihren Schorsch. Kliniken lagen ihm nicht, allein der Geruch des Sterilliums verursacht bei ihm schon leichten Brechreiz. Er nahm den Vorschlag dankend an. „Meld'st Dich, wenn es was Besonderes gibt? Ich werde hier ein wenig recherchieren über den Arzt, seine Familie und vor allem auch den Benjamin, den Freund der Tochter. Sollte mich nicht wundern, wenn es da eine gegenseitige Hassliebe gab. Manchmal liegen die Wurzeln für Mord und Totschlag dicht im Familiären. Warum sollen wir weiter schauen, wenn es doch so dicht beiliegt." Conny nickte. „Genauso machen wir es. Bis später." Winkend verließ sie den Raum und lief die wenigen Meter zu ihrem auf dem Innenhof geparkten

Auto. Der Rundbau mit zehn sternförmig angeordneten Häuserblöcken am Bruno-Georges-Platz nötigte ihr immer wieder Respekt ab. Was für eine architektonische Meisterleistung! Das leise Surren des Motors ihres Autos lenkte ihre Aufmerksamkeit auf die Straße. Das NAVI versprach nur 42 Minuten Fahrt bis zum Klinikum und Conny genoss die Fahrt durch den Stadtpark bis hin zu den Elbbrücken. Erst kurz vor dem Ziel wechselte Conny auf die B75. Nur wenige Minuten später fuhr sie auf den Parkplatz des Klinikums, griff noch im Wagen nach ihrem Handy und wählte die Nummer der Chefsekretärin, die ihr Frau von Öxstedt freundlicherweise zur Verfügung gestellt hatte. Eine tiefe Frauenstimme ertönte: „Dorn. Wer spricht?" Conny meldete sich und bat um Unterstützung, um innerhalb des Klinikgeländes keine Zeit zu verlieren. „Ich hole Sie unten am Eingang ab. Lassen Sie den Wagen stehen und gehen Sie Richtung Haupteingang. Ich kann Sie hier vom Fenster aus schon sehen. Bin gleich bei Ihnen." Conny ging schnellen Schrittes zum Haupteingang. Ein Krankenwagen hielt davor und zwei Männer trugen einen blutenden, älteren Mann auf einer Pritsche. Gut, dass ich alleine hier bin, dachte sie. Das hätte Schorsch sein Mittagessen versaut. Conny kicherte in sich hinein. Am Eingang wies sie sich kurz aus, da stand schon Frau Dorn vor ihr. „Hallo. Gut gefunden?" Sie stellten sich einander vor und gemeinsam fuhren sie mit dem Fahrstuhl in den Zweiten Stock. „Nur noch wenige Meter, dann sind wir da." Frau Dorn, eine resolut wirkende Mittfünfzigerin, schnaufte leicht. Das Büro war freundlich und hell eingerichtet, Conny konnte von oben ihren silberblauen Xedos unten auf dem Parkplatz erkennen." Schön haben Sie es hier. Sehr freundlich eingerichtet." Frau Dorn nickte. „Ich bin schon seit mehr als fünfzehn Jahren die Chefsekretärin von Herrn von Öxstedt. Er ist..., nein, er war ein sehr guter Chef. Ich habe gerne für ihn gearbeitet. Niemand weiß, was jetzt ohne ihn werden soll!" Sie schluchzte leicht in ihr Taschentuch. Conny nickte mitfühlend. „Ja, das kam wohl für alle sehr plötzlich. Auch Frau von Öxstedt und die beiden Töchter waren mehr als schockiert." Frau Dorn nickte." Ja, ich habe schon mit ihr telefoniert, mehrfach. Ich hatte schon am frühen Morgen ein ungutes Gefühl, als er mich anrief und wenig später dann nicht auf den Parkplatz zu sehen war." „Sie hatten telefoniert?" Frau Dorn nickte. „Ja, das machten wir jeden Morgen. Bevor er losfuhr, meldete er sich kurz, erfragte die Neuigkeiten des Tages. Manchmal kam es vor, dass ich Termine verlegen musste oder doch ein Nottermin zuerst in den OP gefahren wurde. Er war gerne genauestens informiert. Deshalb die regelmäßige Abstimmung per Handy." Conny nickte. „Was hat er Ihnen gesagt, wann er da sein wollte?" Frau Dorn überlegt kurz, nahm ihr Handy zur Hand. „Hier", sie schluckte aufgeregt, „5 Uhr 26 hatte er mich angerufen. Er wollte es so knapp in einer halben Stunde schaffen..." Sie weinte hemmungslos. „Das waren die letzten Worte von ihm. Und nun ist er tot!!!" Conny griff der zitternden Frau an die Schulter, strich leicht und beruhigend darüber. „Ja, es scheint so, als seien Sie die letzte Person mit der er noch gesprochen hatte. Wir gehen davon aus, dass seine Frau ihn nur wenige Minuten später tot im Auto fand. Ihr Notruf ging 5:43 Uhr bei der Polizei ein. „Wissen Sie, was er am Abend davor zu tun hatte? Er war erst spät in der Nacht zuhause. Gab es da einen Termin, eine Verabredung von der Sie wissen?" Frau Helga Dorn setzte sich aufrecht hin. Ihre Gedanken kreisten wie irre. Was sollte sie auf diese Frage sagen? Sie sah die junge Kommissarin an. „Er hatte eine Verabredung, dass weiß ich, mit wem genau, dass weiß ich allerdings nicht. Vielleicht ein Kollege? Keine Ahnung. Ich sollte ihm zwei Karten für die Laeiszhalle in Hamburg bestellen. Nabucco von Guiseppe Verdi. Gute Karten wollte er haben, ziemlich mittig und weit vorne. Das habe ich gemacht." Sie schluckte leicht. „Na ja, und wenn Sie die ganze Wahrheit wissen wollen, im Scandic Hotel habe ich für die Nacht dann ein Hotelzimmer gebucht. Vorher noch einen Tisch für 2 Personen gleich gegenüber der Laeiszhalle beim Italiener um die Ecke..." Conny erstarrte. „Sie erzählen das mit einer Selbstverständlichkeit... Hatte er eine Geliebte?" Frau Dorn schüttelte den Kopf. „Nein, es gab einige Frauen in seinem Leben, aber nie etwas Festes. Das wollte er nicht. Dafür war er zu bekannt und er wollte wohl seiner Frau nicht weh tun. Ich glaube, er liebte sie immer noch. Auch wenn er nicht immer mit ihr sehr glücklich wirkte. Manchmal habe ich Frauen bei einem Hamburger Escort-Service für ihn gebucht. Wenn er auf Tagungen war, weit weg von Zuhause. Dann kam das schon mal vor." Sie seufzte. „Jung mussten sie sein, sehr, sehr jung. Irgendwann einmal nach einer Weihnachtsfeier sind wir noch gemeinsam an der Hotelbar gelandet. Er war schon..., wie soll ich es sagen...? Na ja, er war ziemlich angeschickert. Hatte sich ganz plötzlich dazu entschieden, mir zu sagen, wie sehr er die Zusammenarbeit mit mir schätze. Er habe über die Jahre ganz viel Vertrauen zu mir aufgebaut, hatte meine Loyalität auch in diesen Dingen hervorgehoben. Ich wagte damals zu entgegnen, dass ich schon ein Problem mit dem Alter der Begleiterinnen habe. Ich musste immer dort bei den Bestellungen sagen, sie sollten schon volljährig, aber auf keinen Fall über 23 Jahre alt sein. Lieber jünger. Und das ging nicht, fand ich. Da hat er mir sehr angetrunken, aber doch lächelnd gesagt, das helfe ihm, seine Mädels nicht anzufassen. Also, er meinte damals wohl seine Töchter, die zu der Zeit wohl kurz vor ihrer Volljährigkeit standen. Ich war so entsetzt, habe nur noch kurz ausgetrunken und mich dann mit Kopfschmerzen entschuldigt. Wir haben nie wieder darüber gesprochen, aber seit diesem Abend war unser Verhältnis nicht mehr das Gleiche wie vorher. Klar hat er mir noch Aufträge erteilt, ihm eine Begleitung für

Abende nach Tagungen oder Kongressen zu besorgen. Aber es war nicht mehr so vertraut und auch eher bestimmt von der Ebene „Vorgesetzter zu Sekretärin". Ich weiß auch nicht, ob er zu der Empfangsdame beim Escort-Service irgendwas gesagt hatte. Aber plötzlich kannten die wohl seine Vorlieben, ohne dass ich etwas über das Alter sagen musste. Die haben mir gegenüber nur den Termin und das Hotel bestätigt. Was da dann wirklich gelaufen ist, dass weiß ich nicht, wollte es auch nicht wissen. Er war ein guter Chef, aber darüber wollte ich nicht mehr erfahren. Das fand ich einfach nur eklig, um mal ganz ehrlich zu sein." Conny hakte hier nach. „Sie wissen also nicht, wen er den Abend getroffen und ausgeführt hat? War es eine Frau vom Begleit-Service oder woher kannte er sie?" Frau Dorn schüttelte den Kopf. „Nein, es gab keine Bestellung, ich weiß wirklich nicht, wen er dort getroffen hat." „Wen haben Sie im Hotel angemeldet? Unter welchem Namen?" Hertha Dorn schüttelte leicht den Kopf. „Natürlich Herrn von Öxstedt plus Begleitung." Sie stutzte leicht. „Aber vielleicht musste die Dame im Hotel ja ihren Namen nennen. Meldeanschrift ist doch heute Pflicht in den Hotels!". Conny nickte. „Ja, da haben Sie mir sehr geholfen, Frau Dorn. Dem werden wir sofort nachgehen. Herzlichen Dank". Sie griff in ihre Jackentasche, um eine Visitenkarte zu übergeben. „Falls Ihnen noch irgendetwas einfällt... Sie können mich gerne anrufen." Die Frauen verabschiedeten sich fast herzlich von einander.

Noch im Aufzug hatte Conny schon ihr Handy am Ohr. „Schorsch, Du es gibt etwas sehr Interessantes. Dem will ich gleich noch nachgehen..." Die Stimme von Georg polterte dazwischen. Sie hielt leicht inne. „Ja, gut. Ist ja okay. Ich komme direkt zur Pathologie. Wartet bitte auf mich. Das klingt super spannend!" Im leichten Laufschritt eilte die Kommissarin zu ihrem Auto, stieg ein und startete. Es gab eine kurze Stauphase kurz vor den Elbbrücken, aber sie kam ohne weitere Verzögerung rasch zum UKE.

*

Der Kollege hatte Wort gehalten und auf sie gewartet. Sie warf ihre Handtasche kurz über die Schulter und folgte Georg Weissner auf den Weg in die Pathologie. Wie immer überfiel sie in den dunklen kalten Räumen ein Frösteln. Lag es an dem Wissen der vielen Toten hier unten oder war es einfach nur kalt? Der Pathologe war dabei, die auf Band gesprochenen Beobachtungen nochmals abzuhören, erhob sie jedoch schnell von seinem Sessel, als Conny mit ihrem Kollegen den Raum betrat. „Oh, welcher Glanz in unserer Hütte!" Manfred Zanker ging auf die beiden Kommissare zu, wobei sein Blick an Conny hängenblieb. Conny beobachtete leicht amüsiert, wie er an ihr herunterschaute, Maß nahm und an seinem leichten Nicken konnte sie feststellen, dass sie immer noch ein verdammt hübsches Frauenzimmer sein musste. „Du hast wieder etwas zugenommen. Das steht Dir ausgezeichnet, liebe Conny." „Nun genug der Höflichkeiten", grantelte Schorsch dazwischen. „Was gibt es so Auffälliges, dass wir unseren so geliebten Schreibtisch mit diesen grau-kalten Räumen tauschen müssen?" Zanker zeigte auf einen der vor ihnen liegenden Tische. „Hier haben wir unseren Super-Doktor. Nun leider mausetot, wie Ihr seht. Leider, muss ich gestehen." Er seufzte leicht."Eine Koryphäe auf seinem Gebiet! Ein exzellenter Chirurg, zweifelsohne!" Sie blickten gemeinsam auf den Toten, dessen Augen nun geschlossen waren. Das Erschrecken war trotz allem aber noch in seiner Mimik leicht zu erkennen. „Der Mörder kam von hinten, wahrscheinlich kurz nachdem er im Auto gesessen hatte. Ein starkes, aber eher schmales Seil, was um seinen Hals geschlungen wurde, dann zugezogen und peng!" Conny sah sich die Striemen genauer an. „Gibt es da schon Hinweise, was genau das für ein Art Seil war?" Zanker schnaubte kurz auf. „Nicht so schnell! Der Gute ist gleich zweimal getötet worden. Seht mal hier..."Er zeigte auf einen kaum sichtbaren kleinen roten Fleck im Oberarmbereich." Weissner lehnte sich vor. „Was ist das?", fragte er. Zanker nickte und sagte etwas prahlerisch." Das ist der zweite Mord. Hier ist jemand auf ganz sichergegangen und hat nicht nur den Herrn schnell erdrosselt, nein, er hat ihm auch noch eine Spritze verabreicht, die es in sich hat. Fentanyl heißt das Teufelszeug. In der Schmerztherapie zum Beispiel bei krebskranken Menschen ein Segen. In dieser Überdosierung aber der Tod. Geht ganz schnell. Herzversagen vom Feinsten". Zanker zuckte leicht mit den Schultern. "Ja, wir müssen alle gehen, aber erklärt mir bitte, warum einer zweimal mordet? Ich verstehe es nicht, noch nicht!" Conny sah ihren Kollegen an. „Was sagt Dein ‚Gschpürr'?" Weissner zuckte ebenfalls die Schultern und sah auf Zanker. "Da wollte einer echt auf Nummer Sicher gehen. Sieht nach super viel Hass und Wut aus, aber auch nach einer gut geplanten Tat. Da hat einer sich wirklich Gedanken über sein Vorgehen gemacht. Das war auf keinen Fall ein spontaner Mord." Während sich der Schorsch schnell verabschiedete und ging, gab es noch für Conny eine Einladung zu Zanker's 50.Geburtstag, der sie erst zusagte und dann ihr Ja zurückzog, als Zanker ihr eröffnete, dass es eine persönliche Einladung nur für sie sei. Er wolle für sie kochen, nur für sie alleine und das in seiner Wohnung am Mittelweg. 5-Gänge-Menüs waren erstens überhaupt nicht ihr Ding, es musste schnell und lecker sein. Aber was hätte sie mit dem guten Zanker den ganzen Abend reden sollen? Sie war trotzdem heilfroh, dass er ihr Nein widerspruchslos hinnahm und vor allem nicht in irgendeiner Hinsicht verärgert war. Sie folgte ihrem Kollegen ins Freie, der schon vor seinem Auto rauchend auf sie wartete. „Na, mit welchem Schmarrn hat er Dich noch ködern wollen?", lachte Weissner. Conny lachte verschmitzt zurück. „Alles gut Schorsch. Ich bin nochmal an einem

5-Gänge-Super-Menü vorbeigekommen! Nur mit ihm alleine. Wir müssen uns aber das Datum merken, da wird unser guter Pathologe 50 Jahre alt." Georg lachte noch im Auto, „Der kennt Dich kein bisschen oder? Ein 5-Gänge-Menü, ausgerechnet bei Dir?" Weissner konnte sich sehr gut an die ersten Monate ihrer gemeinsamen Arbeit erinnern. Schon alleine das Erklären der Absicht eine wie auch immer geartete Vorspeise zu sich zu nehmen, ließ Connys Hunger auf Null gehen und es kam schon mal zu einem Abbruch des gemeinsamen Essens." Ich habe einfach keine Zeit für langes Essen. Hunger, Bestellen, Essen und nach dem Bezahlen schnell wieder raus, war ihre Devise. Schade für den Schorsch, der sich oft und gerne im Essen und der Abfolge der Speisen verlieren konnte. Dabei hielt er sich auch eher für einen Südländer und weniger für einen Bayern. Conny gab ihre Informationen von Frau Dorn an Georg weiter. „Sieh an, sieh an. Der gute Herr Doktor stand auf junge Mädels". Georg schüttelte den Kopf. Conny pflichtete ihm bei: „Ja, „je oller, desto doller", sagen wir hier in Hamburg. Das könnte ein wirklich wichtiger Hinweis sein, dass dem Doc jemand an die Kehle wollte. Fahr doch kurz eine Runde Richtung Stephansplatz oder Messehallen, da können wir gleich im Hotel mal nachfragen, welches junge Ding die Begleitung des Herrn von Öxstedt am gestrigen Abend war." Georg reihte sich in eine Abbiegespur ein und fuhr wieder in Richtung Innenstadt. Conny fasste ihre Erkenntnisse noch mal in Kürze zusammen und pflichtete ihrem Kollegen bei: „Ja, das könnte echt die erste heiße Spur sein. Der liebevolle Vater, der großartige Chirurg und Chefarzt...“.“Halt“, unterbrach Weissner: "Das ist mir heute Morgen schon aufgefallen. Sylvia von Öxstedt hat alles aufgezählt, aber in der Aufzählung fehlte er als Ehemann. Das ist doch merkwürdigst, oder was sagst Du?“

Conny nickte. Sie waren kurz vor der Laieszhalle, bogen aber links ab und suchten einen Parkplatz. Conny zeigte auf das italienische Restaurant gegenüber am Johannes-Brahms-Platz. "Da können wir auch gleich rein und mal nach dem Arzt plus Begleitung fragen.“ Georg lachte und rieb sich den Bauch. „Oh ja, gleich Mittagstisch?“ Conny schüttelte den Kopf. „Du und Dein Essen! Wir hatten doch eben erst Frühstück.“ Georg schüttelte den Kopf. „Eben ist hundert Jahre her, es ist schon Mittagszeit!“ Conny lachte und stimmte ihm zu. „Ja, das stimmt. Wahrscheinlich hat die Vorstellung auf das 5-Gänge-Menü alleine mit Zanker mich für die nächsten Jahre nicht hungrig werden lassen. Lass uns trotzdem erst beim Hotel anfangen.“ Beide steuerten den Eingang des großen Hotels an. Die Rezeption war mit drei Personen besetzt und Georg zückte seinen Ausweis. „Mordkommission Hamburg, Georg Weissner mein Name. Dies ist meine Kollegin Conny Schmidt. Hätten Sie einige Minuten Zeit, unsere Fragen nach einem Gast gestern Abend zu beantworten?“

Ein älterer Herr schob die junge Rezeptionistin zur Seite. „Maik Haberwitz, ja, was kann ich für Sie tun?" Georg nickte und legte gleich los. Er schien hungrig zu sein. „Bertram von Öxstedt war gestern ihr Gast?"

Der Mann schaute in sein Notebook und nickte. „Ja, der Herr war gestern Abend hier." Conny lehnte sich leicht vor und fragte: „Mit Begleitung?" Haberwitz schaute wieder in den Rechner und nickte. „Ja, wie angemeldet. Eine Frau Dorn hat die Anmeldung getätigt, ich war selbst am Telefon, als sie vor einigen Tagen anrief." Erklärend fügte er hinzu: „Frau Dorn macht alle Reservierungen für Herrn von Öxstedt und das Klinikum. Sie ist seine Chefsekretärin, eine sehr klare und kompetent wirkende Frau." Nun mischte sich Weissner ein. „Gibt es einen Namen für die Dame? Oder besser noch... gleich ihre Meldeadresse, damit wir sie befragen können?" Haberwitz nickte und erbat sich einen Moment, verschwand in einem kleinen Raum hinter der Rezeption und kam mit einem kleinen Ordner zurück. Er blätterte kurz, legte den Ordner auf den Tresen und zeigte auf den Ausdruck: „Hier, sehen Sie. Die Dame heißt Karla, Karla von Öxstedt." Conny zuckte kurz auf und sah Schorsch fast entgeistert an. „Was? Wieso Karla von Öxstedt?"

Weissner las die Meldebestätigung und nickte. „Das ist die Adresse, ja, und ich würde mal schwören, dass auch die Nummer des Personalausweises stimmt und zu der Tochter passt." Conny schüttelte leicht den Kopf und fragte leise:" Wer hat denn gestern die Annahme der beiden Personen gemacht?" Haberwitz schaute nochmal in den Ordner und sagte:" Das ist unsere Merle Steinfurt gewesen. Sie hatte Spätdienst." Conny hatte ihre Überraschung verwunden, war wieder klar und konzentriert. Sie fragte nach: "Ist Frau Steinfurt schon im Haus, damit wir ihr einige Fragen stellen können?" Herr Haberwitz griff zum Telefon und wählte eine Nummer. Nach wenigen Sätzen, legte er gekonnt den Telefonhörer an die Seite des linken Ohres und sagte: „Sie haben Glück. Sie ist schon im Haus. Möchten Sie im Foyer auf sie warten?" Georg Weissner nickte und bedankte sich für die Informationen beim Empfangschef. Conny nickte und bat um eine Fotokopie der Meldebestätigung der jungen Frau. Erst mit dieser in der Hand, gingen sie in den mit modischen, aber sehr gemütlich gemachten Sesseln und Zweiersofas offenen großen Raum hinein. Conny setzte sich mit Blick zur Rezeption, Weissner entnahm ein paar Prospekte für Ausflüge in und um Hamburg herum.

„Willst Du Hamburg kennenlernen?", fragte Conny leicht spöttisch. Schorsch lachte auf und sagte kopfschüttelnd: „Mit unseren vielen Überstunden auch noch von der eigenen Firma beim Ausflug abgegriffen zu werden...? Nein, das passiert mir nicht ein zweites Mal!" Conny erinnerte sich. Schorsch war vor ungefähr drei Jahren an einem Wochenende mit Eltern und Bruder auf dem Weg nach Helgoland gewesen.

Die Fähre wurde quasi von einem Polizeiboot „geentert", die Beamten hatten Schorsch ohne Familie sofort zum Hafen und danach ab zum Tatort nach Eppendorf gefahren. Conny hatte ihren Kollegen noch nie so wütend erlebt. Er hatte sich so sehr gefreut auf seine Lieben und dann die „Entführung" zum Dienst und gleich zum Tatort. Wie sie und alle ihnen bekannten Mitarbeiter hatte er daraus gelernt und an freien Tagen und in seiner Urlaubszeit war er unauffindbar. „Sucht mich in Kroatien oder noch südlicher!", war ein oft genutzter Satz von ihm geworden. Ob er jemals seiner Familie einige Hamburger Sehenswürdigkeiten heimlich gezeigt hatte, darüber schwieg er sich aus. Selbst Conny konnte es nur ahnen, aber eben nicht wissen. „Da ist sie", Conny zeigte auf eine junge, sehr hoch- gewachsene Frau, die an der Rezeption mit Maik Haberwitz kurz sprach und nun auf die beiden Kommissare zueilte. Sie standen auf, um Frau Steinfurt zu begrüßen. „Hallo Frau Steinfurt, das ist fei nett, dass Sie sich Zeit nehmen für uns." Der Schorsch konnte schon galant sein, fand Conny. Sie gaben ihr die Hand und stellten sich vor. Weissner fragte nach von Öxstedt und seiner Begleitung. Merle Steinfurt konnte sich an die beiden sehr gut erinnern. „Die junge Frau war ziemlich angetrunken. Sie hatte Mühe zu schreiben und Herr von Öxstedt wollte ihr behilflich sein. „Komm Liebes, ich helfe Dir", soll er gesagt und den Meldebogen komplett ausgefüllt haben. Nur die

Unterschrift habe das junge Ding selbst daruntergesetzt, kaum leserlich sei diese gewesen. Conny hakte nach. „Sagen Sie Frau Steinfurt, wir hatten ja schon Kontakt zu den beiden Töchtern des Herrn von Öxstedt. Könnten Sie die junge Dame von gestern kurz äußerlich beschreiben?". Die Hotelfrau nickte und sagte: „Ja, klar, kann ich das. Die junge Dame war fast so groß wie ich. Da sowas sehr selten bei jüngeren Frauen vorkommt, ist mir dieses Detail zuerst aufgefallen. Sie trug zwar Highheels mit ungefähr neun Zentimeter Höhe, aber sie selbst war mindestens 1,75 groß. Sie wirkte riesig. Dabei sehr sehr schlank, für mich fast dürr. Sie hatte lange, fast blond-weiße Haare, die kunstvoll hochgesteckt waren. Ich denke, die Haarlänge reichte bis zur Rückenmitte. Sie lispelte leicht, das kann allerdings auch am Zustand ihrer Trunkenheit gelegen haben. Sie trug eine enganliegende schwarze Hose, ein weit ausgeschnittenes weißes Top dazu und eine silberfarbene Pelzjacke, die unecht und fast billig wirkte". Georg Weissner schaltete sich ein: „Frau Steinfurt, das ist ja eine großartige Beschreibung. Bitte melden Sie sich bei uns, wir brauchen Menschen, die so genau und präzise das, was sie sehen, in Worte fassen können. Echt toll. Wirklich!" Conny nickte. „Dem kann ich mich nur anschließen. Das war genial!" Merle Steinfurt lachte auf, die ernst gemeinten Komplimente schienen sie wirklich zu erfreuen. „Lieben Dank, das freut mich sehr. Aber sagen Sie bitte, was ist der Grund Ihrer Fragen zu Herrn von Öxstedt? Er ist ein häufiger Gast in unserem Hause." Georg Weissner brummelte etwas, sah zur Seite. Dann richtete er den Blick wieder auf die junge Frau und sagte: „Er ist heute Morgen tot aufgefunden worden. Wir ermitteln in dieser Sache gerade..." Bevor Merle Steinfurt etwas sagen konnte, fuhr Conny dazwischen. „Entschuldigen Sie bitte. Aber wir stehen ganz am Anfang unserer Ermittlungen und da können wir natürlich noch nichts Genaueres sagen." Die Hotelfachfrau nickte und sagte: „Ja, klar. Das verstehe ich schon. Es fühlt sich nur gerade so merkwürdig an. Gestern Abend habe ich ihn noch gesehen und heute ist er tot." Sie schüttelte den Kopf. „Unfassbar, wirklich!" Conny ließ ihr einen Moment Zeit und fragte nach dem Alter der jungen Frau. „Oh, das müssen Sie dem Meldebogen entnehmen. Da liege ich oft daneben, wenn es um sehr junge Frauen geht. Ich schätze, so zwischen 20 und 23 Jahren. Conny sah auf den Meldebogen rechnete kurz nach. Sie nickte: „Ja, 21 Jahre jung. War Herr von Öxstedt häufiger mit dieser oder auch anderen Frauen hier?" Merle Steinfurt überlegte kurz und schüttelte dann den Kopf. „Nein, diese Dame habe ich erstmalig hier gesehen. An andere Frauen kann ich mich leider nicht erinnern. Wir sind ein großes Haus mit einem sehr internationalen Publikum. Hier gehen Scheichs mit ihrem Gefolge ein und aus, ein knappes Drittel der Gäste kommt aus dem asiatischen Raum. Es gibt sogar eine Kollegin, die ziemlich gut Hoch-Chinesisch, also Mandarin spricht." Weissner bedankte sich für die Auskünfte und gab ihr noch seine Visitenkarte." "Falls Sie doch einmal von ihren Talenten mehr Gebrauch machen wollen, dann melden Sie sich gerne bei mir. Ansonsten recht vielen Dank." Auch Conny bedankte sich und folgte dem hungrig erscheinenden Schorsch vor die Tür. Sie überquerten die Straße und gingen in die Wärme des Restaurants.

4.

Hier gab es schon ein emsiges Treiben, mehrere Tische waren voll besetzt, junge Kellner wechselten vom Tresen zu den Tischen mit Speisen und Getränken auf ihren Tabletts. Auch Conny verspürte nun leichten Hunger. Eine Pizza Vegetaria wurde gerade vor ihr an einen Tisch gebracht, an dem zwei Frauen saßen. Oh ja, der süßliche Geruch der gehackten Paprikastücke trieb ihren Appetit darauf an die Oberfläche. Auch Georg Weissner leckte sich gedanklich schon die Lippen. Er orderte noch im Stehen ein alkoholfreies Weizenbier, Conny wählte einen frischgepressten Orangensaft. „Sag Schorsch, was sagst Du zu der Entwicklung? Das war doch niemals Karla, seine Tochter, mit der er gestern im Hotel war." Weissner blätterte in der Speisekarte. „Nein, war sie wohl nicht, aber wir müssen´s überprüfen. Das Blöde ist nur, dass wir damit überhaupt nicht wissen, mit wem er wirklich dort war. Eine junge Unbekannte, da geht die Spur ins Nirwana. So etwas mag ich gar nicht." Conny nickte etwas betreten. „Sag, das ist doch auch Urkundenfälschung! Der füllt eine Meldebestätigung aus und die blonde Schnecke unterschreibt das artig. Obwohl es gar nicht ihr Name ist, nicht ihre Adresse, schon gar nicht ihre Ausweisnummer. So voll kann doch niemand sein!" Der Kellner kam an ihren Tisch.

Sie bestellten schnellen Mittagstisch. Conny ihre Pizza ‚Vegetaria' und Georg Weissner einen Teller Penne mit Schweinemedaillons in Sahnesoße. Einige Minuten vergingen schweigend, beide Kommissare hingen ihren Gedanken nach. Als die Getränke gebracht wurden, fragte Conny den Kellner, wer gestern am späten Abend Dienst gehabt habe und das ungleiche Paar bedient habe. Der Kellner bot an, dem Chef Bescheid zu geben, damit ihre Fragen zügig beantwortet werden konnten. Nach dem Essen kam ein älterer Mann auf sie zu. „Francesco Pieri", stellte er sich vor. Georg Weissner, nun nach diesem sehr guten Essen wieder gestärkt, fragte nach dem Toten und dessen Begleiterin. Pieri konnte sich sehr gut an das Paar erinnern. „Ja, die Dame hatte in kürzester Zeit dreimal den Prosecco nachbestellt, fast jedes Glas sofort ausgetrunken. Das war schon sehr ungewöhnlich. Der Herr selber hatte sich einen sehr noblen Rotwein kommen lassen und nach dem Essen mit einem Espresso und einem Vecchia Romagna abgeschlossen.... eh.." Er überlegte kurz, bevor er fortfuhr: „Er hatte Stil, sie eher nicht!" Die Beschreibung der beiden Personen passte zu der unbekannten jungen Frau und Bertram von Öxstedt. Conny und Schorsch verließen das Restaurant etwas niedergeschlagen. „Mist, nun sind wir so schlau wie vorher." Sie gingen die Strecke zu ihrem Fahrzeug schweigend. „Wie wollen wir uns aufteilen?", fragte Conny. „Ich denke, ich fahre zur Elbchaussee und hoffe, dass Karla von Öxstedt zuhause ist und befrage sie. Und Du?" Weissner lachte. „Mir bleibt der ausgebliebene Nachtisch. Ich fahre zum Sitz des Escort-Service und schau mal, was die an Frauen in der Datei haben und welche auf unsere Unbekannte passen würde." Er kicherte noch, als sie im Präsidium ankamen. Conny schaute kurz in ihr Büro, erfragte Neuigkeiten bei ihren Kollegen, um dann relativ zügig wieder Richtung Parkplatz zu verschwinden. Ihr Xedos sprang fast leise an, ihr erster Griff ging zur komfortablen Sitzheizung. Dann stellte sie ihr NAVI ein, wenige Minuten später bog sie schon in den Winterhuder Marktplatz ein. Sie folgte der Navigationsempfehlung und fuhr Richtung A7 über den Lokstedter Weg bis zur Kieler Straße. Die Autobahn war zwar stark befahren, aber schnell erreichte sie die Ausfahrt Othmarschen, um dann links Richtung Blankenese/Wedel abzubiegen. Die Einfahrt des Anwesens der Familie Öxstedt stand immer noch offen, Conny fuhr hinein und parkte vor dem Eingang der schönen Villa. Sie klingelte und nur wenige Minuten später öffnete die blonde Tochter Marie. Conny fragte nach Karla von Öxstedt und danach, ob auch die Mutter anwesend sei. Marie nickte: "Ja, wen darf ich melden?" Conny zuckte innerlich leicht. Sie war vor nur wenigen Stunden schon einmal hier gewesen. Aber dann schob sie die Frage auf den Schock der jungen Frau. „Mein Name ist Schmidt, Conny Schmidt." Nach den eher fragenden Augen der jungen

Frau fügte sie lächelnd hinzu: „Schmidt, ...wie Helmut!" Marie von Öxstedt lachte und winkte ihr nur kurz mit der Hand und ging voran. Im Wohnzimmer saß ihre Schwester Karla und telefonierte. Conny wartete einen Moment und fragte leise nach Sylvia von Öxstedt. „Sie hat sich vor kurzem erst hingelegt. Unser Hausarzt war da und hatte ihr etwas zur Beruhigung gegeben. Sie hatte einen heftigen Migräne-anfall, nachdem alle weg waren. Da haben wir den Arzt gerufen." Conny nickte und sagte leise: „Ja, das haut ja auch jeden Menschen voll um, das kann ich verstehen." Karla beendete ihr Telefonat, wischte sich ein paar Tränen aus dem Gesicht. „Entschuldigung, das war Benny. Ich hab ihm alles erzählt... Was kann ich für Sie tun?" Conny setzte sich neben die junge Frau. „Alles gut, ich habe nur noch ein paar Fragen an Sie?" Karla nickte. Conny atmete kurz durch. Dann fragte sie nach Karlas Personalausweis. Karla sprang auf, lief zu ihrer Jacke und zückte das Portemonnaie. „Hier, da ist der Ausweis. Conny schaute auf Namen, Adresse und die Ausweisnummer. Sie öffnete ihre Handtasche und entnahm die Kopie der Meldebestätigung, die ihr der Hotelmanager gegeben hatte. Karla lehnte sich vor. „Was ist das?"Conny zuckte mit ihren Mundwinkeln. „Das ist die Meldebescheinigung des Hotels, die Ihr Vater gestern ausgefüllt hat." Karla bekam große Augen. „Ja, das ist meine Adresse, mein Name, aber das ist niemals meine Unterschrift...?" Hilflos schaute sie erst auf Conny und dann zu ihrer Schwester.

Conny nickte. „Nein, das ist nicht ihre Unterschrift. Das waren auch nicht Sie, die mit Ihrem Vater in das Hotel eingecheckt haben. Es tut mir sehr leid, aber ich musste das überprüfen." Marie atmete tief aus. „Soll das heißen, dass mein Vater gestern mit einer Frau in diesem Hotel war? Und dass diese Frau auf Karlas Personalausweis eingecheckt hat?" Conny nickte. „Ja, davon gehen wir zurzeit aus." Karla schüttelte den Kopf. „Das kann doch nicht sein. Woher soll Papa denn meine Identitätsnummer des Personalausweises haben? Der Ausweis ist doch immer entweder in meinem Rucksack oder in der Handtasche." Conny nickte. „Woher er die Informationen hatte, wissen wir noch nicht. Aber gestern Abend hat er eine Meldebescheinigung mit Ihren Daten ausgefüllt. Er persönlich. Dafür gibt es gesicherte Zeugen." Schnell steckte sie die Kopie der Meldebestätigung wieder in ihre Manteltasche. Bloß nicht noch mehr Leid verursachen. Conny stand auf und verabschiedete sich und ging mit raschen Schritten zur Tür." Ich finde alleine raus. Recht vielen Dank!" Der Hamburger Nieselregen war wieder stärker geworden. Sie zog ihr Halstuch über den Kopf und sprintete zu ihrem Xedos. Mensch, da steckte nun Feuer drin. Die Mädchen waren mehr als schockiert gewesen und es würde nicht lange dauern, da würden sie eins und eins zusammenzählen. Conny schnaufte. Gut, dass die Mutter gerade nicht bei diesem Gespräch dabei war. Sie wäre sicherlich zuerst auf Hertha Dorn gekommen und danach? Wie viele Kolleginnen hatte Bertram von Öxstedt in seinem Klinikum und wann würde seine Frau nachfragen, wer mit ihm dort im Hotel auf das Zimmer gegangen war. Und - das war noch wichtiger - wie konnten sie an die junge Unbekannte herankommen? Conny nahm ihr Diensthandy und wählte die Nummer vom Schorsch. Er nahm sofort ab. „Hallo Schorsch, wie war der Nachtisch?" Schorsch lachte laut auf. „Trocken, sehr trocken. Die Dame war knapp 80 und als Schmankerl nicht wirklich verlockend!" Conny kicherte. „Was hast Du herausgefunden? War das Mädel in der Kartei?" Weissner seufzte." Leider nein. Aber ich habe mindestens zwölf junge Frauen, die der Chefarzt in den letzten fünf Jahren getroffen hat. Mal auf Tagungen und Kongressen, mal nach der Arbeit einfach so. Begleitung hieß bei ihm immer Sex. Nichts Ausgefallenes, wie mir die Dame eben versicherte, aber nur essen und reden, das reichte ihm wiederum auch nicht. Sie konnte sich übrigens sehr gut an den damaligen Konflikt mit der Chefsekretärin erinnern. Diese habe wohl mit dem Alter der Gespielinnen ein Problem gehabt. Irgendwann habe von Öxstedt selbst angerufen und die Altersgrenze festgemacht, damit dies an seiner Sekretärin vorbeiging. Bestellen durfte sie noch, aber mehr nicht. Dafür aber, nun halte Dich fest, hat er noch eins draufgesetzt. Nun sollten sie zwischen achtzehn und einundzwanzig sein." Conny pustete laut. „Nee, was für ein Schmierlappen! Stil hin oder her." Weissner lachte. "Was hast du vorhin gesagt? Je oller, desto doller?" Sie verabredeten, sich im Büro zu treffen und Conny hatte nun eine halbe Stunde Zeit, sich durch den beginnenden Feierabendverkehr Richtung Stadtpark zu quälen. Sie nahm sich vor, heute einmal früh Feierabend zu machen. Sich mit warmem Wasser in ihre Badewanne zu kuscheln und danach ins Bett. Vielleicht noch ein, zwei Biere dazu. Dann war sie Bett-schwer genug. Schließlich hatte der Tag auch viel zu früh begonnen. Ein Anruf ließ sie allerdings vor Freude auf quieken. Der drahtige Kollege Brembach war am Apparat. Sie schnackten beide los, keine Spur von Fremdheit, obwohl sie sich heute Morgen unter doch eher widrigen Umständen erst kennengelernt hatten. Und ja, er fragte nach einem Treffen. Conny, als eigentlich unterkühlte Norddeutsche sagte sofort zu und Kai Brembach konnte an ihrer Stimme hören, wie sehr sie sich freute. Kurz vor dem Präsidium verabschiedeten sie sich herzlich am Telefon voneinander. „Bis Samstag, ja. Ich freue mich sehr", waren die letzten Worte, die ihr noch in den Ohren klangen, als sie schon die Treppe zur zweiten Etage nahm. Mensch, endlich mal wieder eine Verabredung. Conny war begeistert. Sie hoffte sehr, dass der junge Schupo ungebunden und frei für eine Liebesbeziehung war. Ihr letzter Partner war verheiratet gewesen, mit Kindern, Reihenhaus und allem, was in eine frische Liebesbeziehung überhaupt nicht reinpasste. Wie

59

lange hatte sie sich mit der Frage gequält: Trennt er sich? Will ich das wirklich und wenn nicht, was will ich überhaupt? Kluge Fragen, tausendfach durchdacht und mit Null Ergebnis. Das Ende war fatal. Seine Frau erkrankte an Brustkrebs und er trennte sich nicht von seiner Frau, sondern von Conny. „Ich muss jetzt dort meinen Mann stehen", waren seine letzten Worte gewesen, bevor er ging. Conny war knapp davor, sich einen Strick zu nehmen. Mehrere Monate war sie in tiefer Trauer. Es hatte so geschmerzt, als ob ein Teil von ihr dahingegangen war. In dieser Zeit, war der Schorsch ein sehr guter Freund gewesen, mit einem untrüglichen Gefühl, wann es ihr wie ging. Mehrmals stand er mitten in der Nacht vor ihrer Tür, hielt sie weinend im Arm, wenn der Schmerz nicht mehr aushaltbar war und sie Stunden durch- geheult hatte. Er war es auch, der sie an einem ihrer griechischen Ouzo-Abende mit der unangenehmen Wahrheit konfrontierte, dass sie und ihr Ex nicht real an ein gemeinsames Leben zusammen gedacht hatten. Er nicht - so philosophierte der angeschnasselte Schorsch - weil er alles hatte: Frau, Kinder, Haus und Hof plus Pony für die Jüngste und eine verliebte junge hübsche Frau als Affäre und Betthupferl. Die alles hinnahm, glücklich und zufrieden war, wenn er nur in ihrer Nähe weilte. Die von Conny vorgebrachten Argumente ließ der Schorsch nicht gelten: „Conny, wie hättest Du denn die Wochenenden gefunden, mit ihm und seinen drei Kids, wovon mindestens zwei in der Pubertät

60

waren und Dich bis aufs Messer gehasst hätten? Aus Sicht der Kinder wärest Du der Grund für die Trennung ihrer Eltern gewesen, und genau dass, hätten sie Dir nie verziehen." Conny war stinksauer gewesen. Philipp war ihre richtig große Liebe gewesen. Und ja, sie hatte sich eine Zukunft miteinander wundervoll vorgestellt. Ohne Wenn und Aber. Es hätte doch gutgehen können, wie bei vielen geschiedenen und neu gebundenen Paaren, die sie kannte. Aufgeben, bevor es als gemeinsames Paar begonnen hätte, wäre ihr nie in den Sinn gekommen. Sie hatte sich ein Taxi bestellt und war alleine nach Hause gefahren. „Blöder Bayer", hatte sie noch zu ihm beim Abschied gesagt. Nach dem Wochenende hatte sie sich umgehend dafür bei ihm entschuldigt. Aber so war der Schorsch eben. Immer grade heraus und Conny wusste damals auch schon im Restaurant, dass er recht hatte, mit dem, was er gesagt hatte. Aber sie wollte und konnte es zu diesem Zeitpunkt noch nicht akzeptieren. „Neues Spiel, neues Glück!" Conny freute sich auf das Treffen mit dem Schupo. Er schien so unkompliziert, so in sich ruhend. Sie freute sich auf den Feierabend und noch viel mehr freute sie sich auf den Samstagabend. Sie wollten gemeinsam in ein kleines, aber sehr feines portugiesisches Restaurant hier in Winterhude gehen. Der Tisch war bestellt und schon bei der Auswahl des Restaurants gab es zwischen ihnen eine Menge Gemeinsamkeiten. Beide liebten mediterranes Essen, beide mochten Pizzen in unterschiedlichster

Ausführung und sowohl sie, wie auch Kai Brembach entschuldigten sich zu Beginn immer bei den jeweiligen Essenspartnern, dass sie weder Weiß- noch Rotwein tranken, sondern auf ein frisch gezapftes Bier standen. Der Abend versprach lustig zu werden.

5.

Es war ein guter Morgen. Conny war früh erwacht, hatte nur kurze Katzenwäsche gemacht und ihre Zähne geputzt. In Ruhe trank sie ihren Kaffee, hatte sogar noch Zeit genug, sich ihre Milch anzuwärmen und zu frischen Milchschaum zu verarbeiten. Was für ein behaglicher Morgen. Ihr Handy klingelte. „Kommst' mal rüber? Die Frau von Öxstedt sitzt hier, ziemlich aufgebracht." Die Stimme von Georg Weissner war ruhig und er klang nicht gestresst. Mit Emotionen konnte er umgehen, da war ihm nichts zu wenig. Conny kannte einige ihrer Kollegen und vor allem auch Kolleginnen, die ein großes Problem mit starken Gefühlen ihrer Zeugen oder Hinterbliebenen hatten und sich dem Umgang selbst nicht gerne aussetzten. Natürlich mochte niemand wirklich gerne eine Todesnachricht überbringen, aber dies gehörte nach Connys Meinung einfach zu ihrem Job. Manchmal flachste sie in Fortbildungen darüber, indem sie einen ihrer Standardsätze vorbrachte: „Wer Geld dreckig findet, sollte auch nicht in einer Bank arbeiten!" Mit Blick auf ihre Uhr am Handgelenk machte sie sich in aller Ruhe fertig. Als sie die knarrende Haustür des Hauses öffnete, atmete sie tief ein. Ein herbstlicher frischer Morgen, der Himmel bewölkt, aber ohne Regen. Das schien ein guter Tag zu werden.

Conny ging in Richtung Gertigstraße. Dort hatte sie einen perfekt passenden Parkplatz gestern Abend gefunden, es lohnte sich, einmal auch früh Feierabend zu machen. Schon im Wagen nahm sie kurzentschlossen noch ihren Notizblock: „H.Dorn nach Frau fragen", schrieb sie darauf und fuhr los. Im Büro saß Schorsch an seinem Schreibtisch und trank mit Frau von Öxstedt einen Kaffee. Conny grüßte kurz und nahm ihren Stuhl vom gegenüberliegenden Schreibtisch. „Mei, das is fei guat, doast nei schaost", Conny ahnte mehr, was er sagen wollte, sie nickte Frau von Öxstedt freundlich zu. „Was kann ich für Sie tun?" Diese brach sofort wieder in Tränen aus. „Karla soll mit meinem Mann in einem Hotel gewesen sein? Das ist doch völliger Humbug, Sie wissen doch ganz genau, dass wir alle an diesem Abend zuhause waren. Warum unterstellen Sie so etwas meiner Tochter?" Conny ging zum Kaffeeautomaten und schenkte sich auch den letzten Rest der Kanne ein. „Frau von Öxstedt, wir hatten eine von ihrem Mann ausgefüllte Meldebescheinigung des Hotels. Er hatte sowohl Karlas Namen, ihre Anschrift, sowie ihre Ausweisnummer persönlich eingetragen, dies mussten wir natürlich überprüfen. Deshalb war ich gestern bei Ihnen zuhause. Sie hatten sich gerade hingelegt und wohl geschlafen. Ihre Töchter erzählten, dass der Hausarzt von Ihnen vorher bei Ihnen war und dass es Ihnen gar nicht gut ging. Deshalb wollte ich Sie auf gar keinen Fall stören. Ich habe sowohl mit Marie wie auch Karla gesprochen. Und ja, Ihr Mann hatte Karlas vollständige Daten angegeben. Warum er dies getan hatte, wissen wir nicht. "Sylvia von Öxstedt schluckte. „Karla hat gesagt, die Bescheinigung sei unterschrieben gewesen. Unterschrieben! Aber nicht von ihr!"Georg Weissner ergriff das Wort. „Schau'ns, er war nicht alleine, als er dort eincheckte. Er hatte eine junge Frau als Begleiterin. Mit der war er vorher in der Laeiszhalle zu einem Opern-Event und danach in einem italienischen Restaurant gegenüber, um etwas zu essen. Wir suchen diese Frau, aber haben noch keinen Hinweis, wer sie ist." Conny nickte zu seinen Worten. „Ja, ich weiß, das ist jetzt für Sie und Ihre Töchter eine ganz schwere Zeit. Aber es geht hier um Mord, um das Töten Ihres Mannes, da müssen wir allen Hinweisen nachgehen. Und diese Begleiterin Ihres Mannes ist wohl die Letzte, die ihn an dem Abend lebend gesehen hat." „Kann es vielleicht Frau Dorn gewesen sein oder...?"Conny unterbrach sofort. „Frau von Öxstedt, wir tun unser Möglichstes und ja, klar, werden wir auch unter dem Klinikpersonal nachfragen. Unter anderem auch bei Frau Dorn!" Langsam schien sich bei der Frau die Erkenntnis zu verbreiten, dass ihr Mann nicht nur der liebevolle Vater und ein tüchtiger Chirurg gewesen war. „Er ist mit dieser Frau in der Oper, beim Italiener und danach im Hotel gewesen? In einem Zimmer?" Georg Weissner nickte und brummelte: „Joo, so sieht's aus!" Er zuckte kurz mit den Schultern und starrte aus dem Fenster. Conny stand auf und ging auf Sylvia von

Öxstedt zu. „Wir halten Sie auf dem Laufenden. Ehrlich! Bitte geben Sie uns die Zeit dafür." Einige Taschentücher später waren sie wieder allein. „Wir müssen mit der Personenbeschreibung zu Frau Dorn. Ich bin ganz sicher, dass sie diese Frau kennt." Weissner nickte und sagte: „Ja, allerdings nur, wenn die Unbekannte wirklich zu dem Klinikpersonal gehört. Aber schau'n mer mal". Sie standen beide auf, nebeneinander gingen sie zum Parkplatz. Mit NAVI fuhren sie die Strecke zum Klinikum in Harburg. Conny hatte Frau Dorn ihr Kommen auf Anrufbeantworter gesprochen, sie hoffe sehr, dass die pfiffige Sekretärin Licht ins Dunkle bringen würde. Das wäre ein entscheidender Schritt nach vorne in diesem Mordfall. Die Fahrt bis zu den Elbbrücken war langwierig. Es sah aus, als wolle jeder LKW die Hansestadt verlassen. Ab dem Knotenpunkt Berliner Tor schoben sie sich von Ampel zu Ampel. Die beiden Kommissare hingen ihren eigenen Gedanken nach, das Radio spielte Oldies der 70-er Jahre. Erst am Parkplatz des Harburger Klinikum sah Conny ihren Schorsch an und fragte: „Du mit dabei?" und zeigte zum Eingang. „Mei, natürlich. Sonst hätt' i' Dich gleich allein fahren lassen." Conny nickte und sagte schmunzelnd: "Ja, alles gut. Wollt mich nur vergewissern." Sie kannte den Weg zur ehemaligen Chefsekretärin des Arztes gut, ihr Kollege folgte ihr blind. Sie hatten Glück. Frau Dorn war gerade in ihrer Mittagspause, hatte sich ein Stück Kuchen und einen Kaffee aus der Cafeteria des

Klinikums geholt und saß an ihrem Schreibtisch. Auf ihr forsches „Herein" ging Conny vor, die beiden Frauen gaben sich mit herzlichen Begrüßungsworten die Hände. Conny stellte ihren Kollegen vor und kam schnell zur Sache. „Ihr Chef war im Hotel Scandic mit einer jungen, na ja, sagen wir mal, sehr jungen Frau. Diese schien etwas alkoholisiert, die Meldebestätigung wurde von Herrn Doktor eigenhändig ausgefüllt und von der Dame unterschrieben. Prekär daran ist allerdings, dass er Name, Adresse und sogar die Identifikationsnummer des Personalausweises seiner Tochter Karla eintrug." Conny schnaubte kurz auf: „Ich muss Ihnen wohl nicht sagen, dass es sich bei dieser Dame mitnichten um seine Tochter handelte!" Hertha Dorn schüttelte leicht den Kopf. „Das gibt es doch nicht. Wieder so ein junges Ding?" Georg Weissner nickte: „Ja, eine etwa einundzwanzig bis dreiundzwanzig-jährige junge Frau. Beschrieben wird sie als sehr dünn, fast mager erscheinende, sehr große Frau mit blond-weißen langen Haaren. Die Zeugin schätzt, so um die 1,75. Sie war sehr ‚zurecht' gemacht, auffällig geschminkt, aber es fiel auch schon das Wort „billig". Frau Dorn stand mitten in den Worten des Kommissars auf, winkte fast aufgeregt in Connys Richtung und öffnete ihre Schublade und entnahm einen Ordner mit Karteikarten. Conny folgte ihr und schaute auf die wirbelnden Hände der Sekretärin. „Hier, das ist sie!" Georg war schneller und nahm die blaue Karteikarte, bevor Conny auch nur ein Wort lesen konnte. „Melanie Sievers, zurzeit Praktikantin und Anwärterin auf eine Lehrstelle als Krankenschwester." "Wie kommen Sie auf diese Frau?" Hertha Dorn nahm eine Zeitung vom Regal. "Hier, das ist sie. Melli ist seit einem knappen halben Jahr bei uns, sie ist sehr willig, nicht ganz so helle, aber freundlich und immer sehr bemüht." Georg zog die Augenbrauen hoch. „Ja mei, den Abend war sie wohl mehr als bemüht." Frau Dorn nahm beide Arme nach oben. „Nun ja, aber die Melli ist jung, sehr jung. Klar, schauen die Mädels nach oben, der Doktor war sehr beliebt, beeindruckte durch seine große fachliche Kompetenz. War immer sehr zugewandt und freundlich. Zu jedem! Aber was gar nicht geht, ist dieses doch sehr kindliche Anhimmeln für die eigenen Bedürfnisse - Sie wissen, welche ich Bedürfnisse ich meine – zu nutzen. Er war vierundfünfzig Jahre alt, hatte eine Ehefrau und zwei Töchter, die beide nun schon älter sind als die Gespielinnen ihres Vaters. **Das** geht nicht, Herr Weissner!" Conny griff beschwichtigend ein. „Sie haben doch völlig recht, Frau Dorn. Das sehen wir genauso." Hertha Dorn atmete tief durch, griff dem Schorsch an den Ärmel und sagte mit stockender Stimme: „Entschuldigen Sie bitte, Herr Kommissar. Ich stehe noch völlig neben mir. Bitte seien Sie mir nicht böse. Das ist sonst nicht meine Art." Georg Weissner winkte ab. „Naa, alles gut. I' versteh' Sie sehr gut." Conny griff zum Zeitungsartikel und schaute auf das Bild. Junge Frauen standen um einen graumelierten Mann im Arztkittel herum. Das musste Bertram von Öxstedt sein. Er schien sich in der Rolle des Chefarztes inmitten der jungen Menschen sehr zu gefallen. Direkt neben ihm stand eine Frau: sehr groß, sehr schlank, mit blonden, in den Strähnen fast weißen langen Haaren. Sie schaute auf den Arzt. Das Wort „anhimmeln" schien Conny bei diesem Blick fast untertrieben. Schwer verliebt, hätte sie dazu gesagt. Ihr Kollege kam mit der richtigen Frage gleich heraus: „Ham's eine Adresse? Wo können wir die Melanie Sievers erreichen?" Frau Dorn hatte schon einen Zettel beschrieben und überreichte ihn dem Kommissar." Sie wohnt noch bei ihren Eltern. Erst ab Anfang Mai wird sie ins Schwesternheim ziehen. Hier, dort finden Sie sie sicher." Mit einem etwas leicht ängstlichen Blick schaute sie Conny an. „Hat sie was mit dem Tod des Chefs zu tun? Sie ist wirklich eine ganz liebe Seele." Conny schüttelte leicht den Kopf. „Sorry, Frau Dorn. Das wissen wir nicht. Aber wir werden das sicher schnell herausfinden. Da bin ich sehr sicher." Georg Weissner war schon an der Tür. Auch er spürte den Sog der Aufklärung, wie Conny diese Phase nannte. Von Indiz zu Indiz, bis es endlich zur sicheren Wahrheit wurde. Das war Mordermittlung vom Feinsten. Im Auto schaute sie auf den von Frau Dorn beschriebenen Zettel: „Dahlgrünring", las sie laut vor." Sag, sind das nicht die Hochhäuser von Stillhorn, die man rechte Hand sieht, wenn man auf der A1 aus der

Stadt rausfährt?" Der Schorsch war schon am Auto und hatte die Tür geöffnet. „Keine Ahnung. Lass uns schauen." Kaum war Conny im Wagen, fuhr er schon los. Reiner Jagdinstinkt, dachte Conny, war aber froh, dass ihr Schorsch ebenso eifrig wie sie wirkte. Das NAVI war eingestellt und führte sie über kleinere Straßen von Harburg nach Wilhelmsburg, sie überquerten die Süderelbe über den Kattwykdamm. Wäre da nicht das Kohlekraftwerk Moorburg direkt vor ihren Augen aufgetaucht, hätte es eine schöne herbstliche Landpartie sein können. Wiesen und Felder, soweit das Auge reichte. Nur am Graugrün der Wiesen erkannte man den kommenden Winter. „Nein, Schorsch, schau!" Die ersten Hochhäuser tauchten vor ihnen auf. Hier lebten fast fünftausend Menschen auf engstem Raum zusammen. Sehr schnell fanden sie die Nummer 21 und suchten sich einen Parkplatz. Trotz des leichten Nieselregens waren Kinder beim Fußballspielen. Dunkle braune Augen und schwarze Haare bezeugten den hohen Ausländeranteil von Wilhelmsburg. Auch oder gerade hier in der Hochhaussiedlung mit Blick auf die Raststätte Stillhorn und ihrer davorliegenden Autobahn. Kaum lesbare Namensschilder ließen die beiden Kommissare die Augen zusammenkneifen. „Hier, Sievers, Hermann. Das ist sie wohl." Conny grunzte vor sich hin. „Zu mehr Namen hat es wohl nicht gereicht auf dem Schild. Frauen und Kinder kommen hier wohl nicht vor." Georg Weissner kicherte leise. Seine Emanzen-

Conny! So war sie. Der Türsummer ertönte und eine weibliche Stimme erklang. „8. Stock, dann gleich rechts, die zweite Tür sind wir." Was für eine gute leichte Erklärung. Schon als sie aus dem Fahrstuhl kamen, öffnet sich eine Haustür der Wohnung und eine junge Frau erschien. „Hier, kommen Sie rein!" „Melanie Sievers, das ist sie", raunte Conny ihrem Kollegen zu. Und ja, das war sie, genau wie von Merle Steinfurt beschrieben. Lang, schlaksig mit einem Schlabber-T-Shirt und eine Trainingshose bekleidet, konnte man sich diese Frau kaum an der Seite eines Bertram von Öxstedt vorstellen. „Melanie Sievers?", fragte Conny schon auf dem Weg zur Haustür. „Ja, das bin ich. Was kann ich für Sie tun?" Ja, nette Manieren, die hatte die Kleine. Weissner übernahm die Führung, stellte sie beide vor und bat, eintreten zu dürfen. „Kann ich bitte mal Ihre Ausweise sehen?", kam es fast schüchtern zurück. „Klar", Conny zückte ihren Ausweis und auch der Schorsch war schnell zur Hand damit. Den Weg ins Wohnungsinnere zeigend, erklärte die junge Frau: „Hier hat es mehrere Einbrüche und Diebstähle gegeben, wir sind von Ihren Kollegen gewarnt worden, einfach Leute ohne Vorlage eines Ausweises in die Wohnung zu lassen." „Prima. Das ist völlig in Ordnung", sagte Conny. Im Wohnzimmer nahmen sie auf Bitten von Melanie Sievers Platz auf dem Sofa. „Sie kennen den Chefarzt und Leiter der Inneren Abteilung des Klinikums Harburg?", fragte Georg Weissner. Die junge Frau errötete leicht. „Ja, klar. Herrn von Öxstedt. Den kenne ich." Conny lehnte sich leicht zurück. „Sie waren vorgestern mit ihm unterwegs?" Die wirklich sehr junge Frau nickte und man konnte sehen, wie unangenehm ihr das Gespräch war. „Ja, das waren wir. Hmmh...Also, er hatte mich eingeladen. Erst in eine Oper und danach zum Essen ausgeführt. Das war sehr schön." Conny nickte. „Und wie ging es dann mit Ihnen Beiden weiter?" Melanie Sievers schien es die Sprache verschlagen zu haben. Sie sah aus dem Fenster und nestelte an ihren Haaren. „Ja, wir sind dann gegenüber ins Hotel. Ich hatte ziemlich viel getrunken, mir war etwas schwindelig. Der Herr Doktor, war sehr nett. Hat mich gleich aufs Zimmer gebracht. Also wirklich nett war der."

Beide Kommissare warteten. „Hatten Sie Sex miteinander?", fragte Conny. „Hmmmh, ja... eigentlich schon." Die junge Frau war sehr nervös, errötete und stammelte vor sich hin. „Was ist denn genau passiert? Dort in diesem Hotelzimmer?" Conny legte der aufgeregten Frau leicht die Hand auf die Schulter. Dies brachte eine leichte Beruhigung. Als die Kommissare die Wohnung verließen, war klar. Es hatte einvernehmlichen Sex gegeben, der allerdings nach nur wenigen Minuten unterbrochen werden musste, weil Melli Sievers sich übergeben musste. Erst mitten ins Bett, danach mehrfach in das Waschbecken und die Toilette. Sie sei irgendwann am Morgen erwacht, der Doktor aber wäre schon am Abend nach dem Desaster gefahren. Sie habe schon große Angst gehabt, am

Montagmorgen ihrem Chef nach dieser Blamage zu begegnen. Hier griff Weissner ein und sagte recht trocken: „Da brauchen's keine Scham haben. Der Doktor ist nicht mehr in dieser Welt. Der kommt auch nicht mehr!" Conny musste nun zwar minutenlang trösten, denn Melanie Sievers war doch sehr verliebt gewesen in ihren Herrn Doktor. Aber sie wurde nach nur wenigen Minuten ruhiger, so dass sie sie alleine bleiben konnte. Sie verabschiedeten sich rasch. Schon im Auto sitzend, sagte Conny lachend zum Schorsch: "Ja, das hat Dir gefallen oder? Erst kotzt sie ihn voll, dann wird der Sex abgebrochen und dann wird er noch ermordet. So fängt doch der Dienst der Praktikantin ganz sauber wieder am Montag an." Georg Weissner grunzte nur. „Ihr war das zwar sehr peinlich, aber den geliebten Doktor deshalb umzubringen? Nein, das Mader'l nicht!" Conny war seiner Meinung. „Ja, glaube ich auch nicht. Sie war schwer verliebt in den Oberarzt und ja, es war ihr verdammt peinlich, sich im Arm des gottgleichen Chefs erleichtern zu müssen. Aber deshalb Mord. Nein, wirklich nicht!" Beide seufzten fast zeitgleich auf. „Wieder nichts. Mensch, kaum hat man eine Spur, schon verläuft sie im Nirwana. Das kann doch nicht sein!" Conny schwieg. Hatten sie etwas übersehen. Und wenn ja, was?

6.

Die Woche verlief langsam mit Routinearbeiten, beide Kommissare machten ihren Job ohne größere Erkenntnisse zum aktuellen Mordfall. In Phasen wie dieser waren Berichte zu schreiben, die Akten zu komplettieren. Die täglichen gemeinsamen Sitzungen mit ihrem Chef fielen aus, weil Dietmar von Brodten noch im Urlaub weilte und niemand sonst – außer ihm – ein gesteigertes Interesse an einer gemeinsamen Zusammenkunft hatte.

Der Samstagabend kam schneller, als erwartet. Conny hatte sich in ein neues schickes Oberteil gezwängt, die doch obligatorischen Jeans hatte sie mit einem Ledergürtel mit silberfarbenen und schwarzen Noppen geschmückt. Kai war schon im Restaurant, sie konnte ihn durch das Fenster erkennen. Interessant, sie hatte Herzklopfen, das war ihr schon lange nicht mehr passiert. Er stand auf, als sie durch die Tür trat. Sie begrüßten sich, kurz bevor eine unangenehme Pause eintreten konnte, fragte er ruhig: „Ich darf doch..." und nahm sie nach ihrem Nicken in den Arm. Sie glucksten beide, als sie sich niedersetzten. „Gute Idee", lachte Conny.

Das erste Bier war rasch bestellt, bevor das leckere

selbst gebackenes Brot mit Aioli kam, waren sie schon inmitten einer angeregten Unterhaltung. Es war, als würden sie sich seit Jahren kennen.

Die Pizzen waren bestellt, das nächste Bier auch, als Kai fragte: „Sag, wie läuft 's beim Mordfall an der Elbchaussee? Oder magst Du darüber nicht sprechen?" Er war vorsichtig genug, nachzufragen. Conny nahm gerade ihren letzten Pizzahappen und kicherte leicht. „Na ja, eigentlich gibt es bei uns so ein ungeschriebenes Gesetz, dass wir beim Essen nicht über einen Fall sprechen, aber wie Du siehst, ich bin ja schon fertig." Kai gluckste leicht und nickte ihr kauend zu. „Ja, das kenne ich, machen wir zwar immer wieder mal ab unter uns Kollegen, aber ganz ehrlich, wir halten uns meist dann doch nicht dran." Conny lachte auf und nickte."Stimmt ist schwer, so diszipliniert sind wir auch nicht so oft. Allerdings liebt mein Kollege gutes Essen und wenn es ihm richtig gut schmeckt, winkt er schnell ab, damit er weiter genießen kann." Kai schmunzelte. „Sieht mal ihm auch an, dass er gerne isst. Wo kommt er her?" Conny orderte noch einmal die Karte für den Nachtisch und sagte: „Der Schorsch ist waschechter Bayer. Seine Familie lebt in Oberammergau und er selbst ist bei der MOKO in München groß geworden. Ich bin so froh, dass wir zusammenarbeiten." Kai nickte nur und griff nach der Karte: „Tiramisu teilen? Plus Espresso oder Cappuccino?" Conny griff sich an den Kopf." Kai, das ist unglaublich! Woher weißt Du das?" Sie glaubte zu träumen. Es gab nur ein Dessert für sie und leider war das für sie meist viel zu groß. Und klar, sie nahm immer einen Espresso, der Cappuccino war für sie nur etwas am Nachmittag. Sie hoffte, dass mehr als das Essen und Trinken zwischen ihnen passte. Die Bestellung war schnell gemacht, beim Kaffee sah Kai ihr in die Augen und sagte: „Du bist alles, was ich mir jemals erträumt habe... Muss das einfach mal loswerden!" Conny nahm seine Hand und sie sahen sich tief in die Augen. Zu tief, denn der Espresso landete bei Conny auf dem Schoß und auch Kai hatte kaum Chance, seinen Kaffee in Ruhe zu trinken. Viel zu verwirrt, viel zu verliebt... alles war zu viel!

Nur wenige Stunden später lagen sie gemeinsam und sehr entspannt in Connys Bett. Kai strich ihr leicht über das Haar und schnupperte daran. „Oh, Apfelgeruch! Wie schön!" Conny hatte sich aufrecht hingesetzt und erzählte nun, was sich nach ihren Recherchen im Fall des Bertram von Öxstedt ergeben hatte. „Weißt Du, wir tappen noch bei ganz vielen Dingen im Dunkeln. Mir kommt es vor, kaum gibt es eine Spur, der wir nachgehen, schon verflüchtigt sie sich in ganz kurzer Zeit." Kai setzte sich ins Bett und schüttelte den Kopf. „Aber da muss doch einer direkt nach dem Öffnen der Autotür des Arztes ebenfalls eingestiegen sein und ihn in nur Milli-Sekunden getötet haben." Conny seufzte auf und schüttelte den Kopf. „Nein, leider nicht. Wir sind sehr sicher, dass der

Mörder schon im Auto saß, als der Arzt einstieg.

Der hatte noch kurz telefoniert mit seiner Sekretärin im Klinikum, bevor er losfahren wollte. Und diese beschrieb ihn so ruhig und sachlich, wie an jedem anderen Arbeitstag." Kai schüttelte den Kopf. „Dann muss der einen Schlüssel gehabt haben, denn niemand, also echt niemand, lässt seinen Jaguar einfach unabgeschlossen dort vor dem Haus stehen." Conny nickte und strich Kai eine Strähne aus dem Gesicht. Dieser beantwortete diese liebevolle Geste mit einem langen Kuss.

*

Am nächsten Morgen waren beide zum Frühstück am Anleger „Mühlenkamper Fährhaus". Conny strich Butter auf ihr Baguette und überlegte, welchen Käse sie nehmen könnte, als Kai plötzlich ein lautes „Ja!" ausstieß. „Was ist denn mit Dir los? Alles gut?", fragte sie lachend. Kai kicherte und sagte etwas verlegen: „Sorry, aber das war eben ein spontaner Gedanke, der mir kam. Ich überlege seit gestern Nacht, wie jemand ohne Schlüssel den Jaguar geöffnet haben könnte. Und ja, es gibt eine Möglichkeit!" Conny lachte auf. „Das kenne ich von mir, manchmal schiebe ich einen Gedanken hin und her und plötzlich schießt der ein, ohne dass ich vorher bewusst darüber nachgedacht habe. Was ist denn deine Idee dazu?" Kai war richtig aufgeregt. „Du, es gibt doch mittlerweile Sender, die so gut sind, dass man eine Tür vom Auto öffnen kann, ohne den richtigen Schlüssel dabei zu haben. Wichtig dabei ist allerdings, dass der Sender nur zu präparieren ist, wenn man ein bis zweimal beim Türöffnen dabei ist. Das geht aber, wenn man sich zum Beispiel bei diesem Haus in der Elbchaussee hinter der Garage neben den Mülltonnen platziert." Conny war überrascht. „Echt, das kann man heute schon machen? Wo kriegt man so einen elektronischen Sender her?" Kai bestrich sein Brot mit Marmelade." Da gibt es mehrere namhafte Elektromärkte in Hamburg, sowas sollte wohl kein Problem sein, so einen zu kaufen oder gar im Internet zu bestellen." Conny war fast euphorisch. „Mensch, Kai, das ist ja eine tolle Idee. So könnte es echt gelaufen sein!" Ein lautes Tuckern ertönte, ein Alsterdampfer von der Außenalster kommend, fuhr an ihnen vorbei, es war die alte ‚Bredenbek'. Er drehte kurz und das Anschlagen des Schiffes an den Magnetpunkten dröhnte in ihren Köpfen. Conny schüttelte den Kopf. „Mensch, das machen sie jeden Tag alle Stunde, da muss doch mal jemand das Einparken trainieren!" Kai lachte und strich ihr eine Strähne aus dem Gesicht. „Du bist so entzückend, wenn Du Dich so aufregst." Beide beobachteten, wie Leute ein- und ausstiegen. Bei diesem guten Wetter war der Dampfer gut besucht. Conny zeigte nach oben. „Der Name kommt von der weißen Villa gegenüber vom Anleger. Hier haben ab 1916 die Reichen und Berühmten dieser Stadt gespeist.

Aber die guten Zeiten sind schon lange vorbei. 1998 haben die Besitzer den Laden dichtgemacht und alle Pächter und Köche, die sich später darangemacht haben, daraus wieder ein gutes Restaurant zu machen, sind pleite gegangen. Eine echt tragische Geschichte." Kai nickte wissend. Hat nicht Hans Albers auch hier gegessen?" Conny nickte. „Ja, Vierländer Gans soll er gegessen haben, aber dass finde ich eher eklig, wenn ich mir das so vorstelle." Gedankenverloren legte sie sich eine Scheibe Käse auf das Brötchen. Kai lachte wieder und schob sich eine der restlichen Salamischeiben in den Mund." Da bin ich aber froh, dass Du so tolerant bist und akzeptierst, dass ich noch Fleisch esse." Conny nickte: „Ja, finde ich auch. Vor allem, weil ich mir eigentlich vorgenommen hatte, nie wieder mit einem Fleischesser zusammen zu sein... Aber echt, du machst das alles mit Maß und Genuss und das gefällt mir. Hier ein bisschen Käse, hier etwas Schinken, da mal eine Scheibe Salami." Nun holte sie aus: „Und ich weiß ganz genau, wenn ich drauf bestehen würde, dann würdest Du drauf verzichten, solange ich persönlich dabei bin." Kai lachte. „Für Dich würde ich noch viel, viel mehr tun. Und klar, mir gefällt auch Deine Konsequenz. Ich bin auch ein Feind der Massentierhaltung. Schweine, die so eng stehen, dass sie extrem gefährdet sind und sich gegenseitig verletzen. Das will ich nicht durch günstiges Fleisch im Einkauf unterstützen. Am liebsten weiß ich, woher das Fleisch genau kommt. Aber das ist hier ja nun nicht möglich... oder hättest Du es gerne gehabt, wenn ich gefragt hätte, von welchem Hof diese leckere Salami ist?" Conny lachte auf. „Nee, Kai, ganz ehrlich, so ist schon alles gut mit uns. Sag, woher hast Du soviel Ahnung von Hamburg? Woher weißt Du, dass Hans Albers hier oben im Fährhaus gegessen hat?" Kai überlegt kurz und schüttelte den Kopf. „Keine Ahnung, ich interessiere mich eben... für vieles." Beide wirkten entspannt und nachdem sie bezahlt hatten, gingen sie mit einem langen Kuss auseinander. Kai hatte Spätdienst und Conny war froh über diese kurze Pause bis zum frühen Morgen, um sich mit den erlebten Tagen und Nächten intensiv auseinanderzusetzen. „Mein Gott, das hat mich ja richtig erwischt", dachte sie, als sie ihre Haustür aufschloss. Mit einem Bier in der Badewanne sitzend war ihr klar, der Mann, ja, der Kai Brembach, der war es. Selten hatte sie sich so wohl gefühlt, so geliebt, so unendlich geschätzt. Jemand, mit dem sie lachen konnte, der aufgeschlossen, aber nachdenklich und auf eine tolle Art und Weise klug war. Und erst der Sex!!! Conny schnaubte kurz auf. Es passte miteinander, wie sie es in ihrem doch ziemlich einsamen Beziehungsleben noch nie erlebt hatte. War sie wild und ekstatisch, war er ruhig und zielorientiert. Hielt sie sich zurück, ließ er sich gehen. Sie passten einfach perfekt zusammen im Wechselspiel ihrer Begierden.

7.

Conny war früh wach an diesem Morgen. Sie duschte und erstmalig seit Monaten stand sie lange vor ihrem Kleiderschrank und sortierte ihre Blusen und Kleider. Sie entschied sich für eine weit ausgeschnittene pastellfarbene Bluse und enge Jeans, schminkte sich verhalten vor dem Spiegel, um dann mit einem prüfenden Blick darauf ihre Wohnung zu verlassen. Mit einem fröhlichem „Guten Morgen" betrat sie ihr Büro. Schorsch saß schon vor seinem Rechner, in der Hand seine Kaffeetasse. „Huii, mei, da san mer aber was gutgelaunt."... Er sah sie an und sein Blick fuhr an ihr hinunter bis zu den Füßen. „Joa, hat's gepasst das Wochenende?" Conny hatte sich einen Kaffee eingeschenkt, setzte sich dem Schorsch gegenüber und lachte laut auf. „Ja, so kann man das auch sagen... Ich würde sagen, dass hat mehr als gepasst. Das war unglaublich!" Georg Weissner sah seine strahlende Kollegin an." Mei, das hat Dich ja wohl richtig erwischt. Kenn ich den oder die?" Conny nickte und strahlte weiter. „Och, nee, nicht der Schupo oder?" Conny wusste, wie intuitiv ihr Kollege war und lachte nickend." Doch genau der. Er ist echt wie ein Sechser im Lotto für mich. Echt Schorsch, bitte verderbe es mir nicht." Schorsch lachte auf. „Nein, klar nicht. Bin eher ein bisschen neidisch, aber klar, ich gönn's Dir, wenn er nicht so ein Depp wie der Letzte ist."

Conny erzählte und erzählte. Als sie gerade bei ihrem Bericht über den Funksender war, mit dem der Jaguar des Chefarztes eventuell geöffnet worden sein könnte, war auch Georg Weissner sehr angetan von den klugen Überlegungen des Schutzpolizisten. Mit flinken Fingern tippte er zwei Suchbegriffe in seinen Rechner und stieß einen Freudenschrei aus. „Ja, klar Conny, so geht das. Also war es kein Hexenwerk, sondern ein doch länglich geplanter Mord!" Conny nickte. „Ich denke schon, lass uns das selbst ausprobieren, dann sind wir auf der sicheren Seite, wenn es wirklich so einfach funktioniert." Weissner sprang auf. „Komm Conny, lass uns los, wir besorgen uns so ein Ding und probieren es vor Ort dann aus." Plötzlich war er ebenfalls gut gelaunt, endlich ging dieser Fall mal voran und sie standen nicht vor hunderttausenden von Sackgassen. Der Elektro-Fachmarkt war schnell gefunden. Ein überaus kundiger Verkäufer beriet sie und zeigte mehrere Modelle, mit denen so eine Türöffnung schnell funktionieren würde. Sie entschieden sich für zwei davon und erhielten klare Anweisungen des Verkäufers, was für sie zu tun sei. Schon wieder vor der Tür, schüttelte Weissner seinen Kopf. „Sag, das ist doch unglaublich! Wenn Du direkt neben einem - zum Beispiel meinem Auto - stehst, kannst du es öffnen mit dem Ding. Ratzifatzi geht das! Unglaublich!"Conny war auch beeindruckt, allerdings wies sie ihren Kollegen auch auf die damit einhergehenden Probleme hin." „So wirklich einfach, stelle ich mir das gar nicht vor, Schorsch. Du hast mehrere Chancen pro Gerät, mehr nicht. Und Du musst wirklich zeitgleich mit dem Autofahrer drücken. Nur eine Zehntel- Sekunde später gelingt es schon wieder nicht mehr. Was meinst Du, wie oft der Mörder dort hinter der Mülltonne gesessen hat, um den Moment zu finden, wo das Öffnen der Tür zeitgleich mit dem Drücken des Funksenders war?" Der Schorsch grummelte vor sich hin: „Nur gut, dass es etwas schwieriger ist. Ich mag gar nicht daran denken, was passiert, wenn Autodieben das Stehlen noch einfacher gemacht wird." Liebevoll strich er über seinen BMW. Conny lächelte verschmitzt, eine Antwort sparte sie sich, um ihren Kollegen nicht zu vergrämen. Die Fahrt Richtung Elbchaussee verlief rasch, nur 30 Minuten später bogen sie in die Einfahrt der Öxstedts ein. Der Jaguar war von der Spurensicherung zurückgebracht worden, er stand dort gereinigt und gewaschen. Nichts war dem Wagen anzusehen, dass noch vor kurzer Zeit sein Besitzer darin getötet worden war. Sie klingelten und Frau von Öxstedt öffnete ihnen die Tür. Ihr Vorhaben war schnell erklärt, Georg erhielt den Schlüssel des Jaguars und sie gingen gemeinsam in den Hof. Nach mehreren Anläufen mit Fehlanzeigen klappte es: Synchron schaltete Conny den Funksender, während Georg Weissner den Jaguar-Schlüssel zur Türöffnung betätigte. Sie warteten einige Minuten, dann ging Conny zum Fahrzeug, öffnete es per Sender und stieg ein. „So ist es gewesen! Mensch, bin ich froh, dass wir das Rätsel lösen konnten!" Wieder im Wagen konnte Georg das Glück kaum fassen." Komm, ruf Deinen Schupo an, ich gebe heute Abend eine Pizza aus. Will mich bedanken! Was für eine tolle Idee!" Conny lachte und suchte das Handy aus ihrer Tasche. Sie stöpselte es in Schorsch's Wagen und das Klingeln des Handys ertönte. „Ja, wer ist da denn Hübsches für mich?" Bevor Georg was Gemeines hätte sagen können, legte Conny ihm die Hand auf den Mund und antwortete: „Hallo Kai. Ja, ich bin es. Wir sitzen hier noch zusammen im Auto, der Schorsch und ich. Sind auf der Rückfahrt von der Elbchaussee. Du Kai, das hat geklappt mit dem Sender, es funktioniert, was Du gedacht hast." Georg Weissner sprach laut dazwischen. „Hallo, hier ist der Schorsch. Mensch, da hams uns einen tollen Dienst erwiesen. Herzlichen Dank. Da wären wir nicht so schnell draufgekommen. Habe Conny schon gesagt, darauf gebe ich gerne eine Pizza aus oder was Sie sich sonst so Leckeres wünschen." Kai lachte. „Hallo Schorsch, nein, Pizza ist echt okay. Wann? Heute Abend? Da sind wir beide frei und eh verabredet, oder meine Liebste?" Conny wurde etwas rot im Gesicht, so sehr freute sie sich über Kais Worte. „Klar, das sind wir. Wo und wann sehen wir uns?" Eine gute Pizzeria war schnell gefunden, Zwanzig Uhr war für alle okay. Conny legte auf, während Schorsch in sich hinein kicherte: „Ich glaub's ja nicht, Conny und ihr Schupo..." Bevor Conny böse werden konnte, legte er ihr kurz die Hand auf den Unterarm. „Hör'scht zu:

Meine letzte feste Beziehung in München war eine Polizistin, also so etwas wie Dein Schupo, nur weiblich." Conny starrte ihren Kollegen an. Langsam sickerte die Information durch und dann begann sie schallend zu lachen. „Ach, Du auch!?Dann weißt Du ja, wie es ist, wenn man denkt, dass man sich von Anfang an fast blind versteht." Schorsch nickte und lachte auch. „Klar, das hat damals bei uns eingeschlagen wie der Blitz. Es passte so super zwischen uns. Und ja, ich muss auch sagen, für meine Verhältnisse ist es echt lange gegangen. Wir waren fast acht Jahre zusammen. Das waren echt gute Jahre!" Conny setzte nach: „Was ist passiert? Wieso ist es dann auseinandergegangen?" Georg blieb ruhig und schnaubte kurz durch. „Heute würde ich sagen: reine Blödheit, Blödheit von mir! Weißt, ich war junger Kommissar, ich war gierig nach beruflichem Erfolg, nach Ansehen im Präsidium. Wir hatten damals eine Mordserie, fast monatlich wurden Frauen ermordet, es gab Zusammenhänge, die mich kaum schlafen ließen. Ich habe mich immer weniger um sie gekümmert, habe fast Tag und Nacht gearbeitet, um diesen Serienkiller zu kriegen. Als sie auszog, habe ich es erst nach vier Tagen gemerkt, dass etwas anders ist. Sie hatte alle ihre Sachen mitgenommen, doch verbohrt und blöd, wie ich damals war, habe ich es erst geschnallt, als es zu spät war. Deppert, wie ich war!" Er schnaufte noch mal und schüttelte den Kopf. Conny schnaubte auch, nur etwas leiser." Und, habt Ihr den Typen gekriegt? Wurde der

Fall aufgeklärt?" Georg Weissner lachte laut auf. Das war seine Conny. Weniger im Gefühl für die von ihm vernachlässigte Ex-Freundin, aber interessiert wie nichts, wie sein Fall ausging. Schorsch sagte mit unverhohlenem Stolz in der Stimme. „Ja! Ja! Das Monster, wie wir es nannten, wurde gefasst. Es war eigentlich ein Zufall, aber das Glück war uns hold. Und nein, es war kein Typ, kein Mann. Es war eine Frau, groß und kerlig, aber eben eine Frau. Ob lesbisch oder transsexuell, keine Ahnung! Sie war voller Hass, voller Wut und einer inneren Verrohung, wie ich sie niemals wieder bei einem Mörder erlebt habe. Das war kein Mensch, das war ein Monster!" Conny nickte. „Hat wohl aber weniger mit der Sexualität dieses Menschen zu tun oder? Ich meine, dass muss doch im katholischen Bayern ein gefundenes Fressen für die Boulevard - Presse gewesen sein. Eine Frau als Serienkillerin?!" Georg Weissner lachte auf. „Ja, das war schon fei seltsam. Sie hams bis zum Ende nicht glauben können, dass es sich hier um ein weibliches Wesen gehandelt hatte. Aber ich war bei allen Vernehmungen anwesend, ich weiß es ganz genau. Dazu kam, dass es scheinbar ein ziemlich normales Elternhaus gab, keine außergewöhnlichen Lebens-einbrüche, weder sexueller Missbrauch noch extreme Gewalt, die sie als Kind erlebt hatte. Alleine diese innere unglaubliche Wut wurde von ihr immer wieder benannt. Das Quälen von Insekten und später kleineren Tieren fing in ihrer frühen Kindheit an.

Später mussten die Partnerinnen und Partner herhalten. Das aggressive Ausagieren dieser extremen Wut und dem Hass gegen alles, was anders, schöner, niedlicher, netter war, wuchs von Jahr zu Jahr und kam wohl als junge Erwachsene zuerst in ihren Träumen und sexuellen Vorstellungen zum Ausdruck, bis auch diese Grenze irgendwann überschritten wurde und es ein erstes Mordopfer gab. Dann folgte weitere, wir gingen von insgesamt 14 Opfern aus, wovon allerdings nur 12 gefunden wurden." Conny schluckte nochmals. Ihr Schorsch fuhr fort: „Und ja, Du weißt, ich bin gerne und oft in der Langen Reihe und kenne echt viele Leute dort. Männer, Heteros und Schwule. Frauen, Heteras und Lesben und klar, ich kann mir vieles vorstellen und manchmal sogar verstehen, was die Leute erregt oder antreibt. Aber alle, die ich da kenne, die ham's alle ein Herz in der Brust, was lebt, was liebt- wen oder was auch immer. Aber dem Monster damals, dem fehlte das Herz, da war nix. Selbst aus der Biografie war nicht ersichtlich, woher die Verrohung kam. Von Tat zu Tat wurde es heftiger, brutaler, absurder. Es war ekelhaft und alles so scheinbar grundlos. Wir konnten im Team das gemeinsam tragen und ich muss sagen, auch ertragen. Da standen wir alle zusammen. Aber ab dem Zeitpunkt, wo man alleine damit war, war es die Hölle." Conny zuckte mit den Schultern. „Na ja, Psychopathen gibt's halt wie Sand im Meer. Und ich habe gelesen, dass von ihnen nur die Hälfte wegen Tätlichkeiten wie Mord oder Gewalt ins Gefängnis wandern. Was ist mit der anderen Hälfte? Quälen die „nur" ihre Ehefrauen und Kinder, vielleicht noch ihre Untergebenen, wenn sie Chef oder Führungskraft sind? Diese fünfzig Prozent, die machen mir Angst!" Schorsch lacht auf. „Ja, Conny, mir auch. Aber es nützt nichts, wir müssen einfach weitermachen. Das ist unsere Aufgabe, das ist unser Job. Lass uns die Tage noch in Ruhe ermitteln. Ab Montag ist der Chef wieder da, da wird's eh wieder anstrengend." So gerne Georg Weissner auch unter Dietmar Brodten arbeitete, dieser ließ immer gerne den Chef raushängen und ein Team-Meeting ans andere schloss sich an. Während Conny gut damit klar kam, fand Weissner das gemeinsame Besprechen mehr als reine Zeitverschwendung. „Weißt Du, ich schau mir heute mal den Freund unserer Öxstedt-Tochter an. Den Benjamin, der seinen Schwiegervater „in spe" wohl wenig leiden konnte." Conny griff zu ihrem Notizheft. „Ja, hier ist er: Benjamin Wolf, wohnt auch in der Elbchaussee, aber in der 282. Er wohnt noch zuhause und macht grad wohl sein Abitur. Könnte sein, dass wir den auch schon heute Vormittag zu Hause erwischen. Lass uns mal hinfahren." Lächelnd fragte sie ihren Kollegen: „Und weißt Du noch, von wem der Öxstedt-Mädels er der Freund ist?" Schorsch blickte sie kurz an. „Mensch Conny, ich war dabei, als wir die Beiden vernommen haben. Karla von Öxstedt heißt die. Da brauche ich keinen Notizblock." Conny applaudierte. „Mensch, Schorsch, Du bist ein

Notizbuch, echt. Meinen Respekt hast Du!" Schon die Jacke greifend, fragte sie. „Welchen Wagen nehmen wir?" Georg Weissner klimperte mit dem Autoschlüssel. „Mit der ‚Bajuwaren-Kiste', meine Liebe. Nach den Erinnerungen von heute morgen, muss das einfach sein!" Sie verabschiedeten sich kurz von den Kolleginnen und Kollegen, bevor sie in den Wagen von Schorsch im Unterdeck des Präsidiums stiegen. Kurz das NAVI eingestellt, fuhr Georg Weissner schon Richtung Winterhuder Marktplatz. „Weißt Du, Conny, ich habe schon viel Bockmist gebaut in meinem Leben, aber das damals war echt bescheuert." Conny schluckte und schaute ihren Kollegen an. „Habt Ihr Euch nochmal wiedergesehen? Gab es 'ne Chance für Dich, alles wieder ins Lot zu bekommen?" Schorsch lachte auf. „Nein, natürlich nicht. Einer unserer Freunde, na ja, der damaligen Freunde, hatte sich schon als Seelentröster angeboten. Als wir uns Monate später bei einer Feier im Hauptquartier wiedersahen, war sie schon im 4.Monat schwanger und sah sehr glücklich aus. Ich habe dann meine Versetzung beantragt und bin nach Hamburg gekommen." Conny stutzte: „Echt, seit wann bist Du denn dabei?" Georg Weissner lachte wieder auf. „Seit der Jahrtausend-Wende. Zuerst war ich in Hamburg-Harburg, aber das gefiel mit nicht so gut. Die richtige Versetzung kam, als unser Chef Dietmar aufstieg und einen guten Mann mehr für die MOKO gefordert hatte. Da wurde der Weg frei für mich." Conny nickte: „Ja, für mich dann auch. Weil ehrlich, es gab niemand im Team, mit dem ich gut oder annähernd gut zusammenarbeiten konnte. Wir dachten alle völlig unterschiedlich. Ich war so froh, als Du kamst und wir gemeinsam die ersten Fälle zugeteilt bekamen." Schorsch erinnerte sich: „Das passte doch von Anfang an." Er zuckte mit den Schultern. „Fand auch, da passte im Denken kein Blatt Papier zwischen uns. Von Beginn an super. Bis heute!" Sie waren von der Autobahn abgebogen, um den Weg Richtung Elbchaussee zu nehmen. Die Straßen waren heute frei und so fanden sie schnell zum Haus der Eltern von Benjamin, dem Freund von Karla von Öxstedt" Tatsächlich Wolf, mit nur einem f", lachte Conny und zeigte auf das goldene große Türschild, als sie mit ihrem Kollegen vor der Tür stand. Eine sehr adrette junge Frau in hellblauem Kostüm öffnete, sie stellte sich als Hausdame der Familie Wolf vor. Wie Conny vermutet hatte, war Benjamin zuhause. Sie wurden in den Salon geleitet und warteten auf den Junior. Weissner betrachtete die weißen Schleiflackmöbel und nahm mit freundlicher Gelassenheit den angebotenen frischen Kaffee mit Dank an. Bevor der Kaffee erschien, war auch schon Benjamin Wolf zur Stelle. „Hallo erstmal. Sie wollten mich sprechen? Wie komme ich zu dieser Ehre?" Conny lachte verschmitzt: „Na ja, Ehre? Ich weiß nicht... Darf ich vorstellen, dass ist mein Kollege Georg Weissner. Ich bin Conny Schmidt. Wir kommen von der Hamburger Mordkommission und ermitteln im Mordfall Bertram von Öxstedt." Benjamin Wolf wurde angemessen stiller. „Oh ja, Karla hat erzählt. Das ist ja echt furchtbar." Conny nickte und schloss gleich ihre Frage an. „Sie mochten den alten Herrn nicht so gerne oder?" Die Hausangestellte brachte den Kaffee und stellte die Kanne gleich auf den Tisch. Der Geruch blieb im Salon hängen und machte ein behagliches Gefühl. Während Georg Weissner einschenkte, beobachtete Conny den jungen Mann aufmerksam. „Na ja, was heißt mögen? Er war halt ihr Vater und ich habe mich bemüht, freundlich zu sein. Ansonsten bin ich dem Doc so gut es eben ging, aus dem Weg gegangen". Georg zog scharf die Luft ein. „Er soll sie nicht gemocht haben? Was war passiert?" Benjamin zuckte die Schultern. „Eigentlich ist nichts passiert. Es gab Familienfeiern, manchmal wurde gemeinsam gegessen oder zum Essen ins Restaurant gegangen. Es war ziemlich normal. Man gab sich die Hand und grüßte oder verabschiedete sich, mehr an Kontakt war nicht." Conny schüttelte den Kopf. „Und woher wissen Sie, dass er Sie nicht mochte?" Benjamin zuckte wieder mit den Schultern. „Na, von ihm direkt gar nicht. Aber Karla hat oft und viel erzählt. Ihm fehlte mein Streben nach Erfolg, nach Leistung. Ich weiß bis heute nicht, was der hatte. Ich mache ein Einser-Abi, bin im Sport herausragend, spiele Polo und Tennis und das ganz oben in der Liga. Dazu bin ich freundlich, aufmerksam, immer gut gelaunt, habe Manieren, gehe nett nett mit seiner Tochter um.

Keine Ahnung, was dieser Mann an mir fand oder eben nicht fand. Ganz ehrlich, ist mir auch ziemlich egal...!" Georg Weissner trank seinen Kaffee aus und erhob sich. Auch Conny stand auf. „Ist Ihnen vielleicht in der letzten Zeit irgendetwas aufgefallen? Gab es „merkwürdige" Auffälligkeiten, etwas Besonderes irgendwelcher Art?" Benjamin Wolf schüttelte den Kopf. Schon während Conny und ihr Kollege bei der Haustür standen und sich für den Kaffee bedankten, rief Benjamin hinter ihnen her: „Hallo Frau...? Ja, vor kurzem war mal was?" Conny drehte sich um. „Conny Schmidt. Schmidt, wie Helmut!" Benjamin stand nun neben ihnen. Er wirkte leicht aufgeregt. „Ja, es gab vor einigen Wochen eine Situation, die komisch war. Das eine Mal, als wir in die Stadt fahren wollten, stand da so ein Mann, aber hinter dem Haus, dort, wo die Mülltonnen stehen." Nun hatte sich auch Schorsch flugs umgedreht. „Kannten Sie den? Wie sah der aus?" Benjamin legte den Kopf zurück und überlegte. „Nee, ich kannte den nicht. Karla meinte, das sei wohl der Gärtner gewesen, aber ich habe damals schon vehement widersprochen. Nein, dieser Mann war älter, sah reifer aus, mit leicht angegrauten Schläfen. Und der sah auch nicht nach körperlicher Arbeit aus, also Gärtner war der auf gar keinen Fall." Conny spürte nun auch eine leichte Aufregung. „Könnten Sie den Mann genauer beschreiben?" Benjamin schüttelte den Kopf. „Nein, auf keinen Fall. Der war ja dort in dem abgedunkelten Bereich der Mülltonnen, hatte sich auch sofort weggedreht, als er merkte, dass ich ihn gesehen hatte. Selbst die Größe kann ich nicht beschreiben. Dick war der nicht, dünn, aber auch nicht. Alles so im Mittelmaß von der Größe und dem Gewicht her. Aber sicher deutlich über vierzig Jahre alt." Er lenkte ein: „Das tut mir wirklich leid, aber ich habe diesen Menschen nicht wirklich gesehen." Weissner ergriff das Wort: „Bitte, keine Entschuldigung! Das war großartig. Sie sind der Erste, der etwas gesehen hat, was uns zum Täter führen könnte." Conny zückte ihre Visitenkarte. „Falls Ihnen noch etwas einfällt, bitte melden Sie sich bei uns. Sie sehen, auch solche Details oder Zufälligkeiten sind bei der Aufklärung wichtig." Nun verabschiedeten sie sich und gingen in Richtung Fahrzeug. Schorsch war immer noch leicht aufgeregt. „Mensch, Conny, der erste Anhaltspunkt. Endlich bewegt sich was in diesem Fall!" Conny nickte. „Das kann schon sein. Dort hinter dem Mauervorsprung konnte mal sehr leicht das Klicken der Fernbedienung beim Jaguar üben... Warte mal Schorsch, ich muss nochmal was fragen?"Sie war mit raschen Schritten an der Haustür und klingelte. Benjamin öffnete selbst. „Eine Frage habe ich noch, Herr Wolf. Welches Auto stand direkt vor der Tür?" Der junge Mann lachte laut auf. „Na, was denken Sie? Die Status-Kiste stand da. Der alte Herr parkte immer dort. Wehe, wenn mal jemand anderes diesen schicken Platz in Anspruch nahm, da konnte der richtig ungemütlich werden." Conny setzte nach. „Sie sind ganz sicher, da stand der Jaguar? Wollte der Hausherr noch los?" Benjamin zuckte die Achseln. „Das weiß ich nicht, aber wir wollten ins Kino und waren ziemlich spät dran für den Film. Aber auch wenn Karlas Vater nochmal wegfahren wollte, dass hätte er uns im Leben nie erzählt. Für solche banalen Gespräche war er nicht geeignet. Der hat nur Ansagen gemacht, wer was wie zu tun hatte. Und ganz speziell, was er selbst wann und wie machte. Ich erinnere mich an Situationen beim Abendessen, da hat er mühelos seine Tagesoperationen rezitiert mit schonungslosen Details, bis er von seiner Frau oder den Töchtern gestoppt wurde. Sein beleidigtes Schweigen am Tisch hinterher war aber meist noch viel schlimmer auszuhalten." Conny sah ihm in die Augen. „So ein netter Zeitgenosse war Herr Doktor wohl nicht?" Benjamin lachte auf. „Nein, nicht wirklich. Ich habe oft seine Frau bedauert, dass sie in dieser grottigen Beziehung leben musste. Sie ist ja für ihr Alter noch eine echt schicke Frau. Ich mag sie wirklich gerne. Sie hat Humor, ist meist gut gelaunt und immer nett zu den Freunden und Bekannten ihrer Töchter, hat viele Freundinnen, mit denen sie etwas unternimmt." Schorsch war zurückgekehrt und stand neben Conny. „Habens 'ne Ahnung, wer das getan haben könnte?" Benjamin Wolf prustet und füllte die Backen mit Luft. „Na ja, keiner konnte den leiden. Die Leute, die unter ihm standen, hat er schikaniert, ich habe mehr als ein Mal die Hausangestellte oder die Putzfrau weinen sehen. Der Gärtner hat ihn gehasst, hat sich aber immer sofort an Karlas Mutter gewandt und die hat ihrem Mann dann die Einmischung verboten. Aber dass ihn nun gleich jemand unter die Erde bringt, nee, das glaube ich nicht. Kann ich mir echt nicht vorstellen." Conny bedankte sich für die Informationen und ging ziemlich still und nachdenklich zum Auto vom Schorsch. „Lass uns nachher mal die Hausangestellten befragen, vielleicht hat einer das mit dem Typen nicht mehr ausgehalten... oder wollte seine Frau entlasten... oder, oder, oder!" Weissner war auch schon ins Auto gestiegen. „Ja, das können wir gerne machen, aber ich glaube nicht, dass dabei viel rauskommt." Er schlug die Augen nach oben und begann zu singen: „Der Gärtner war's ..." Conny lachte und äffte ihn nach. „Ja mei, da hat der Gärtner ein langjähriges Verhältnis zur holden Gattin und weil er es nicht mehr aushalten kann, dass unser Dokki so ein Unmensch ist, bringt er ihn im Auto um. Hmmh, und das gleich zweimal." Auch Weissner konnte sich nicht mehr halten und lachte aus vollem Halse. Kurz vor dem Haus der Familie Öxstedt fuhr er auf den ersten Teil der Einfahrt und flüsterte geheimnisvoll: „Komm, lass uns den Gärtner dingfest machen." Nur die Hausangestellte öffnete die Haustür. Frau von Öxstedt sei beim Bestatter, um die Beerdigung des Verstorbenen zu planen, teilte sie den beiden Kommissaren mit. Mehrere Fragen nach dem Gärtner verliefen ins Leere. Die junge Frau sprach kein Wort Deutsch und verwies immer wieder auf ihre Chefin.

Unverrichteter Dinge stiegen sie ins Auto. Die Rückfahrt verlief lustig und kurzweilig, es war, als habe die neue Info etwas in ihnen gelöst, an Anspannung und kriminalistischem Druck. Der Tag wurde mit dem Stand der Ermittlungen an die Kollegen im Team und den von ihnen so verhassten schriftlichen Berichten in ihren Rechnern verbracht. Kurz nach halb Sechs sprang Conny auf und verabschiedete sich von ihrem Kollegen mit den Worten: „Wir sehen uns nachher zur Pizza, ich muss nur noch nach Hause, um mich hübsch zu machen". Georg Weissner lachte. „Ja, nü, ich auch. Muss doch frisch und rasiert vor deinem Gschpuusi auftreten." Conny winkte und weg war sie.

8.

Kai hatte Conny in ihrer Wohnung abgeholt, galant führte er sie zum Auto. Conny war gutgelaunt und erzählte von dem ersten wichtigen Hinweis auf den vermeintlichen Täter. „Du wirst es wohl noch heute mehrfach vom Schorsch hören, aber es ist, als ob durch diese Beschreibung des Mannes hinter dem Haus der Öxstedts der Täter real geworden ist. Ein Mensch aus Fleisch und Blut und nicht, wie die Tage vorher eine Fata Morgana." Kai schaute sie verliebt an. „Hauptsache, wir sind real und meine Gefühle zu dir sind auch ganz wirklich." Conny lachte und stupste ihn in die Seite, während er das Auto startete. Die Pizzeria lag in der Nähe, nur wenige Minuten später parkte Kai seinen Smart in eine schmale Parklücke. „Tschakka was für ein Auto, oder!?" Conny kicherte: „Ja, ein echter Stadtflitzer! Cool!" So sehr wie sie ihren Xedos liebte, so liebte Kai seinen Smart. Und klar war auch, er fand meist einen Parkplatz dicht bei seiner Wohnung, während Conny im Viertel herumfahren und meist mehr als zehn Minuten von ihrem Wagen zu ihrer Stadtwohnung laufen musste. Von draußen konnte Conny ihren Kollegen schon erkennen, vor ihm stand ein Hefeweizen. Conny stupste ihren Freund an. „Schau, der hat mit einem Bier vorgelegt..." Kai lachte und schüttelte den Kopf. „Das ist kein Bier, Bier ist gleich unser Pils, was wir ordern." Conny kicherte, zog aber Kais Kopf an ihre Seite. „Aber bitte keinen Streit, nur wegen eines Bieres." Noch beim Türöffnen schüttelte Kai den Kopf. „Klar nicht. Wie kommst Du bloß immer auf solche Sachen?" Georg Weissner war zur Begrüßung aufgestanden. „So schnell sehen wir uns wieder... Freut mich sehr, ich bin der Schorsch." Kai stellte sich vor und Conny und er setzen sich. Der Abend verlief entspannt und fröhlich. Kai und Schorsch verstanden sich prächtig. Conny war sowohl stolz auf ihren Schupo, wie auch auf ihren Kollegen. Mit einem Sambuca mit Kaffeebohnen und Feuer, beendeten sie den schönen Abend. Da keiner von ihnen mehr fahren konnte, bestellte Georg Weissner für sich ein Taxi, Kai und Conny gingen zu Fuß nach Hause. „Was für ein lustiger Abend", lachte Kai auf dem Weg. Conny gluckste auch und sagte: „Bei der Menge an Pils und Weißbier, war das ja kein Wunder. Aber nun bin ich auch froh, ins Bett zu kommen. Einfach liegen, das ist es!" Kai grummelte etwas in seinen nicht vorhandenen Bart und nahm das Gesagte nach dem Zähneputzen wieder auf. „Meine Süße, was denkst Du darüber: Du liegst und ich arbeite...an uns?"

*

Jens Andresen schloss die Apotheke ab. Das war heute ein harter Tag gewesen. Kunden von morgens an, vor fünf Minuten konnte er die letzte ältere Dame vor die Tür befördern, sie hatte im Fernsehen etwas gegen Vergesslichkeit im Alter gesehen, dass wollte sie erwerben. Aber kaufen wollte sie es auch nicht, nur mal in der Hand halten... Jens Andresen lachte ein wenig in sich hinein. Normalerweise konnte er gut mit diesen älteren Herrschaften, aber heute fehlte es am Personal. Die Azubine war krank und seine Festangestellte lag wegen vorzeitiger Wehen schon in der Klinik und würde mit Sicherheit die nächsten Monate ausfallen. Er war in der Mittagspause kurz in der gegenüberliegenden Bank gewesen, um dort Geld abzuheben. Andresen griff in seine Tasche und holte einen Umschlag voller Banknoten heraus und seufzte, als er diese große Summe in der Hand hielt. Im Auto blätterte er die Scheine durch, gab noch einige Scheine aus der Kasse der Apotheke hinzu und zählte alles gründlich und penibel durch. Er wollte sich doch nichts nachsagen lassen... Dann startete er den Wagen und fädelte sich in den fließenden Verkehr ein. Von Wandsbek bis nach Volksdorf, dass konnte ja zur Feierabendzeit ein langer Ritt werden. Er bog in die Rütterstrasse, folgte dieser bis zur Ahrensburger Straße, um dann relativ rasch in den Friedrich-Ebert-Damm zu kommen. Zur Linken lag seine Mercedes-Filiale. Dort war er bekannt und beliebt, immerhin hatte er jedes seiner teuren Autos mit dem Stern dort gekauft. Die Ampeln waren gut geschaltet. Er war rasch schon Richtung Eissporthalle in Farmsen, als er seine fast bleierne Müdigkeit spürte. Nur noch kurz das Geld abgeben, dann nach Hause und es sich auf seinem Sofa bequem machen. Jens Andresen hielt nicht viel von langen Abenden außerhalb seiner Wohnung. Einmal die Woche spielte er Squash mit einem Bekannten, einmal machte er seine Runde an den Fitnessgeräten, immer donnerstags ging er in die Sauna in der Bartholomäus-Therme. Diese war fußläufig erreichbar neben seiner Wohnung im Mundsburg - Center. Mehr Amüsement erlaubte er sich nur an zu einsamen Wochenenden, aber auch das schaffte er im Moment kaum noch. Er schüttelte den Kopf. So ging es nicht weiter. Zweidrittel seiner Einnahmen gingen an diesen Halsabschneider, diesen unehrlichen Halunken. In Volksdorf parkte er direkt vor dem Haus des Arztes. Durch die großen Glasscheiben konnte er die Familie von Herrn Dr. Schomann am Esstisch sehen. Er klingelte. Schnell wurde die Tür geöffnet. „Guten Abend, Herr Doktor." Schomann war selbst an der Tür. „Geben Sie schnell her, muss ja nicht jeder sehen, was Sie hier so treiben!" Ohne nachzuzählen, nahm der noch jung aussehende Arzt den Briefumschlag und war schon im Begriff sich umzudrehen. Jetzt oder nie, dachte Andresen. „So geht dass nicht weiter, Herr Doktor. Das ist zu viel, ich kann bald die Kosten meiner Apotheke nicht mehr decken." Schomann sah ihn geringschätzig an. „Doch das können Sie mein Lieber. Um es mal ganz klar zu sagen, Sie haben gar keine andere Wahl. Apotheker, die sich nach meinen Aufträgen die Finger lecken, gibt es wie Sand am Meer. Da bin ich ganz sicher. Also", er drehte sich um", meine Familie wartet. Wir sehen uns im nächsten Monat. Bleiben Sie gesund." Er schloss die Tür vor Andresen, dieser schnappte nach Luft. Mit etwas wackeligen Beinen ging er zu seinem Wagen. Während er startete, schaute er auf seine Uhr. Er hatte nur gefrühstückt, klar ging das alles auf den Kreislauf. Er überlegte nicht lang und suchte im NAVI den Dorfkrug Volksdorf heraus. Nur zwei Straßen weiter stand er schon vor dem rustikalen Bauernhaus mit dem Restaurant. Er liebte die Küche mit schwäbischem Einschlag, es erinnert ihn immer an die gute Kost seiner Mutter aus Kindertagen. Er wählte einen teuren Rotwein, dazu ein Chateaubriand mit Beilagen. Schon nach wenigen Bissen ging es ihm deutlich besser. Dieser Besserwisser, dieser Blödmann, der fett auf seinem Geld saß, der hatte Recht. Ja, klar. Er kannte viele Kollegen, die neidisch auf diesen Kontakt zu einem benachbarten Onkologen waren. Hier eine Chemo, da eine Chemo, schneller konnte man gar nicht reich werden. Für jeden Menschen, der an den Folgen dieser Gifttherapie verstarb, saßen morgen schon zwei bis drei neue Patienten im Wartezimmer. Jens Andresen wusste selber genau, welche Vorteile er davon hatte. Rechnen konnte er sehr gut: Verkaufspreis minus Kosten gleich Gewinn. Und ja, das ergab jeden Monat einen satten Gewinn, auch wenn er durch das dicke Bündel Geldscheine für den Onkologen um knapp die Hälfte geschmälert wurde. Er bestellte die zu verabreichenden Medikamente, mischte sie sogar teilweise selbst noch an und lieferte sie danach frisch direkt in die onkologische Praxis, sozusagen als Serviceleistung seinerseits. Darüber konnte er mit jedem sprechen, über das Bündel Geldscheine, was er monatlich für diesen Handel in bar an Schomann abliefern musste, nicht. Er zerschnitt sein Fleisch und atmete tief durch. Natürlich würde er den Deal weitermachen. Natürlich würde er auch weiterjammern, aber auf Schomann verzichten? Nein, das konnte und wollte er auf keinen Fall. Nach einem weiteren Glas Rotwein, sah er die gesamte Situation auch deutlich entspannter. Er nahm sich vor, mehr und regelmäßiger zu essen. Das würde ihm guttun und seine Stimmung verbessern. Langsam begann die Sonne unterzugehen. Er nahm das Licht in allen Farben in sich auf und winkte dem Kellner, um zu bezahlen. Erst im Auto sitzend sah er, wie spät es schon war. Er strich sich über seinen satten Bauch und grinste. Das wird ein schöner, aber recht kurzer Abend, befand er. Nur noch ein wenig über die Dächer der Stadt bis zum Hafen schauen, die beleuchteten Kräne an der Elbe bewundern, das Spiegeln der Lichter im Wasser bestaunen und dann bis zum Morgen durchschlafen. Ja, er freute sich auf seine Wohnung, auf sein Bett am Fenster und auf die vor ihm liegende Nachtruhe. Die Rückfahrt verlief ohne Komplikationen und nur zwanzig Minuten später parkte er seinen

Wagen im Parkhaus des Mundsburg - Towers. Der Doorman war schon verschwunden, als er mit seinem Schlüssel die Tür zum Raum des Fahrstuhls öffnete.

Er wohnte im 23.Stock und er wäre nie auf die Idee gekommen, das Treppenhaus zu nutzen. Er fuhr im Aufzug leise hoch, nur ein kurzes metallisches Ächzen zeigte an, dass er im richtigen Stockwerk angekommen war. Fast geräuschlos öffnete sich die Tür und er trat in den Flur. Den Haustürschlüssel schon in der Hand haltend, ging er mit ruhigen Schritten auf seine Haustür zu. Eine hastige Schrittbewegung hinter ihm veranlasst ihn, sich umzudrehen. Er sah in dunkelbraune Augen voller Hass und spürte einen starken Schmerz in der Brustgegend. Er wollte schreien, bekam aber keinen Ton heraus. Der Schock war zu heftig. Er starrte auf das Messer, was in ihn fuhr, wieder und wieder... Er stürzte mit offenem Mund auf den Boden, hörte sein eigenes Fallen. Dann wurde es still um ihn. Sehr still...

9.

Die Nacht war deutlich zu kurz. Als Connys Handy läutete, war es früher Morgen. „Oh Mensch, was soll das? Früher geht's wohl nicht oder?" Conny lauschte ins Handy nickte kurz. „Ja, klar. Bin unterwegs. Bis gleich!" Auch Kai stand schon neben dem Bett und sammelte die verstreut liegenden Klamotten von gestern Abend ein. Nur knappe zehn Minuten später waren Kai und Conny an der unteren Haustür. „Hey, nicht hetzen, Conny, ich fahr Dich. Wo geht's hin?", fragte Kai. „Mundsburg - Tower, der Große an der Ecke zum Winterhuder Weg." Kai nickte. „Kenn ich, finde ich auch hin. Müssen nur zurück zum Auto, aber dann sind wir in knapp sieben Minuten da." Im Auto fragte Kai weiter: „Wisst Ihr schon, wer es ist?" Conny schaute ihn mit großen Augen an. „Sag Kai, ich versuche grade mit Hilfe des Cappuccino-Pulvers in der Autofahrertasse geradeaus zu gehen. Und Du stellst mir solch komplizierte Fragen? Nein, ich weiß nicht, wer das ist. Und ich weiß auch nicht, warum Tote immer um diese nachtschlafende Zeit gefunden werden? Wer um Himmels Willen findet um diese Zeit eine Leiche? Haben die Finder sonst nichts zu tun? Ich begreife es nicht. Jetzt nicht und in alle Ewigkeit auch nicht!" Kais Lachen war ansteckend. „Sag, bist Du immer so drauf, wenn's zum Einsatz geht? Über so einen Mist habe ich mir noch nie Gedanken gemacht. Es ist, wie es ist. Das ist unser Job." Conny war nun leicht ruhiger geworden. „Kai, Du bist Schupo, Du hast sowieso Arbeit im Schichtdienst. Aber ich nicht. Ich komme zwischen acht und halb Neun zum Dienst und bleibe maximal bis Neunzehn Uhr. Kann nicht in dieser Zeit ein Mord begangen werden?" Ihre Stimme wurde spitz: „Und wenn mal in der Nacht gemordet wurde, warum findet man die nicht um acht oder halb Neun?" Sie knuffte Kai in die Seite. „Erklär' s mir, bitte!" Kai schüttelte den Kopf. „Kann ich nicht erklären. Aber versprochen, sobald mein Hirn wieder funktioniert, denke ich da drüber nach. Hier steht der Smarti." Mit einem Klick öffnete er die Tür. Conny stieg ein und sie fuhren los. Kai hatte Recht. In knappen sechs Minuten waren sie am Mundsburg-Tower. Mehrere Polizeiwagen standen schon im Bereich der Eingangstür und blinkten mit ihren Warnleuchten quer durch den noch immer dunklen Nachthimmel. Conny hatte den letzten Schluck ihres Kaffeegebräus getrunken, schraubte den Deckel auf die Tasse und legte sie vorsichtig in den Fußbereich des Autos. „Kommst Du mit hoch?", fragte sie Kai. Dieser nickte. „Klar, ich lass Dich doch jetzt nicht alleine. Komm, lass uns los. In welchen Stock müssen wir?" „23. Stock, ich rufe den Schorsch mal kurz an, dass er uns mit dem Fahrstuhl hochholt. Zu Fuß wäre mir grad echt zu anstrengend." Am Eingangsbereich stand ein junger Polizist. Er grüßte und stutzte leicht, als er Kai erkannte. „Was machst Du denn hier? Hast Du den Dienst gewechselt?" Kai lachte und sagte verschmitzt: „Nein, klar nicht. Aber ich bringe hier jemand zur Leiche. Wo müssen wir hin?" Der junge Polizist öffnete die Fahrstuhltür. „Fahrt zum 23.Stock" und zu Conny gewandt sagte er: „Ihre Kollegen sind schon da." Conny nickte und bedankte sich, während Kai auf die 23 drückte. Wenige Momente später öffnete sich die Tür wieder und sie traten auf einen schmalen Hausflur. Conny grüßte nach links und rechts, mehrere Männer und eine Frau steckten in weißen Schutzanzügen und markierten mit Plastikzahlen an Boden und Wand Hinweise. „Hier, unbedingt überziehen, das ist eine richtige Sauerei", mahnte einer der Männer und drückte Conny zwei blaue Plastiküberzieher in die Hand. Sie zog das Plastik gekonnt über ihre Füße, dann entdeckte sie Schorsch bei einem am Boden liegenden Mann. Kai nahm sie kurz in den Arm und sagte: „So, mein Liebes, ich werde dann mal wieder los. Habe heute den Mitteldienst, das wird anstrengend genug bis spät in den Abend." Conny nickte, winkte ihm kurz nach und ging vorsichtig Richtung ihres Kollegen: „Hey Schorsch, ging nicht schneller. Was gibt es?" Georg Weissner sah müde und unausgeschlafen aus. „Hallo Conny. Ziemliches Blutbad hier. Sieht so aus, als habe hier jemand dem Mann aufgelauert, ihn angegriffen und mit unendlich vielen Messerstichen niedergestreckt". Conny bückte sich neben dem Gesicht des Toten. „Die Überraschung ist ihm noch ins

Gesicht geschrieben. Guck, er sieht völlig entgeistert aus. Wo wollte er hin?" Georg Weissner zeigte auf eine vor ihm liegende Tür. „Ich schätze dort hin. Nur wenige Meter und er wäre in Sicherheit gewesen." Conny ging mit kurzen Schritten zur gegenüberliegenden Haustür. „Jens Andresen", las sie laut. „Wer hat ihn um diese Zeit gefunden?" Georg Weissner streckte sich ein wenig und zeigte auf einen Mann im roten Dress vor ihm. „Das ist Herr Seewald, seines Zeichens Rettungssanitäter. Er und sein Kollege wurden von einer älteren Dame gerufen. Wilhelmine Weininger, sie wohnt dort drüben. Ihr ging es sehr schlecht, sie rief den Rettungsdienst über 112. Auf dem Weg vom Fahrstuhl zu ihrer Wohnung hat er den Toten gefunden."Conny ging auf den Rettungssanitäter zu. „Guten Morgen, Conny Schmidt. Ich bin wie mein Kollege von der MOKO Hamburg. Sie haben den Toten gefunden?" Der etwas blasse Mann nickte. „Puuh, ja, das war schon derbe. Wir, das heißt, mein Kollege Scholz und ich, besuchten eine alte Dame, die den Notruf ausgelöst hatte. Sie ist für uns keine Unbekannte, ruft so ungefähr alle ein bis drei Wochen bei uns an und fordert medizinische Hilfe ein. Mal hat sie Bauchschmerzen, mal ist es das Herz. Auf jeden Fall wollten wir nur kurz vorbeischauen, damit wir schnell weiterkommen zu den Fällen, die uns die Kreisleitstelle schon avisiert hatte. Aber dann kam alles anders. Wir kommen aus dem Fahrstuhl und da liegt dieser Mann auf den Boden. Aufgeschlitzt und tot.

Mausetot." Conny nickte. „Ja, heftig. Haben Sie etwas gemacht am Toten?" Herr Seewald nickte. „Klar. Das macht man automatisch. Kopf hochgenommen, gehört, ob der noch atmet. Finger auf den Puls am Hals. Aber da war nichts mehr zu machen. Der war tot." Georg Weissner mischte sich ein. „Dann sind Sie erst rein zu Frau Weininger?" Der Rettungssanitäter nickte. „Ja. Mein Kollege hat sich um sie gekümmert und ich habe die Polizei informiert. Danach habe ich den Notruf vom Tower kontaktiert, damit gleich einer kommt, um die Türen und den Aufzug bereit zu machen." Conny nickte. „Der Portier war nicht da, oder?" Herr Seewald schüttelte den Kopf. „Nein, der Doormann ist nur zwischen Neun und Zweiundzwanzig Uhr im Hause. Wir haben dann auch noch den Krankenwagen rufen müssen, um die alte Frau Weininger in die Klinik nach St. Georg zu bringen." Conny stutzte: „Hat sie den Toten gesehen?" Der Sanitäter nickte mit verkniffenem Gesicht: „Ja, leider. Sie ist gleich ohnmächtig geworden, dann ging nichts mehr und wir mussten den Krankenwagen holen." Weissner fragte nach: „Hat sie den Toten erkannt? Wusste sie, wer das ist?" Jochen Seewald nickte. „Es ist der Nachbar, irgendwie ein Apotheker, der nebenan im Appartement wohnte und den Frau Weininger sehr nett fand. Er soll ihr die Medikamente immer direkt nach Hause gebracht haben, so dass sie gar nicht erst aus dem Haus gehen musste." Conny orderte zwei Polizisten zur Wohnungstür von Jens Andresen, während Georg Weissner den Schlüssel, der dem Apotheker beim Angriff aus der Hand gefallen war, mit seinen Plastikhandschuhen aufhob. „Jo mei, das geht voran. Schaun mer mal, ob was gestohlen wurde in seinem Hauserl..." Conny schüttelte den Kopf. Ihr war jetzt schon klar, dass es nicht um Besitz oder materielle Werte ging. „Schorsch, der Mörder hatte eine Scheiß-Wut auf den Typen. Der wollte nicht die schicke Rolex vom Herrn Apotheker. Die hätte er sich sonst hinterher vom Handgelenk genommen." Georg Weissner nickte. „Stimmt, Conny. Das ist eine Rolex Submariner, knappe zehntausend Euro wert, aber darum ging's dem Mörder nicht. Lass uns trotzdem mal schauen, wie es in der Wohnung aussieht?" Mit Hilfe eines Polizisten öffneten sie die Tür. „Wow, watt schick", raunte Conny und zeigte auf das Fenster. Im Osten ging die Sonne auf, das Licht fiel auf die Elbe und brachte das Wasser zum Spiegeln und Glänzen. Millionen funkelnder Sternchen lagen dadrauf, wirkten wie ein Feuerwerkskörper in Gold und Silber. Die vor ihnen liegenden Wohnhäuser vom Hafen über die Alster bis hin zum Mundsburg -Tower wurden von Minute zu Minute heller und leuchtender. Alle eintretenden Personen verfielen in andächtiges Schweigen. „Nun ja, nette Behausung. Geholfen hat's dem Mann jedoch nicht", teilte Schorsch gnadenlos aus. Mit geübten Blicken und nur wenigen Schritten wurde schnell klar. Der Apotheker hatte am frühen Morgen sein ungemachtes Bett verlassen, sich nach dem Duschen angezogen, der Schrank, in dem teure Anzüge hingen, stand noch offen. Eine ebenfalls sehr teure Kaffeemaschine mit davorstehender Tasse zeigte, dass es noch eine Latte Macchiato gab, bevor Andresen das Haus verlassen hatte. Conny schaute auf dem Wecker neben dem Bett. „6 Uhr 45 ist Andresen geweckt worden. Wir müssen mal schauen, wo seine Apotheke liegt, ob er den Tag gearbeitet hatte und ganz wichtig, was genau ihn hat so spät nach Hause kommen lassen." Durch die offene Tür hörten sie eine bekannte Stimme. „Hallo Miteinander. Kann die Leiche gleich mit in die Pathologie?" „Oh, der Chefschnippler persönlich", lachte Weissner los. „Hallo Zanker, im Gegensatz zu Dir waren wir pünktlich am Tatort." Manfred Zanker machte sich gar nicht die Mühe, ins Appartement zu kommen. „Was meinen die Kriminalen, geht der jetzt mit oder wollt Ihr noch weiter ins trübe Blut schauen und eifrig raten, wer da „gemördert" hat?" Conny ging kurz an die Tür. „Moin, Manfred. Nee, der kann mit. Sind sehr neugierig und die Wetten unter uns laufen schon. Kannst Du uns sagen, wie viele Stichverletzungen Du am Toten zählen kannst und wenn Du dabei noch Zeit hast, wäre es toll, wenn Du uns sagst, mit welchem Messer dieses Gemetzel gemacht wurde." Manfred Zanker stand von dem vor ihm liegenden Toten auf und ging auf Conny zu. „Mensch Conny, Du siehst ja aus, wie gar nicht ins Bett gekommen. Das wird wohl bei Dir gleich ein ganz früher Feierabend. Wollen wir uns gleich auf morgen

früh in der Pathologie in Eppendorf verabreden?"
„Nichts da". Nun stand auch der Schorsch in der Tür.
„Wäre schon schön, wenn wir schon eher was wüssten.
Todeszeitpunkt würde mich sehr interessieren aus
zweierlei Gründen: Der Täter muss doch ausgesehen
haben, wie Sau oder was meinst Du? Der konnte doch
gar nicht so voller Blut aus der Tür nach unten gehen.
Das große Kino ist nebenan, da sind Cafés und
Restaurants in der Hamburger Meile. Selbst das
Parkhaus ist spätabends voller Menschen." Zanker
nickte wohlwollend: „Guten Morgen Schorsch. Klar, du
hast ja recht. Der Typ muss von oben bis unten voller
Blut gewesen sein. Da hilft auch kein dunkler langer
Mantel, das ist klar. Aber ohne Dir nahetreten zu
wollen, der Typ ist weg oder meinst Du, der wohnt
auch hier im Appartementhaus und ist nur einfach in
den Fahrstuhl, dann in seine Wohnung, hat sich
gewaschen, umgezogen und sich locker die
Spätvorstellung im UCI Kino angeschaut?" Conny
schüttelte den Kopf. „Entschuldigt bitte, aber mir ist es
relativ egal, wie und ob der Mörder geflüchtet ist. Ich
fange gerne mit dem Beginn eines Mordes an. Da ist
doch zunächst die Frage zu stellen, ob der Mörder
bewusst auf den Andresen gewartet hat oder ob er
einfach im Zustand voller Hass und Frust auf
irgendeinen Menschen losgegangen ist und der
Apotheker gestern einfach nur zur verkehrten Zeit am
verkehrten Ort, nämlich hier im Flur auf dem Weg in
seine Wohnung war." Sowohl Zanker wie auch

Schorsch grunzten zustimmend. Ein junger Polizist kam auf Conny zu. „Der Jens Andresen hat eine Apotheke in der Nähe vom Wandsbeker Markt. Die öffnet in einer Stunde. Soll jemand von uns dorthin fahren oder machen Sie das?" Conny bedankte sich für die Information, ließ sich die Adresse nennen und beschloss gemeinsam mit Schorsch selbst zu fahren. Da Schorsch unten in der Tiefgarage geparkt hatte, folgte sie ihm nach Verabschiedung von Zanker. „Der hat ja wohl Kreide gefressen," flachste Weissner. Conny lachte. „Ja, kam mir auch verdächtig vorsichtig und fast nett vor. Vielleicht ist er doch etwas in sich gegangen, nachdem er mit mir ganz privat in seinen Geburtstag feiern wollte." Die Fahrt verlief kurz und lustig. Direkt am Bahnhof Wandsbek Markt kehrten Conny und Weissner noch in eine Bäckerei ein, aßen belegte Brötchen und tranken Kaffee. Nachdem Schorsch abgeräumt hatte, grunzte Conny zufrieden. „Das tat gut. Endlich was im Magen und endlich auch fit für den Tag." Mit nur wenigen Schritten waren sie auf der anderen Seite des Wandsbeker Marktes. Das Apothekenzeichen an der Ecke Schlossstraße war weithin sichtbar. „Das ist sie", sagte Conny und zeigte auf das kleine goldene Schild mit dem Namen von Jens Andresen. Im Geschäft selbst brannte in einem der hinteren Räume Licht und Conny entschied, einfach zu klopfen. Eine junge Frau lugte fast verängstigt hinter einer Gardine im Nebenraum hervor. Weissner zückte seinen Ausweis und hielt ihn offen zur Einsicht in

Richtung der Frau. Sie kam näher und las. Ihre Augen weiteten sich vor Überraschung, dann öffnet sie die Tür vorsichtig. „Wir haben noch nicht geöffnet. Kommen Sie sonst um Neun noch einmal, dann ist auch der Chef da." Conny trat neben ihren Kollegen. „Bitte öffnen Sie, Herr Andresen wird nicht kommen." Die junge Frau schien Vertrauen gewonnen zu haben und drehte den Schlüssel herum. Die beiden Kommissare betraten die Apotheke. Nach der obligatorischen Vorstellung fragte Conny direkt: „Darf ich fragen, wer Sie sind und warum Sie schon so früh hier in der Apotheke sind?" Die junge Frau bat sie ins Hinterzimmer und fügte erklärend hinzu: „Wenn uns jemand von den Kunden hier sieht, wollen die unbedingt, dass sofort geöffnet wird. Hier hinten sind wir sicherer." Dann stellte sie sich vor. „Ich bin Britta. Britta Langström. Ich bin im zweiten Lehrjahr in der Ausbildung zur Apothekenhelferin." Conny zeigte auf die zwei zusammengelegten Wolldecken." Sie haben die Nacht hier verbracht?" Die junge Frau schluckte und nickte: „Ja, ich hatte gestern Abend einen heftigen Streit mit meinen Eltern. Bin einfach aus der Tür raus Zuhause, habe dann kurz überlegt, was ich tun soll. Da ist mir die Apotheke eingefallen. Ich hatte den Schlüssel in meiner Handtasche, musste sowieso heute den ganzen Tag arbeiten, weil eine Kollegin vorzeitig in den Mutterschutz gegangen ist und Herr Andresen sonst ganz alleine im Laden gewesen wäre."
Conny zeigte auf die Wolldecken. „Haben Sie die

mitgebracht oder waren die schon hier?" Britta Langström schüttelte den Kopf. „Die sind immer dort im Schrank, falls von den Kunden jemand umfällt und gewärmt werden muss, bis der Rettungswagen eintrifft. Manchmal nimmt sie auch der Chef, wenn er abends noch Abrechnungen macht und zu müde ist, um in seine Wohnung zu fahren. Was ist mit Herrn Andresen? Wieso kommt er heute nicht?" Georg Weissner blickte kurz zu Conny, als diese leicht nickte, fuhr er fort: „Ihr Chef kommt nicht mehr. Weder heute noch irgendwann. Er ist letzte Nacht einem Gewaltverbrechen zum Opfer gefallen. Gibt es neben Ihrer Kollegin noch weitere Mitarbeiter und Mitarbeiterinnen? Wissen Sie etwas von direkten Angehörigen, einer Partnerin, einem Partner?" Britta Langström wirkte kaum entsetzt, atmete nur ein wenig schneller." Oh, das tut mir leid. Er war ein guter Chef. Hat viel erklärt und war sehr geduldig, gerade mit mir. Ich bin im Denken nicht die Schnellste, aber da hat er sehr viel Rücksicht drauf genommen. Was wird denn nun mit der Apotheke?" Conny zuckte die Schultern. „Das wissen wir nicht. Das entscheiden die nächsten Angehörigen. Gibt es welche, die Sie kennen?" Die junge Frau schüttelte den Kopf. „Nicht, dass ich wüsste. Er war immer alleine, er hat auch nie etwas erzählt. Mir zumindest nicht." Sie nahm ihr Handy und schaute darauf. „Hier, das ist die Telefonnummer von Frau Kunert, der Festangestellten." Conny notierte die Nummer und bat die junge Frau, einen kurzen

Aushang für das Schaufenster zu machen, damit die Apotheke zunächst geschlossen werden könnte. Dann verabschiedeten sie sich und gingen. „Sag, hätten wir dass nicht selbst mit der Schließung in die Hand nehmen sollen? Mir kam die Kleine ziemlich debil vor", fragte Weissner, als sie auf dem Weg zum Auto waren. Conny zuckte die Schultern und schüttelte den Kopf. „Erstens hatte sie den Schlüssel und war schon die Nacht dort. Zweitens ist sie volljährig und damit geschäftsfähig, ob debil oder nicht. Und drittens ist es nicht auch noch unsere Aufgabe, ein Geschäft zu schließen. Lass uns bei dem bleiben, was wir können. Lass uns den Mörder finden."

Es hatte zu regnen begonnen und beide Kommissare hatten ihr Gang beschleunigt. Am Fahrzeug angekommen, ließ Conny sich schwer in den Sitz plumpsen. „Oha, ich bin schon wieder müde. Was für ein Tag. Ich rufe jetzt die Mutti ‚in spe' an. Mal gucken, was die weiß oder eben auch nicht weiß. Weissner lachte: „Mutti in spe ist gut. Ja, schau'n mer mal, was die nun sagt." Conny wählte die Telefonnummer, die sie von Frau Langström erhalten hatte. Eine forsche Stimme erklang: „Ja bitte!" Conny stellte sich vor, fragte nach dem Namen der Frau und bat um die Adresse, um sie schnellst möglichst aufzusuchen. „Ich arbeite zurzeit nicht in der Apotheke. Ich bin im Mutterschutz, suchen Sie sich jemand anders." Conny guckte verdutzt auf ihr Handy und sagte: „Aufgelegt! Die Schnepfe hat einfach aufgelegt." Georg Weissner fuhr rechts an den Straßenrand und hielt an. „Na, das ist fei guat". Er nahm Conny das Handy aus der Hand und drückte auf die Rückruftaste. Bevor die Frau etwas sagen konnte, brüllte er los. "Sie, wenn Sie noch einmal auflegen, zeig ich Sie an wegen unterlassener Hilfeleistung, wegen Dämlichkeit und verpasster Gelegenheit, sich freundlich zu zeigen! Ihr Chef ist tot und wir ermitteln. Wo wohnen Sie und wie ist Ihr Name? Sapperlot!" Er bekam sofort die gewünschte Antwort, notierte sich den Namen und die Adresse. „Sind in 10 Minuten bei Ihnen!" Dann legte er auf und grinste Conny an. „Nun hat sie wohl wirklich vorzeitige Wehen..., sie wirkte etwas erschreckt." Über das NAVI stellte er die Adresse ein und klatschte in die Hände. „Mei, was für ein Hamburg-Kenner ich bin. Zehn Minuten braucht's". Conny lachte und klatschte ebenfalls in die Hände. „Schorsch, wenn Du schon so etwas wie „Sapperlot" sagst, dann ist ja auch Schluss mit Deiner Freundlichkeit. Aber prima, dann fahren wir da gleich hin. Was hatte die Kleine in der Apotheke für einen Namen genannt?" Schorsch überlegte etwas. „Sybille Kunert oder Kunart, hab's nicht so genau verstanden. Aber wir sind gleich da, muss ja auf dem Klingelschild stehen. Ich hasse es, wenn die Leute einen Namen verkehrt aussprechen." Conny begann zu gackern: „Ja, ich weiß. Wie hat der Zeuge dich damals genannt? Geissler, ja Geissler war es. Du hattest ihm deinen Namen gesagt und ihn fast zehn Mal korrigiert und ganz am Ende fragte er dann, ob Du mit dem CDU-

Mann Heiner Geissler verwandt wärest. Das war schon urkomisch!" Georg Weissner lachte. „Ja, der hat mich auch echt aufgeregt. Guck mal, wir sind schon da. Eilbektal 68, wir stehen direkt vor der Tür." Sie stiegen aus und guckten auf die zahlreichen Namensschilder. „Hier Kunert, das hatten wir also richtig verstanden." Conny klingelte, ein Summen zeigte, dass die Tür geöffnet wurde. Im ersten Stock stand eine übergewichtige Frau an der Tür. Der Schorsch preschte los und gab der Frau die Hand. „Hallo Frau Kunert, gut, dass Sie im Haus sind." Er stellte Conny und sich vor und bat darum, in die Wohnung zu dürfen. Frau Kunert war so freundlich, ihnen die Tür zu öffnen und sie herein zu bitten. Sie nahmen im Wohnzimmer Platz. Sybille Kunert schien vom Schreianfall vom Schorsch immer noch sehr eingeschüchtert, wirkte scheu und zurückhaltend. Conny begann über Jens Andresen und dessen vorzeitiges Ableben zu sprechen. „Wie war Ihr Chef denn so als Mensch, als Arbeitgeber?", fragte sie vorsichtig. Frau Kunert zuckte mit den Schultern. „Hmmh, schwer zu sagen. Nett war der Mann, immer höflich und zuvorkommend. Nicht nur zu den Kunden, auch zu uns. Er hatte für alles Verständnis, egal was es war. Keine Frage war ihm zu doof, keine Fehler, die ja gerade unsere etwas beschränkt denkende Auszubildende massenweise machte, konnten ihn aufregen. Ich fand schon, dass er als Mensch toll war, konnte auch nie verstehen, dass er keine Partnerin hatte. Ich war knapp vier Jahre bei ihm, aber es gab nie jemanden in seinem Leben. Keine Frau nicht, auch kein Mann. Eine Zeitlang dachte ich, vielleicht sei er schwul. Von seinen piekfeinen Klamotten hätte es ja auch gepasst, aber ich habe ihn mal so nebenbei etwas ausgehorcht und als er dies merkte, fragte er mich direkt: „Liebe Frau Kunert, Sie denken, ich sei homosexuell?" Darüber hat er dann sehr gelacht und es verneint, heftig verneint!" Weissner fragte ruhig nach: „Gab es denn Verwandte, Freunde? Bitte, wir suchen händeringend nach irgendwelchen Kontakten des Ermordeten." Sybille Kunert schüttelte den Kopf. „Ich glaube, es gibt eine ganz entfernte Verwandte in der Schweiz. Allerdings hatte er zu dieser Person gar keinen Kontakt, so viel ich weiß. Die Eltern von Herrn Andresen sind schon früh in die Dominikanische Republik ausgewandert. Da war er grade mal volljährig geworden. Sie haben ihm seinen Erbteil ausbezahlt, sich für immer verabschiedet und sind dann los. Also auch dorthin gibt es keinen Kontakt. Er wusste letztes Jahr gar nicht, ob sie überhaupt noch leben. Als ich ihn fragte, ob ich mal schauen sollte über das Internet, winkte er ab mit den Worten: „Warum? Das Erbe habe ich ja schon." Conny schüttelte den Kopf. „Aber das ist doch ziemlich traurig oder? Wenn einer so nett ist, wie Sie oder auch Frau Langström oder seine Nachbarin Frau Weininger ihn beschreiben, warum hat der keine Freunde, Bekannten oder ihm zugewandte Verwandte? Was machte der den ganzen lieben Tag? Was machte er abends oder am Wochenende, wenn die Apotheke geschlossen hatte?" Frau Kunert zuckte mit den Schultern. „Ich weiß nur, dass er ein Abo eines exklusiven Fitness-Studios neben dem Mundsburg - Center hatte. Dort hat er Sport gemacht, Squash und Fitness. Sein Ausweis müsste in seiner Tasche sein. Fragen Sie dort doch einmal nach." Conny überreichte ihre Visitenkarte mit den obligatorischen Worten, Frau Kunert möge sich melden, falls ihr noch etwas Wichtiges einfiel. Dann verabschiedeten die beiden Kommissare sich und gingen ruhig und eher ratlos die Treppen des Mietshauses nach unten. Im Auto schlug Georg Weissner auf sein Lenkrad. „Das gibt es doch nicht. Was ist los? Conny, verstehst Du, warum einer den Typen mit einer solchen Wut absticht? Was hat der Apotheker getan, damit jemand ihm auflauert und ein Blutbad anrichtet?" Conny schüttelte den Kopf. „Keine Ahnung Schorsch. Aber so nett, wie ihn alle beschreiben, kann der gar nicht gewesen sein. Eltern, die sich für immer verabschieden, eine Verwandte, die mit ihm nichts zu tun haben will, keine Freunde, keine Menschen, die gerne mit ihm privat zusammen sein wollten. Das finde ich ebenfalls komisch! Komm, lass uns zu Zanker. Vielleicht weiß der schon mehr." Georg Weissner grantelte im Auto weiter. „Freunde gibt's nicht, Verwandte, weiß man nicht. Netter Typ, aber ewig alleine. Komm Conny, wir sind noch in der Nähe. Lass uns kurz ins Fitnesscenter des Ermordeten fahren, vielleicht gibt es da Menschen, leibhaftige Menschen, die den Andresen ein bisschen besser kannten." Conny lachte. „Du, meinetwegen gerne. Für Dich stadtbekannten Menschen ist das schon merkwürdig, das einer nur Arbeit und dann auch noch grade Fitness am Abend im Kopf hat. Aber echt, Schorsch, ich glaube, dass gerade die zugereisten Männer in der Hansestadt wenig Kontakt haben. Die meisten arbeiten von früh bis spät, machen vielleicht ein wenig Sport, aber ansonsten hängen die vor der Glotze oder schlafen sich aus. Ich kenne einige von diesen Menschen, mich wundert das wenig."

Zurück zur Mundsburg klingelte das Diensthandy von Conny. Mit einem „Ja, was ist?", meldete sie sich. Nach einem kurzen Wortwechsel, zeigte sie am Winterhuder Weg auf die linke Spur und sagte: „Fahr links Schorsch, wir müssen zu Zanker. Er bittet um schnelles Kommen, weil er heute früher gehen will". Weissner lachte und bog ab. „Nachdem er Dich gesehen hat, fiel ihm wohl ein, dass er auch sehr müde ist, oder?" Conny schüttelte den Kopf. „Nee, er fühlt sich nicht, glaubt, einen Infekt zu haben. Will nur noch nach Hause. Wir möchten uns beeilen." Ihr Kollege fuhr schon auf der Barmbeker Straße, vorbei am Randbereich des Hamburger Stadtparks. „Jo mei, sans scho richtig." Er nahm auch sein Telefon zur Hand und meldet sich in ihrem Büro. „Grüß Gott, Maike. Hier ist der Schorsch. Sag, wir brauchen interne Verstärkung." Mit kurzen Sätzen brachte er ihre gemeinsame Gruppensekretärin auf den neuesten Stand der Ermittlungen im Fall

'Andresen' und erbat die Unterstützung des Innendienstes nach der Suche nach noch lebenden Verwandten des ermordeten Apothekers. Conny nickte zustimmend und als Schorsch auflegte, meinte sie nur: „Ja, das war gut". Sie bogen gerade in die Martinistraße und waren nur wenige Minuten später direkt vor der Pathologie des UKE. Manfred Zanker war schon am Aufräumen und Abwaschen des blutigen Geschirrs, als Conny und Schorsch in den Raum kamen. „Hey Manfred", begrüßte ihn Conny, „musst Du jetzt hier alles alleine machen?" Zanker grüßte kurz und nickte missmutig. „Normalerweise sind wir hier zu Sechst, aber zwei sind krank, zwei haben Urlaub und was unser Nesthäkchen heute veranstaltet, das weiß hier niemand. Ist einfach nicht zum Dienst erschienen." Schorsch zuckte die Schultern. „Wird immer schwieriger, gutes Personal zu finden. Das ist bei Euch wohl so, bei uns leider auch". Zanker zeigte auf den Tisch vor ihnen. „Da liegt der Apotheker. Auf wie viele Stiche habt Ihr gewettet?" Conny schüttelte den Kopf. „Eigentlich wette ich ja nicht, aber ich denke, mehr als zehn Stiche auf jeden Fall." Schorsch nickte. „Was da zu sehen war an der Leiche, da schätze ich eher elf, zwölf Stiche... Sag Du es uns?" Manfred Zanker nickte wohlwollend. „Ist ja nicht von ungefähr, dass Ihr zu den Besten eurer Zunft zählt. Glückwunsch! Gezählt habe ich elf Stiche. Es wurde mit voller Kraft zugestoßen, immer bis zum Anschlag. Und nein, ich bin überzeugt, dass die große Wut auch genau dem

121

Apotheker galt. Niemand, der nur kurzfristig einfach vorbeikommt, wird so bestialisch abgemurkst. Auch wenn Ihr kein Messer gefunden habt, ich bin ziemlich sicher, dass hier mit einem Stiletto - Springmesser gearbeitet wurde. Ist nichts Spezielles, kann man sich im Internet bestellen, wird in vier Tagen geliefert. Wer es gerne schneller haben möchte, fährt zum Kiez und kauft es sich dort direkt." Conny zog ihr Handy aus der Tasche und klickte kurz. Dann hielt sie das Bild hoch und fragte: „So ein Messer meinst Du?" Manfred Zanker nahm ihr das Handy aus der Hand, drückte mehrmals und zeigte auf ein anderes Bild. „Mit knapp 100-prozentiger Sicherheit ist es dieses Messer. Die Klinge ist sechzehn Zentimeter lang, vier Zentimeter breit. Das passt zur Länge der Stichverletzungen beim Toten. Zwei Stiche haben direkt ins Herz getroffen, einer, wahrscheinlich sogar der erste, war tödlich." Sie waren alle zur Leiche des Apothekers gegangen und Zanker zeigte auf die rot-blutigen Einschnitte. Schorsch applaudierte: "Mensch Manfred, das ist ja großartig. Ohne das Messer gefunden zu haben, das wird es mit an Sicherheit grenzender Wahrscheinlichkeit sein. Vielen Dank." Auch Conny war zufrieden und lobte den Chefpathologen. Dieser gab ihnen nicht die Hand, winkte nur kurz und bat sie zu gehen. „Lasst mich nach Hause, ich fühle mich schrecklich." Mit einem „Gute Besserung" verabschiedeten sich die Kommissare und gingen zurück zu ihrem Auto. Conny lehnte sich in den Sitz.

„Was haben wir zurzeit, Schorsch? Wir haben einen toten Internisten, der in seinem Auto sowohl erdrosselt, wie auch mit einer Giftspritze hingerichtet wurde. Nun haben wir einen Apotheker, der mit elf Stichen ermordet wird. Beide Tote sollen nette Menschen gewesen sein." Sie zeigte nach oben. „Schorsch, da läuft einer rum, der die gar nicht nett findet. Jemand, mit mörderischer Wut im Bauch. Der planvoll vorgeht, der weiß, wo die wohnen, der ihnen auflauert, der nicht erwischt werden will. Was hat der noch vor? Wen, das heißt, welchen ebenfalls netten Menschen, spioniert der grade aus. Oder meinst Du, der ist fertig mit seiner wie auch immer gearteten Rache?" Schorsch war eben dabei, den Stadtpark zu durchqueren, fuhr links auf einen Parkplatz, hielt an und starrte Conny an. „Rache, ja! Conny, das ist es. Da nimmt einer Rache. Erst am Chefarzt persönlich, dann am Apotheker. Wer kommt jetzt noch? Wir sollten Deine Hertha Dorn befragen, ob es einen Todesfall in der Klinik gegeben hat, ob bei einer Operation etwas schiefgelaufen ist? Vielleicht hat der Apotheker etwas an einem Medikament verkehrt gemischt oder die Dosis war zu hoch. Rache... Du liegst da völlig richtig!" Conny hielt inne und starrte ihren Schorsch an. „Du, das war eigentlich nur so daher gesagt. Aber wenn ich darüber nachdenke, könnte es genau so gewesen sein".

10.

Im Team war gehörig etwas los. Alle Innenkräfte saßen an ihren Telefonen, sprachen oder schrieben etwas." „Was für eine Arbeitsatmosphäre", scherzte Conny, als sie mit Schorsch den Raum betraten. Maike, die den Innendienst koordinierte, winkte ihnen. „Hey Conny, hallo Schorsch. Wie Ihr seht, geht's hier hoch her. Wir haben uns den Apotheker mal zur Brust genommen. So richtig nett war der nie." „Ach nee", Georg Weissner wirkte gespannt. Sie setzten sich an den Tisch zu Maike Scholz. Diese ordnete ihre Papiere und begann leise zu erzählen. „Jens Andresen, in Volksdorf zur Schule gegangen. Einser-Abitur mit knapp 18 Jahren gemacht. Klassenkameraden sagen, er sei arrogant und überheblich gewesen. Niemand habe ihn gemocht, selbst die Lehrer, die ihn mit Bestnoten überschütteten, hätten wenig Bezug zu ihm gehabt. Passend sei die Aussage einer Mitschülerin. Diese habe ihn einen „Sonderling" genannt. Einer, der immer alleine saß, der alleine auf dem Schulhof stand und der zwar nie grob oder unfair mit Anderen gewesen sei, aber distanziert, sehr distanziert. Ein Kollege stand mit einem Zettel vor ihnen." Die Eltern des Jens Andresen sind 2011 verstorben. Sie lebten auf ihrem Boot im Hafen von Santo Domingo, einem Yachthafen für Schwerreiche in der „Dom-Rep". Man erzählte, dass sie sehr beliebt gewesen und mit vielen Leuten – ganz besonders vielen Amerikanern und Österreichern - dort befreundet waren. Bei einem heftigen Orkan sind sie erst mit dem eigenen Boot gegen die Kaimauer geprallt, dann ist das Schiff gesunken. Die sterblichen Überreste des Ehepaares wurden im Frühjahr 2011 geborgen und auf einem Friedhof in Gegenwart der Schweizer Cousine begraben. Diese habe immer den Kontakt zu ihrem Cousin abgelehnt, wollte oder konnte zu ihm als Person nichts oder annähernd nichts sagen". Conny hakte nach: "Wie alt ist die Frau denn?" Der Kollege blickte auf seinen Unterlagen. „Zwei Jahre jünger als der Andresen. Jahrgang 1978, 24. Mai. Es habe wohl in der Familie sehr unschöne Streitigkeiten gegeben. Bei den Eltern ging es um ein Vermögen, was sie sich durch Immobilien erworben hatten. Zusätzlich ging es auch um eine riesige Erbschaft der wohl ebenfalls schwerreichen Eltern. Bevor überhaupt jemand vom Tod des Großvaters erfahren habe, sei der gesamte Besitz verkauft worden". Er schaute auf weitere Zettel und fasste zusammen: „Es müssen wohl unzählige Prozesse geführt worden sein, die Eltern sind in einer Nacht- und Nebelaktion in die Karibik. Bis jetzt weiß ich nicht, ob der junge Andresen überhaupt eine Chance hatte, mitzukommen oder ob sie ihm vorzeitig sein Erbe ausgezahlt haben, damit er hierbleiben musste. Schreckliche Sippe!" Conny nickte. „So sieht's aus. Ich glaube, der hatte keine Möglichkeit oder wollte keinen

Kontakt haben. Der erinnert mich ein wenig an diese spezielle Form des Autismus, das Asperger-Syndrom. Die Menschen sind eigentlich nur mit sich selbst beschäftigt, neigen zu Humorlosigkeit, haben geringe soziale Fähigkeiten. Sie brauchen keine anderen Menschen, sind sich selbst genug. Dazu passt, dass Menschen mit Asperger-Syndrom auch eher überdurchschnittlich intelligent sind. Das spricht für die guten Noten von Andresen und auch dafür, dass alle, die befragt wurden, ihn irgendwie sonderbar fanden." Weissner schüttelte den Kopf ein wenig und legte ihn zur Seite. „Aber wir haben von den Angestellten nur Positives von ihrem Chef gehört. Das passt zu geringer sozialer Kompetenz überhaupt's gar nicht. Außerdem erzählte die Kunert, dass er sich kaputtgelacht habe, als sie versuchte, herauszufinden, ob er schwul sei. Nein, Conny, bei dieser Psychotheorie geh ich nicht mit." Ein anderer Kollege kam auf sie zu: „Hallo Ihr Beiden. Schön, dass wir auch einmal was zu tun bekommen. Vor Langeweile wissen wir ja außer Sudoku nicht mehr, wie wir den Tag rumkriegen sollen". Conny lachte laut auf. „Dafür haben wir das Gefühl, vor Arbeit gar nicht mehr einschlafen zu können... in unserem Büro!" Es war eine gute Stimmung im Team, Conny liebte es, wenn in einem Fall, alle an einem Strang zogen. Der Kollege setzte nach: „Wir haben den Speicher des NAVI von Andresen gescheckt. Nur wenige Fahrten gab es, meist von der Apotheke zum Mundsburg - Tower, aber... ", er machte eine spannende kleine Pause, „gestern war er unterwegs. Gaaanz weit ist er für seine Verhältnisse gefahren. Nach Volksdorf und zurück. Und die Adresse, bei der er parkte, kennen wir aus dem direkten Umfeld von Andresen. Es war ein Onkologe, bei dem er vor dem Haus stand. Falls Ihr nicht wisst, was das ist, ich hab's gegoogelt: Onkologe ist ein Arzt, der spezialisiert ist auf Krebsfälle", fügte er erklärend hinzu. Maike Scholz kam zu ihnen und mischte sich ins Gespräch: „Wahrscheinlich auch ein guter Kunde von Andresen. Ich kenne das von meiner Mutter: Die hatte Leukämie und bekam Chemo bei ihrem Onkologen. Daneben war gleich eine Apotheke, die die Praxis ständig belieferte. Es war ein Kommen und ein Gehen von Apothekenmitarbeitern und dem Medizinischen Mitarbeitern der Praxis. Meine Mutter hatte damals nachgefragt, als ihr Port für die Kanülen neu gelegt wurde , was mit den anderen Apotheken in der Gegend sei? Ob die wohl nicht liefern oder liefern könnten? Sie hatte immer geglaubt, man könne selbst entscheiden, zu welcher Apotheke man ginge. Der junge Mann, der sie behandelte, seines Zeichens Krankenpfleger, habe gelacht und gesagt: Da sei der Umschlag bei den anderen Apotheken wohl nicht groß genug gewesen. Ich hatte es damals in dieser Situation nicht richtig verstanden, lag wohl an meiner großen Angst, sie könne sterben. Aber dass es dort zwischen den Apotheken ein Hauen und Stechen gibt, war mir nach dieser Geschichte schon klar." Weissner atmete kurz ein und aus. „Jo mei, nett, dass Ihr alle dazu eine Meinung habt und die auch sagt, aber was haltet Ihr davon, wenn wir erstmal unsere Arbeit machen. Wenn's pressiert, dann fragen wir euch gerne." Conny nickte. „Ja, ich finde, das sind gute Erkenntnisse, da können wir etwas daraus machen. Auch wenn ich nicht glaube, dass ein gutverdienender Apotheker einen ebenfalls gutverdienenden Arzt schmieren könnte. Das passt nicht wirklich in mein Weltbild, aber wir werden es trotzdem im Kopf behalten und auch durch die Kontodaten von Andresen überprüfbar machen. Der Innendienstkollege nickte. „Bin ich dran, bringe Euch alles morgen früh zur Teambesprechung mit. Ach übrigens, morgen ist ‚Scheffe' wieder da. Na, dann wird es wohl länglich, bis er alles erfragt und vor allem verstanden hat!" Die Umstehenden lachten laut. Ja, ihr Chef war schon etwas Besonderes. Er konnte nachfragen und nochmal fragen. Conny fand, dass er oft eine „lange Leitung" hatte, aber auch das hielt sie eher für Taktik, weniger für mentales Versagen. Der Schorsch war da deutlich schärfer in der Kritik. „Was für ein Zipfelklatscher!", murmelte er manchmal in seinen nicht vorhandenen Bart, wenn Dietmar Brodten sich besonders schwertat, Informationen aufzunehmen und diese dann auch noch inhaltlich zu verstehen. Conny stand auf und klappte ihren PC zu, schob den Stuhl ordentlich an den Schreibtisch und tippte mit zwei Fingern an die rechte Schläfe. „Nichts für ungut, Leute, aber ich muss nach Hause. Der frühe Anruf war mindestens drei Stunden vor meiner Aufwach-Wohlfühlphase. Ich wünsche Euch allen einen guten Feierabend." Schorsch nickte und schloss sich gleich an. Auf dem Weg zu ihren Autos sprachen sie kaum, zu müde waren sie. Im Auto wählte Conny Kai's Nummer, er ging sofort ran. „Hallo meine Süße. Hast Du den Tag gut gerockt?" Conny kicherte. „Na gut, ist was Anderes, aber nun geht's nach Hause und in die Wanne und danach sofort heia." Kai lachte."Mach das. Ich habe noch bis 23 Uhr Dienst, fahr dann zu mir und lege auch erstmal die Beine bei DMAX und einem Bier hoch." Sie verabschiedeten sich liebevoll und Conny startete den Xedos und fuhr los. Ihr Kopf war voll, Gedanken wirbelten hin und her. Sie fuhr vorsichtig und war sehr froh, gleich in einer Seitenstraße ihrer Wohnung einen Parkplatz zu finden. Nur noch kurz um die Ecke und dann ab in die Wanne, dachte sie. In der Wohnung stellte sie die Heizung höher und räumte kurz auf. Danach machte sie den Fernseher an und nahm sich ein Bier aus dem Kühlschrank. Sie sinnierte über dies und das und nahm sich vor, morgen relativ zeitnah nach der Teambesprechung einen Besuch bei Hertha Dorn in der Klinik zu machen: „Ihrer" Hertha Dorn. Sie schmunzelte. Da hatte der Schorsch wieder mehr gefühlt und interpretiert, als ihr selbst aufgefallen war. Ja, sie mochte die Frau. Ihre ungeschminkte Art und Weise, die war für sie ein echtes Vorbild für Klarheit, für Ehrlichkeit. Conny nahm sich noch einen Schluck Bier, zog die Wolldecke ein Stück höher über ihre Beine, schaute auf die Nachrichten ...und war eingeschlafen.

Für sie fast mitten in der Nacht klingelte ihr Telefon. Sie drückte den Ton weg, drehte sich um und schlief weiter. Erst am frühen Morgen erwachte Conny. Sie schaute auf die Uhr und sprang auf. Upps, zehn vor sieben, gerade noch rechtzeitig. Sie stellte die Kaffeemaschine an und ging kurz unter die Dusche. Mit einer frischen Tasse Kaffee in der Hand rief sie Kai an. Dieser klang schon frisch und munter. „Hey, meine Liebste. Bist du in der Wanne zu weit raus geschwommen gestern?" Conny lachte. „Da bin ich gar nicht gelandet, schon auf dem Sofa eingeratzt, bis heute morgen. Mensch, was war ich fertig gestern!" Sie verabredeten sich für den Abend, Kai wollte etwas kochen für sie Beide. Mit einigen Schmatzern ins Telefon verabschiedeten sie sich voneinander. Conny zog sich fertig an, schenkte sich noch einen Kaffee ein und blickte auf ihre Schachtel Zigaretten. Sie stand auf, öffnete kurz das Fenster im Wohnzimmer und schaute auf die Straße. Das war ein typisches Hamburger Schmuddelwetter! Sie zog ihre Stiefel an, nahm sich die warme Regenjacke und ihren Schirm. Dann schloss sie das Fenster, schaute nochmal auf die Zigaretten und ging zur Haustür. Seitdem sie denken konnte, war ihr das noch nie passiert. Sie hatte keinen Appetit auf Nikotin, alleine der Gedanke daran, ließ sie fast schaudern. Mit festen Schritten griff sie zu ihrer

Tasche, öffnete die Haustür und ging. Bei der Bäckerei gegenüber kaufte sie sich ein Franzbrötchen und folgte der Straße, bis sie ihren Xedos sah. Dort legte sie ihre Tasche auf den Beifahrersitz, biss gierig in ihr nach Zimt und Zucker schmeckende Gebäck und startete für ihre Verhältnisse gut gelaunt in den Tag.

Im Kommissariat sprang sie die Treppen empor und fühlte sich ausgeschlafen und fit für den Tag. Ihr freundliches „Moin" zeigte ihre gute Laune. Ihr Chef Dietmar Brodten stand im Raum und ließ sich grad die ersten Informationen über die beiden Mordfälle geben. „Meine liebe Conny ", freute er sich und ging auf seine Ermittlerin zu. „Kaum bin ich im Urlaub, geht es hier ja zu wie in Chicago." Conny lachte. „Moin, Chef. Ich weiß ja nicht, wie es in Chicago zugeht, aber wir hatten hier eine Menge zu tun. Das ist richtig." Die Tür öffnete sich und Schorsch trat in den Raum. Auch er wurde fast herzlich von Brodten begrüßt. Es schien, als sei der Chef mehr als glücklich, endlich wieder arbeiten zu dürfen. Die Kollegen vom Innendienst waren fast vollständig, als Letzte hetzte Maike noch an ihnen vorbei, machte ihren Rechner an und kam grüßend an den großen Tisch, um den sich alle versammelt hatten. „Guten Morgen allerseits", begann Dietmar Brodten die gemeinsame Teamrunde. „Bin gut eingeführt in die beiden Mordfälle, will Euch also auf keinen Fall hemmen oder bremsen. Ist ja scheinbar genug zu tun."

Georg Weissner sah Conny an, seine Augen waren kreisrund vor Erstaunen. Maike Scholz übernahm die Gesprächsführung und bedankte sich für das Verständnis beim Chef. Dann begann sie mit ihren Ergebnissen der Recherche zur Person „Jens Andresen". Relativ rasch wurde klar, der Apotheker war fleißig, arbeitete viel und gerne, wurde von Kunden und auch den Mitarbeiterinnen sehr geschätzt. „Er war sehr kundenorientiert, hat sich bemüht, alle Bedürfnisse seiner meist älteren Kundschaft zu erfüllen. Deren Zufriedenheit war sein Hauptanliegen. Man schätzte seine Geduld, sein Wissen, seine immerwährende Freundlichkeit." Conny ergänzte: „Seine feste Mitarbeiterin und auch seine Azubine sagten Ähnliches. Es gab nichts, was ein negatives Licht auf ihn wirft. Im Gegenteil, niemand hat verstanden, dass es weder einen festen Partner in seiner Nähe gab. Als seine Festangestellte Sybille Kunert vermutete, er könne homosexuell sein, soll er sich sehr amüsiert und das lachend verneint haben." Ein Innendienstkollege hob die Hand und führte weiter aus: „Er war in einem sehr exklusiven Fitnesscenter in der Nähe seiner Wohnung. Dort hat er sowohl an den Geräten gearbeitet, wie auch einzelne Kurse sporadisch besucht. Mit einem Freund spielte er einmal wöchentlich – meist donnerstags – Squash." Schorsch sprang auf: "Wie Freund...? Woher weißt Du das?" Der junge Kollege zuckte erschreckt zusammen. „Äh..., ich hatte die Aufgabe dort anzurufen. Die Frau an der Rezeption hat mir das gesagt. Also genauso wie ich es eben Euch gesagt habe".

Brodten mischte sich ein. „Das ist eine Information zu dem Apotheker, was lässt Dich so aus der Haut fahren, Schorsch?" Weissner hatte sich wieder hingesetzt und auch beruhigt. „Naa, das is' scho recht. Aber wir suchen fast verzweifelt nach Freunden und Bekannten von dem Andresen und nun kommt so lapidar heraus, dass es jemand gab, mit dem er zumindest regelmäßig Kontakt hatte, indem er mit ihm Squash spielte." Conny lachte auf und sagte schmunzelnd: „Dann war er ja nicht nur das Mauerblümchen, für das wir ihn noch gestern gehalten haben. Mit Blick auf Schorsch sagte sie: „Den Squash-Partner müssen wir heute finden und befragen". Ein weiterer Innendienstkollege, Sebastian Teichert, meldete sich zu Wort: „Da gibt es für Euch draußen noch ganz viel zu tun. Wir haben erstens das Konto vom Apotheker gecheckt. Er hatte ein Girokonto, von dem laufende Kosten wie Gehalt und Mieten für die Apotheke und auch seine Privatwohnung abgingen. Parallel gingen dort auch astronomisch hohe Beträge für Medikamente und Zythostatika erst ab, dann ein. Das sind die ganzen Chemo-Cocktails, die Andresen wohl selbst auch angemischt und die er wiederum danach an den Onkologen Schomann verkauft hat. Unglaublich hohe Geldbeträge wechselten zum einen vom Pharma-Unternehmen zum Apotheker und zum anderen vom Onkologen zu Andresen jeweils hin und her. Da brauche ich noch etwas Zeit, um die alle voneinander zu unterscheiden." Er machte eine kurze Pause. „Daneben gibt es ein sehr ansehnliches Sparkonto, das in den letzten zwei Jahren deutlich anwuchs. Auffallend ist, das von diesem Sparbuch fast regelmäßig alle vier Wochen eine Summe von mehr als 10.000 Euro abgeholt wurden...", er schaute in die Runde und lächelte leicht verschmitzt. "...trotzdem stieg der Grundbetrag immens. Na ja, Apotheker müsste man sein!" Die meisten im Team lachten. Dietmar Brodten fragte nach: „Was hat die Auswertung der Fahrzeugdaten von Andresen ergeben?" Maike Scholz schaute auf ihren Schreibblock. „Wir, dass heißt, Sebastian und ich, haben das gemeinsam gemacht. Also, wie Ihr schon vernommen habt, war der Jens Andresen ja ziemlich begütert. Das zeigt sich auch in seiner Fahrzeugwahl: Mercedes, jedes Jahr einen Neuwagen, er war guter Kunde in Hamburg am Friedrich-Ebert-Damm. Zurzeit fuhr er einen SLK mit allem Schnickschnack. Für uns war das Auslesen seiner Fahrzeugdaten ein großes Vergnügen. Wir konnten sehen, wann Andresen am Abend seines Todes in Wandsbek losfuhr und wohin er wollte. Er startete sein NAVI kurz nach 18 Uhr abends. Pastorenstieg 6 war sein Ziel. Sebastian hat dann mal quergedacht und geschaut, wer denn dort wohnt. Und siehe da, der Onkologe Stefan Schomann, bester Kunde vom Jens Andresen, besitzt dort mit Frau und zwei Kindern ein schnuckeliges Heim." Conny applaudierte: „Mensch,

Ihr seid großartig! Prima kombiniert." Maike freute sich über das Kompliment, auch Sebastian Teichert nickte wohlwollend in Connys Richtung. „Lange kann sich der gute Andresen beim Doktor nicht aufgehalten haben. Schon drei Minuten später nach Ankunft im Pastorenstieg gab er als neues Fahrziel den Dorfkrug in Volksdorf ein. Wiederum nur weitere drei Minuten später war er dort. Wer jetzt noch wissen möchte, wie schnell er gefahren ist, wie viel Benzin er verbraucht hatte, kann mich ja nachher noch fragen". Wieder lachten alle. „Auf jeden Fall hat es sich der Apotheker dort gut gehen lassen, hat sich dort fast zwei Stunden im Restaurant aufgehalten und war sich hinterher auch nicht zu schade, im NAVI sein Parkhaus im Mundsburg - Tower als ‚Mein Zuhause' einzugeben. Dort müsste er kurz vor 23:30 Uhr angekommen sein". Georg Weissner setzte nach. „Das passt auch zum ungefähren Todeszeitpunkt, den Zanker uns gegeben hat. Zwischen vierundzwanzig Uhr und zwei morgens, Tendenz aber eher Richtung Mitternacht, meinte unser Chefpathologe. Der Rettungssanitäter Seewald fand den toten Apotheker gegen zwei Uhr Vierzig." Conny hielt nichts mehr auf ihrem Stuhl. „Hey Schorsch, lass uns los", drängelte sie, und bevor Brodten irgendetwas sagen oder fragen konnte, waren die beiden Kommissare in Richtung Tür unterwegs. „Wir melden uns", rief Conny und zog sich auf der Treppe ihre Jacke an. Georg Weissner lachte noch, als Conny ihren Xedos startete. „Was ist denn in Dietmar

135

gefahren? Hat der in seinem Urlaub mal über sich nachgedacht? So vorsichtig und freundlich habe ich den ja lange nicht erlebt." Conny nickte. „Ja, es scheint, als habe er über sich als Bremser und vor allem Ausbremser von Zeit und Kraft mal reflektiert. Ich fand auch, dass er frisch und aufnahmebereit wirkte. Wo geht's zuerst hin, Schorsch?" Weissner sah seine Kollegin an. „Gerne als Erstes bitte in die Apotheke nach Wandsbek, ich will mehr über die Beziehung zwischen Arzt und Apotheker wissen. Wenn dort geschlossen ist, fahren wir zum Onkologen in die Praxis, dann zu Frau Kunert. Conny nickte. „Guter Plan. Danach werde ich in der Mittagspause mit „meiner" - sie lachte und schaute Schorsch an, „Hertha Dorn sprechen. Es muss doch in der Vergangenheit irgendetwas in der Klinik vorgefallen sein. Ich glaube, der Bertram von Öxstedt war nicht zufällig der erste Tote, den sich der Mörder gegriffen hatte. Der Typ hat einen Plan, der geht akribisch wie ein Uhrwerk vor." Georg Weissner nickte. „Ja, das kommt mir mittlerweile auch so vor. Was mich am meisten stresst, ist das der scheinbar tatsächlich genau weiß, was er tut. Einen Plan, den nur er kennt. Wir hinken mit allem hinterher. Und mein Gefühl sagt mir auch, dass der noch nicht fertig ist. Da kommt noch was auf uns zu". Conny schaute ihn an. „Du meinst, noch ein Mord, noch jemand, den andere Menschen nett und freundlich finden, der Mörder aber nicht?" Weissner nickte grimmig. Die Fahrt war kurz, Conny war in ihren Gedanken. „Weißt Du Schorsch, wir machen es anders. Wir rufen jetzt in der Apotheke bzw. bei Frau Kunert an und erfragen den Kontakt zum Onkologen. Dann setzte ich Dich im Präsidium wieder ab und fahre gleich weiter zu Frau Dorn. Heute am späten Nachmittag geht es direkt von uns zu Schomann`s Praxis, sprechen vor Ort mit ihm und danach geht's zum Essen in den Volksdorfer Krug. Dort erfahren wir, wann und mit wem Andresen da war. Vielleicht erwartet uns dort ja eine Überraschung." Schorsch grunzte zustimmend, hielt dann aber dagegen, indem er sagte: „Dann rufe ich vom Schreibtisch bei Kunert und dem Squash-Partner an, das passt auch besser, damit Du gleich loskommst". Conny nickte und fädelte sich in den Verkehr Richtung Alsterdorf ein. Sie wirkte nachdenklich. „Was ist? Spuck's aus!" Weissner kannte seine Kollegin nur zu gut. Wenn sie an irgendeiner Sache hakte, musste es wichtig für den Fall sein. Conny schüttelte den Kopf. „Ich überlege nur, wie der Mörder ins Mundsburg - Center gekommen ist. Der Doormann war noch nicht da, einen eigenen Schlüssel für das Appartementhaus scheint er vermutlich ja nicht gehabt zu haben. Schicke doch mal die Kollegen zur Befragung. Irgendjemand muss den Typen entweder reingelassen haben oder er hat tatsächlich ein Appartement dort. Das würde auch erklären, wo er sich umgezogen haben könnte, bevor der das Haus in Richtung Öffentlichkeit verließ." Ihr Kollege nickte: „Gut, gebe ich gleich oben an die Anderen weiter. Sebastian und auch Maike werden sich freuen, mal wieder unterwegs zu sein. Fahr Du erstmal los. Wir bleiben im Kontakt." Conny nickte.

11.

Nachdem sie ihren Kollegen am Eingang des Präsidiums abgesetzt hatte, wählte sie Kais Nummer. Er meldete sich nach Minuten zurück. „Sorry, meine Süße. Hier ist ganz viel los, sind mitten in einer Razzia. Werde sicher heute Abend nicht rechtzeitig loskommen." Conny erklärte kurz ihren geplanten Abend und verabschiedete sich von Kai. Sie musste an die Worte von ihrem Kollegen denken. Ja, klar konnte sie verstehen, dass Kai in dieser Situation nicht früh in den Feierabend kam. Wie gut es war, dass auch Kai sofort verstand, warum sie den Abend mit Schorsch im Dorfkrug in Volksdorf verbrachte. Sie passten perfekt zueinander. Conny war beschwingt und froh, dass sie ihren Kai hatte, dass es nie ein böses Wort zu einer spontanen Veränderung ihrer Treffen kam.

Die Fahrt über die Elbbrücken war mehr als beschwerlich. Conny war froh, dass sie bei den vielen Stops ihre Automatik hatte, mit einem Schaltgetriebe im Auto wäre sie wahnsinnig geworden. So war es schon fast später Vormittag, als sie endlich den Parkplatz an der Klinik erreichte. Hertha Dorn ging auch sofort ans Telefon, ihr fragendes „Ja, bitte?" ließ Conny lächeln. Schnell waren sie wieder warm im Kontakt. Hertha Dorn hatte noch ein Stück Kuchen aus dem hauseigenen Cafe besorgt, ein frischer Kaffee spendete Duft und Gemütlichkeit. Dann stellte Conny sehr überlegt ihre Frage, ob es in dem vergangenen Jahr Probleme bei Patienten oder dessen Angehörigen gegeben hätte, nannte auch ihre Vermutung beim Namen. Die Chefsekretärin überlegte kurz. „Aus Rache könnte Herr von Öxstedt ermordet worden sein?" Sie holte ein wenig aus. „Na klar, es gibt immer wieder gerade mit Angehörigen von Patienten Reibereien. Da geht es um Diagnosen, die in den Zweifel gezogen werden, da gibt es eine große Abwehr besonders gegenüber negativen Entwicklungen, die passieren können. Keiner will hören, dass eine Operation auch misslingen kann, keiner will hören, dass auch nach erfolgreicher Operation körperliche Einschränkungen bleiben und Hundertprozentig weitere Gesundheit nicht garantiert werden kann. Wobei gerade Doktor von Öxstedt ein gutes Händchen dafür hatte, das Positive zu benennen und das Negative extrem abzuschwächen. Ich habe ihn oft dafür bewundert, wie er die Patienten vorbereitet hat. Er stand auch für Fragen der Angehörigen immer zur Verfügung, hat sich viel Zeit genommen, auch schwierige medizinische Zusammenhänge zu erläutern." Conny fasste nach: „Gab es da im vergangenen Jahr Konflikte, die nicht so gut gelaufen sind? Zum Beispiel, dass während einer Operation etwas Schlimmeres gefunden wurde? Gab es Eingriffe, die nicht zur Gesundung geführt haben?" Hertha Dorn hob ihre Kaffeetasse an die Lippen, trank langsam und sehr bedächtig einen

Schluck. Dann nickte sie. „Klar, mehrere Fälle fallen mir alleine nur im letzten Jahr ein. Immer wieder kam es vor, dass Angehörige auf den Doktor sauer waren, sich mehr von der Operation versprochen hatten oder zu dem besagten Eingriff noch Dinge hinzukamen, die auffällig oder auch besorgniserregend waren. Ich erinnere mich an einen Fall, da operierte Herr von Öxstedt eine junge Frau an der Galle, während des Eingriffs stellte er allerdings fest, dass es mehrere Tumore im Bauchraum gab. Ohne Einwilligung der Patientin konnte - und ich muss sagen, wollte - er dort nicht schneiden und die Tumore entfernen. Er fand es wichtig, erst ihr Okay dafür einzuholen. Er war einfach noch ein Arzt alter Schule. Das hieß, sie musste erst aus der Narkose erwachen und damit auch ansprechbar werden, um dem neuen Eingriff zuzustimmen. Ich weiß noch, dass der Ehemann richtig ärgerlich darüber war, dass die Tumore nicht gleich operiert worden waren. Dazu kam, dass die Frau schon sehr geschwächt durch die erste OP war und sich kaum erholte. Ich weiß noch, dass Herr von Öxstedt mehrfach sagte, ihm liefe einfach die Zeit weg, da schnelles Handeln wichtig war, um die Tumore zu beseitigen. Letztendlich ist die arme Frau nachher an einem Herzversagen während der zweiten Operation gestorben. Das war so ein wirklich krasser Fall." Conny pustete sich den aufkommenden Stress aus dem Körper. „Wie ging es in diesem Fall weiter? Hat der Ehemann weiter Stress gemacht?" Hertha Dorn nickte.

„Ja, er war mehrfach hier in der Klinik, hat dem Doktor aufgelauert, wo er konnte, hat ihn beschimpft noch und nöcher. Es war für niemanden von uns eine gute Zeit". Conny nahm ihren Block in die Hand und sah Frau Dorn an: „Erinnern Sie den Namen des Ehemannes? Wann genau war das? Haben Sie Unterlagen dazu, die ich kurz einsehen könnte?" Frau Dorn ging an ihren Dateikasten, blätterte kurz, entnahm eine Karte und legte sie Conny auf den Schreibtisch. „Lesen dürfen Sie schon, aber mitgeben kann ich Ihnen die Karte nicht." Schreibend fragte Conny weiter: „Gab es mehrere von diesen Fällen in der letzten Zeit? Wie sieht`s aus mit Krebsfällen? Wurde auch Chemotherapie hier verordnet und verabreicht?" Die Sekretärin überlegte nur kurz. „Ja, Probleme gab es schon, mal mehr, mal weniger, aber selten mit einer solchen Heftigkeit. Und ja, natürlich, Chemotherapie wird auch hier gegeben, es gibt im oberen Stockwerk eine onkologische Station. Dort werden die Infusionen auch verabreicht. Die Patienten kommen meist direkt zum Termin, erhalten ihre speziellen Dosen, ein Arzt ist immer auf Station als Ansprechpartner. Je nach Zustand, bleiben sie über Nacht hier oder sie werden von den Angehörigen abgeholt und nach Hause gebracht. Das ist eine sehr traurige Station, aber es sind viele gute Ärzte dort, die sich mit dem Leid der Menschen auskennen." Conny lehnte sich zurück. „Wissen Sie, ob es dort zu Problemen oder Konflikten in den vergangenen Jahren kam? Hatte Bertram von Öxstedt in irgendeiner Form damit zu tun?" Hertha Dorn lächelte leicht. „Ja, klar, hatte er auch mit den Patienten dort zu tun als Chefarzt der Inneren. Er war es oft, der die Diagnose stellte, der sie operierte oder aber nun die Anweisung und damit die Überweisung für die onkologische Station schrieb. Wir haben da gut Hand in Hand gearbeitet. Wie gesagt, beruflich war es super mit ihm zu arbeiten." Conny schaute auf ihren Stichwortzettel. „Können Sie mir noch sagen, wann Sie das letzte Mal von den aggressiven Angehörigen gehört haben? Wann ist das alles passiert?" Die Antwort war spontan und schnell. „Es passierte in der Zeit zwischen Mai und Anfang September. Die Frau war am 19. Mai operiert worden, die Operation, die sie nicht überlebte, war am 29. Mai. Das war auch ihr Todestag. Es war für uns alle eine ganz fürchterliche Zeit." Conny nickte mitfühlend. „Das glaube ich Ihnen. Das war ja alles andere als schön." Sie schaute auf ihren Zettel. „Ich werde das schnellstmöglich überprüfen. Gibt es einen Kontakt zu einer Apotheke in Wandsbek? Kennen Sie dort jemanden?" Frau Dorn schüttelte den Kopf. „Wir haben unsere eigene Apotheke. Da wird nicht woanders bestellt. Wir haben dort gute Leute, die alles selbst zusammenstellen oder bestellen. Wieso fragen Sie?" Conny verzog das Gesicht und schüttelte bedauernd den Kopf. „Das darf ich Ihnen leider nicht sagen, Frau Dorn. Wir sind noch in den ersten Ermittlungen, da ging es mir bevorzugt darum, festzustellen, ob es etwaige Zusammenhänge geben könnte." Der Abschied war kurz, aber herzlich. Während Conny die Treppen hinunter lief, wählte sie schon Maikes Nummer: „Hey Maike, kannst Du kurz für mich etwas in Erfahrung bringen? Ich bräuchte die Adresse und alles was Du sonst noch an Informationen bekommst, von einem Mark Schuster. Seine Frau Vera Schuster ist letztes Jahr im Mai an der Galle von Bertram von Öxstedt operiert worden. Er fand im Bauchraum mehrere Tumore. Die hat er nicht sofort entnommen, hatte die Patientin erst aufwachen lassen, ihr dann mitgeteilt, was er fand und sich das Okay für eine neue Operation geben lassen. Bei dieser zweiten OP ist die Frau dann aufgrund eines Herzversagens gestorben. Der Mann fand das unmöglich und hat hier mehrere Monate in der Klinik richtig Terz gemacht, wollte den Chirurg wegen unterlassener Hilfeleistung anzeigen. Vielleicht ist das unser Mann!" Maikes Antwort war ebenfalls sehr kurz: „Klar mache ich das, Conny. Melde mich, wenn ich was Neues habe. Wir sehen uns. Tschüss." Grad im Auto hatte Conny schon den Schorsch in der Leitung. „Bist Du aufnahmebereit?", fragte er ebenfalls kurz angebunden. Conny startete den Xedos. „Klar, was gibt es?" Unwillig brummelte Georg Weissner: „Habe den Squash-Kollegen von Andresen gesprochen. Was für eine Schlaftablette. Er wollte über Skype erstmal meinen Ausweis sehen und als ich den gezeigt habe, wurde der echt störrisch. Hat sich jedes Wort aus der

Nase ziehen lassen. Erst als ich ihm sagte, er könne auch sonst gleich ins Präsidium kommen, kam er etwas in Wallung. Aber viel gab's trotzdem nicht. Sie waren jeden Donnerstag um neunzehn Uhr verabredet. Wenn einer nicht konnte, wurde über ,WhatsApp' abgesagt. Nach dem Sport haben er und Andresen noch kurz über die letzte Woche gesprochen, manchmal auch über die kommende Zeit. Befreundet seien sie aber nicht gewesen." Conny fragte dazwischen: „Hat der etwas Ähnliches wie Andresen gemacht? Woher kannten die sich?" Schorsch konnte sich ein lautes Lachen kaum verkneifen. „Conny, wir sind nicht nur zufällig ein gemeinsames Team! Klar, habe ich das gefragt. Also, vor knapp zwei Jahren hat der Andi Müller, so heißt der Squash-Kollege, einen Zettel an das Schwarze Brett des Fitness-Centers gepinnt. Andresen hat den gelesen, abends zurückgeschrieben. Am Donnerstag darauf waren sie zusammen und haben Squash gespielt. Das passt miteinander von der Spielstärke gut, sie blieben auch terminlich beim Donnerstag, weil der Müller da auf keinen Fall im Außendienst unterwegs und relativ sicher in Hamburg weilte. Nur - nun halt Dich fest, Conny - diesen Donnerstag hat unser Apotheker absagen müssen. Es sei Ende des Monats und da müsse er einem guten Geschäftspartner etwas vorbeibringen. Müller hätte am Telefon gelacht und gesagt: „Ja, da sei immer eine Barzahlung nötig zum Ende des Monats." "Andresen sei super verschreckt gewesen, meinte Müller. Dabei sei das von ihm selbst nur ein Witz gewesen. Er sei im Vertrieb und kenne solche Praktiken gut. Aber Andresen habe ihm sein „echtes Ehrenwort" abverlangt, das er niemals darüber sprechen dürfe. Das sei eine völlig diskrete Vereinbarung, niemand dürfe davon etwas wissen. Schorsch lachte erneut. „Na und was meinst Du, was dann Dein guter Schorsch gefragt hat?" Conny fuhr links in eine Parklücke. „Sag einfach, Schorsch."Weissner lachte. „Den Namen vom Geschäftspartner wusste er zwar nicht, aber Andresen habe ihm eine Adresse in Volksdorf genannt, wo er den Abend noch hinfahren musste. Nun rate mal, liebe Conny, welche Adresse er genannt hat?" Conny atmete tief durch. „Du, Schorsch, mir ist heute echt nicht zum Raten zumute. Mach fertig, ich habe auch noch was Wichtiges." „Zum Pfaffenstieg 6 musste Andresen hin. Weißt Du, wer da wohnt, Conny? Stefan Schomann, der Onkologe. Das ist dessen Privatadresse. Dem hat Jens Andresen etwas vergangenen Donnerstag vorbeigebracht. Aber die beiden Squash-Männer haben sich dann noch weiter gut unterhalten, zum Beispiel auch über den Volksdorfer Dorfkrug. Dort lädt nämlich der Andi Müller immer seine Geschäftsleute zum Essen ein. Natürlich werden auch wir heute im Dorfkrug speisen und parallel die Kellner befragen. Was hast Du noch?" Conny liebte es, wenn Schorsch auch mit ihrer eher schroffen, direkten Art zurechtkam und sich aufgrund ihrer Patzigkeit nicht grämte. Sie berichtete kurz von Mark Schuster und dessen verstorbener

Ehefrau. Weissner pfiff durch die Zähne. „Ja, super. Wir kommen diesem Mörder immer dichter. Gutes Ergebnis!" Conny startete den Xedos wieder und verabschiedete sich von Schorsch. „Ich habe Maike gebeten, sich mit dem aggressiven Ehemann zu beschäftigen, alles Nennenswerte für uns zu recherchieren. Ich hoffe, sie hat es, wenn ich in einer knappen halben Stunde bei Euch bin." Schorsch grunzte und sagte: „Komm gut zurück. Heute Abend wissen wir deutlich mehr, wenn wir den Onkologen Schomann befragt haben". Weissner verabschiedete sich und wandte sich wieder seinen anderen Telefonaten zu. Die Hamburger Straßen waren voll und Conny hatte das Gefühl, eine halbe Ewigkeit für den Rückweg gebraucht zu haben. Die letzten Meter strengten sie enorm an. Sie rangierte ihren Xedos in eine Parklücke am Präsidium und sprang schnell die Stufen zum Büro hoch. Es war, als hätte Maike nur auf das Eintreten von Conny gewartet, sie sammelte ihre Zettel zusammen und kam sofort ins kleine Büro der beiden Ermittler. Schorsch hatte einen Kaffee in der Hand und kopierte zwei Fotos von Andresen, die er dem Dorfkrug-Wirt und den Kellnern vorlegen wollte. Selbst Sebastian machte einen eher ruhigen, aber trotzdem konzentrierten Eindruck. Dietmar Brodten saß in seinem Büro und telefonierte. Conny ging auf die Kaffeemaschine zu, goss sich den frisch gebrühten Kaffee in ihren Becher, nahm einen Schuss Milch dazu und blieb am Schrank stehen. „Puhh, was für ein Ritt.

Diese Elbbrücken-Fahrt kostet mehr Nerven, als ich zurzeit habe. Was hast Du für uns, Maike?", sprach sie die Gruppensekretärin an. Diese schaute auf ihre Unterlagen. „Mark Schuster, Jahrgang 1964, verlor seine Frau Vera vergangenes Jahr im Mai. Sie starb an Herzversagen während ihrer zweiten Operation durch den Chefarzt Bertram von Öxstedt. Den Doc traf zwar definitiv keine Schuld, allerdings war der Ehemann ganz anderer Meinung. Mehrere Wochen lang belagerte er die Klinik, hatte einen Anwalt beauftragt, aufgrund unterlassener Hilfeleistung gegen den Arzt zu ermitteln. Es kam zwar zu diversen Briefwechseln zwischen Klinik und Anwalt, allerdings wurde nie eine Klage gegen von Öxstedt erhoben. Alle Fakten sprachen für den Chirurgen." Sie seufzte und blickte Conny in die Augen. „Mark Schuster verstarb am 14.September dieses Jahres. Er hatte einen schweren Autounfall auf der B75, kam auf die Gegenspur, raste in einen LKW und starb noch an der Unfallstelle. Es gibt keine Kinder oder Verwandten ersten oder zweiten Grades. Wir müssen also davon ausgehen, dass niemand aus seiner Familie den Tod vom Chefarzt initiiert oder gar selbst verursacht hat." Conny starrte auf ihren Kaffee und pustete vorsichtig in das heiße Getränk. Maike setzte leise nach. „Tut mir leid, Conny. Ich weiß, es hätte gut gepasst!" Sebastian Teichert meldete sich zu Wort: „Nur kurz die zusammengefasste Version von den Kontobewegungen des Jens Andresen. Viel Geld floss hin und her, immer wieder tauchen die Namen großer Pharma-Unternehmen auf, hier wurden die Giftcocktails bestellt, die Andresen selbst weiterbearbeitet hatte. Ein Angestellter aus der Pathologie, mit dem ich befreundet bin, hat sich alles einmal angeschaut und dem Apotheker seine Anerkennung gezollt. Bis auf Dezi-Milligramm genau soll er die Zytostatika gemischt haben. Auch die Zahlungen scheinen völlig in Ordnung zu sein." Weissner schaute auf die Uhr. „Nun, das müssen wir erstmal so hinnehmen. Jungs und Mädels, auf Regen folgt Sonne. Nicht den Kopf hängen lassen. Weitergeht's!" Conny nickte und trank ihren Kaffee aus. „Ja, recht hat er, auf ein Neues, meine Lieben!" Sie bat ihre Crew aus dem Innendienst noch zu klären, wie jemand ohne Schlüssel und Einlasserlaubnis vom Doorman ins Mundsburg - Center kommen konnte. „Egal, ob Ihr alle Hausbewohner befragen müsst, ich bitte Euch, bevorzugt zu klären, wie der Mörder ins Haus gekommen ist." Ein Nicken der Kollegen und Kolleginnen am Tisch zeigte ihr, dass sie gehört und verstanden worden war. Beide Kommissare gingen aus dem Büro und verabschiedeten sich. An der Tür griff Schorsch zum Autoschlüssel. „Komm, ich fahre. Das war ja schon stressig genug bei Deiner Tour über die Elbbrücken." Conny nickte nur. Ihr war nicht wohl, sie spürte leichte Übelkeit auch nach dem starken Kaffee im Kommissariat. „Ich glaube, ich habe jetzt schon Hunger. Hoffe, das geht schnell bei dem Arzt. Ab wann ist der meist zuhause?" Weissner schaute auf die Uhr. „Ich denke, ab halb Sieben sicherlich. Um diese Zeit ist auch der Apotheker bei ihm gewesen und da soll er schon mit Frau und Kindern am Tisch gesessen haben. Alles passt, wir sind gut in der Zeit." Die Fahrt nach Volksdorf verlief kurzweilig, beide Kommissare ließen nicht den Kopf hängen. Schorsch erzählte von seinen kulinarischen Recherchen über den Dorfkrug in Volksdorf, Conny freute sich auf das gemeinsame Essen nach getaner Arbeit. Relativ früh kamen sie zum Privathaus des Onkologen, parkten in einer großzügigen Parklücke vor dem Haus. „Schau dir das an, Schorsch. Das Haus besteht ja fast nur aus Glas. Cool!" Sie zeigte auf eine großflächige Glasfront. Man sah zwei Kinder: einen Jungen und ein etwas größeres Mädchen, beide spielten in einem großen Raum, wohl dem Wohnzimmer, auf dem Fußboden. „Das ist Playmobil, sowas hatte ich als Kind auch schon." Conny kicherte. Weissner ging zur Haustür und schellte. Eine junge Frau mit kurzen blonden Haaren kam an die Tür. Sie öffnete und erschrak gleichzeitig. „Oh, ist was passiert? Was ist mit meinem Mann?" Schorsch zückte seinen Ausweis und stellte sich und Conny vor. Beruhigend redete er auf die Frau ein. „Wir möchten Ihren Mann sprechen. Er soll uns einiges zu dem Apotheker Jens Andresen sagen. Der war doch vorgestern Abend hier oder?" Die junge Frau, bat die Kommissare darum einzutreten. Sie begrüßte auch Conny und ging in die Küche, um ihr Handy zu holen.

„Stefan ist noch nicht hier, ich warte schon mindestens eine Viertelstunde auf ihn. Normalerweise ist er pünktlich wie ein Uhrwerk, genießt es, wenn wir alle gemeinsam zu Abend essen. Hoffentlich ist auf der Strecke nichts passiert, es fahren ja immer mehr Verrückte auf Hamburg`s Straßen." Conny nickte, fragte leise nach der Telefonnummer von Stefan Schomann und wählte das Handy an. Es klingelte, niemand nahm ab. „Er kann immer mit Handy sprechen, das geht in seinem Auto über den Lautsprecher, ich versteh einfach nicht, dass er sich nicht meldet." Schorsch reagierte zuerst. „Wo arbeitet er genau?" Lisa Schomann schluckte und schaut Georg an. „In der Jüthornstrasse in Hamburg - Wandsbek. Es ist kurz vor der Kreuzung Claudiusstraße. Georg Weissner ging vor die Tür und telefonierte. Als er wieder ins Haus trat, schaute er Conny fragend an. Diese nickte kurz in seine Richtung, wandte sich aber der jungen Frau zu. „Wir haben jetzt eine Streife vorbeigeschickt, die schauen nach dem Rechten. Sagen Sie, Frau Schomann, haben Sie vorgestern mitbekommen, dass der Herr Andresen bei Ihnen war?" Die junge Frau atmete tief durch und schaute Conny an. „Nicht wirklich. Wir waren beim Abendbrot, hatten uns gegenseitig von unserem Tag erzählt, da hat es an der Tür geklingelt. Stefan war ziemlich sauer, er empfand es als Störung. Es war auf jeden Fall eine dunkle Stimme, wer es genau war, hat er nicht gesagt. Die Männer haben wohl noch etwas gestritten, es war lauter und schärfer von der Stimmlage, aber nach einigen Minuten ist Stefan wiedergekommen und hat sich zu uns gesetzt. Den Mann habe ich nicht gesehen, aber der kommt öfter und bringt Stefan etwas. Meist ist es ein weißer Umschlag und ich denke, da sind Abrechnungen drin oder so etwas Ähnliches." Conny fasste nach. „Könnte es auch Geld gewesen sein? Wo kann der Umschlag jetzt sein?" Lisa ging in ein kleines unter der Treppe liegendes Zimmerchen. „Hier bewahrt Stefan alles auf, was mit der Praxis zusammenhängt. Ich kümmere mich um so etwas nicht." Ein alter Sekretär stand am Fenster. Sie öffnet die Schublade. „Hier ist er, der weiße Umschlag!" Georg Weissner griff zuerst zu. Ein Bündel Geldscheine war in dem edlen Umschlag und er zählte rasch durch. „10.500 Euro sind es. Und Sie wissen nicht, warum Jens Andresen dies Ihrem Mann gebracht hat?" Lisa Schomann schüttelte den Kopf „Ich kenne den Mann auch gar nicht. War wohl ein Geschäftspartner meines Mannes. Ich habe wirklich keine Ahnung." Das Telefon klingelte, auch Conny hob den Kopf und sah Schorsch an. Dieser öffnete die Tür, wollte eigentlich hinausgehen, blieb dann aber wie angewurzelt stehen. „Jo mei, holt die SPUSI, alle, die erreichbar sind. Wir sind`s auf dem Weg." Er drehte sich zu Conny und Lisa Schomann um. „Frau Schomann, Sie hatten recht mit Ihrer Ahnung. Ihr Mann konnte wirklich nicht nach Hause kommen. Er ist tot. Es tut mir sehr leid. Haben Sie Jemanden, der Ihnen in dieser schweren Stunde zur

Hilfe kommen kann?" Conny war schon dabei, die Tür vom Wohnzimmer zu schließen, damit die Kinder so wenig wie möglich mitbekamen. Dann führte sie Lisa Schomann in die Küche und ließ sie Platz nehmen. Georg Weissner hockte sich zur Frau hinunter. „Ihr Mann ist einem Gewaltverbrechen zum Opfer gefallen. Ich fragte schon, ob es Jemanden gibt, der für sie und Ihre Kinder da sein kann?" Lisa zitterte wie Espenlaub und nahm ihr Handy in die Hand. „Meine Eltern wohnen nur eine Seitenstraße entfernt. Ich rufe sie an. Oh Gott, wie schrecklich..." Conny hatte auch schon ihr Handy in der Hand, orderte schnell eine Polizeistreife zum Haus. Sie warteten etwas, die Beamten waren in wenigen Minuten vor Ort. Weissner startete schon den Wagen, während Conny sich noch von Frau Schomann verabschiedete. Mit einigen Worten setzte sie die Polizisten in Kenntnis und sprang dann zum Schorsch in den Wagen. Aus dem Augenwinkel sahen sie, wie ein älteres Ehepaar die Straße hastig langlief. „Das sind ihre Eltern, jetzt können wir los. Mensch, dass wir nicht in Ruhe bei ihr bleiben konnten, bis sie die Nachricht verdaut hatte..." Schorsch zuckte mit den Achseln. „Ja nun, in den Fernseh-Krimis ist es eben anders, als wie im richtigen Leben. Ich gucke auch immer, was für einen Schmarrn die da verzapfen und ärger mich hinterher ohne Ende." Mit einem kleinen Seitenblick auf Conny fragte er ruhig nach. „Kannst die Infos aufnehmen und ertragen, Conny?" Etwas erstaunt sah sie ihn an. „Klar, was haben die Schupos

erzählt, als du nachgefragt hast, wo Schomann bleibt?"
Georg sortierte sich kurz. „Nun erstmal, habe ich ja
eine Streife zu ihm in die Praxis geschickt. Das ging
reibungslos, ist auch ein Peterwagen vor Ort gleich
zwei Minuten später dagewesen. Nun kommt`s: Die Tür
stand offen, der Onkologe befand sich in seinem
Praxiszimmer, war gefesselt mit Kabelbindern an
seinem Lederstuhl. Dieser war umgefallen, lag auf der
Seite, Stefan Schomann mit ihm. Er war tot. Der
Beamte meinte, dass soll sehr heftig ausgesehen
haben. Mal sehen, was Zanker gleich dazu sagt." Conny
presste die Lippen fest aufeinander, nahm aus ihrer
Tasche ein Mineralwasser und trank einen Schluck.
„Heftig finde ich das allemal. Hatte mir soviel davon
versprochen, wenn wir heute Abend mit dem Mann
sprechen, jetzt hinken wir wieder hinterher. Was für
ein Mist!" Die Straßenkreuzung in Hamburg-Wandsbek
war vollständig abgesperrt, überall standen blinkende
Einsatzfahrzeuge. Weissner fuhr auf den Fuß- und
Fahrradweg und parkte. Conny sprang aus dem Auto,
ein Polizist hob die Absperrbänder, um sie zur Tür
gehen zu lassen. Sie bedankte sich und schaute zum
Schorsch. Dieser war schon knapp neben ihr. „Im
1.Stock ist es. Sie können laufen oder den Aufzug
nehmen." Conny hatte den Fahrstuhl schon erreicht,
drückte und wartete auf das Kommen. Laut bedankte
sie sich beim Polizisten, bevor sich hinter ihnen die
Tür geräuschlos schloss. Im ersten Obergeschoß war
das Treppenhaus-Licht eingeschaltet, nur wenige

Meter vom Aufzug entfernt stand die Praxistür offen, gelb- helles Licht schien aus den Räumen. „Moin", grüßte Conny nach links und rechts, mehrere Männer in weißen Ganzkörperanzügen murmelten etwas zurück. Zanker kniete neben dem umgefallenen Lehnstuhl und untersuchte den toten Arzt. „Nü, die Kriminalen sind auch mal ausgerückt. Schau an, wart Ihr schon im Dienstschluss?" Schorsch patzte zurück. „Wir waren beim Toten zuhause, wollten uns einen Überblick zur Beziehung von Schomann zu Andresen verschaffen. Aber da der Onkologe scheinbar nicht mehr fahren konnte, sind wir jetzt hier." Manfred Zanker hob beschwichtigend die Hände. „Alles gut, Schorsch. Das ist ja dann blöd gelaufen." Conny kniete sich neben den Toten und zeigte auf die blutigen Striemen an den Handgelenken. „Er muss sich heftig gewehrt haben, wusste wohl, was auf ihn zu kommt. Wie konnte dieser große Mann so einfach gefesselt werden?" Der Pathologe zeigte auf den Kopf des Opfers. „Er hat einen Schlag auf den Hinterkopf bekommen, hier sind noch getrocknete Blutreste. Ich nehme an, dass er in den Sessel fiel, kurzzeitig benommen war und in dieser Situation leicht mit den Kabelbindern am Stuhl zu fixieren war. Mehr kann ich Euch erst sagen, wenn ich ihn bei mir auf dem Tisch habe." Als Conny sich über den Kopf des Toten beugte, kam Bewegung in den Pathologen. Rasch kam er auf die Beine, schob Conny mit Kraft zur Seite und zeigte auf den Mund des Toten. „Vorsichtig Conny. Wenn es das ist, was ich vermute, ist der Pulverrest dort an Schomann`s Mund für jeden von uns tödlich. Also bitte, haltet Abstand! Auch die Helfer, die gleich den Toten ins UKE bringen, muss ich dringend anweisen. Ich gehe davon aus, dass es sich bei dem Pulver entweder um Heroin oder - wenn ich richtig liege - sogar um Fentanyl in Reinform handelt. Das ist ein synthetisches Opiat, dreißigmal tödlicher als Heroin. Und es würde zum ersten Toten, dem Chirurg und Chefarzt passen, dem das Zeug ja mit einer Spritze verpasst wurde. Irgendjemand hantiert mit dem Krebs-Mittel rum, der muss davon ein Lager haben." Aus dem Nebenraum ertönte ein lautes Rufen. „Hier hat er es her, hier ist ein Lager von diesem Präparat und vielen anderen Zytostatika!" Sebastian Teichert kam aus der Tür, und zeigte auf den Nebenraum. Conny ging zu ihm, klopfte ihm zur Begrüßung auf die Schulter und schaute sich das onkologische Labor an. „Mensch, dass hier alles müsste Millionen Euro wert sein", und zeigte auf die kleinen Fläschchen und Ampullen. Was meinst Du, Sebastian?" Der nickte und kam zurück in den Raum. „Ja, das ist echt eine Menge an Geld, was da links und rechts in den Regalen steht. Alles gut beschriftet, für ein Lager herausragend sauber und sortiert." Weissner warf nur einen Blick herein und murmelte: „Ist halt eine Arztpraxis, da gehe ich davon aus, dass es sauber und ordentlich zugeht." Er schaute dabei zu, wie der Pathologe, vorsichtig die Kabelbinder löste, den Toten mit Hilfe von zwei Männern behutsam vom umgestürzten Sessel auf den Boden zog. Mit Hilfe eines Plastiksackes verhüllte er den Kopf des Toten, umwickelte alles mit Paketband. Dann stand er auf. "Ich gehe, mir mal kurz die Hände waschen. Bitte macht das auch alle. Heute Abend brauchen wir keine weiteren Toten."

12.

Schon wieder im Auto blickte Conny ihren Kollegen an. "Wie spät ist es? Lohnt es sich noch zum Dorfkrug in Volksdorf zu fahren?" Weissner nahm sein Handy zur Hand, wählte eine Nummer und wartete auf eine Verbindung. Als sich jemand meldete, fragte er im Dorfkrug nach, wie lange die Küche geöffnet sei. Die Antwort erhellte seine Miene. Er bestellte einen Tisch für mindestens zwei Personen und winkte Conny zu. Diese hatte schon ihr privates Handy zur Hand und schrieb ihrem Kai eine SMS. Nur kurz darauf, klingelte es. Kai war dran. „Ich hatte einen mega-beschissenen Tag, wenn es Euch nicht stört, würde ich mich gerne aufmachen und zu Euch kommen. Habe seit heute Morgen nichts gegessen und möchte mir auch kein fast-food holen." Conny sah ihren Kollegen fragend an, dieser nickte und sagte: „Freue mich, Kai zu sehen. Passt schoo..." Kai hatte die Worte verstanden. "Prima. Bin schon unterwegs. Bis gleich!" Conny lachte und schaute Schorsch an. „Danke, das ist super von Dir. Aber du weißt, falls noch Kellner um diese Zeit im Restaurant sind, müssen wir sie unbedingt befragen. Mir ist besonders wichtig, ob und wenn ja, der Apotheker dort war, ob er alleine war und wann er gefahren ist." Georg Weissner nickte und schaute auf die Fahrbahn. „Alles okay, Conny. Aber erst wird gegessen. Ich bin knapp vor dem Verhungern."

Einige Minuten später bogen sie schon Richtung Dorfkrug ab. Die Lichter des schönen Bauernhauses waren noch erleuchtet und beide Kommissare sprangen aus dem Auto und eilten mit raschen Schritten zum Eingang. Etwas umständlich wurden sie an ihren vorbestellten Tisch geführt, schnell noch ein Stuhl und Besteck für Kai neben Connys Platz gelegt. Noch bevor die Getränke kamen, stand Kai in der Tür. Er umarmte erst Conny, dann gab er Schorsch die Hand. „Mensch, da musste mein kleiner smarti echt strampeln, so rasch bin ich hierhergefahren." Alle lachten. Mit alkoholfreiem Weizen wurde angestoßen, nur Conny genehmigte sich ein Pils. Bevor das Essen kam, erzählte Georg die Details zum Mord an dem Onkologen. „Mei, was mich am meisten erschüttert hat, ist doch, dass wir wieder mal zur verkehrten Zeit am verkehrten Ort waren. Eigentlich war es zwischen uns", er zeigte auf Conny und sich, „so geplant, dass wir zum Arzt in seine Praxis fahren, ihn dort befragen zum Verhältnis zum Apotheker. Danach hätten wir allerdings auch gerne etwas von seiner Frau erfahren, denn ohne ihre Aussage vorhin, wüssten wir nicht, dass die beiden Geschäftspartner vor der Tür des Privathauses gestritten haben und dass es wirklich um einen Geldumschlag mit immerhin 10.500 Euro ging, der wohl ziemlich regelmäßig vom Apotheker an den Onkologen gegeben wurde. Aber..., wenn wir es anders herum aufgezogen hätten...", seine Stimme wurde lauter... „wahrscheinlich würde der Arzt noch leben!"

Als Kai ihn erstaunt ansah, fügte er leiser erklärend hinzu: „Wir wären dann zuerst in der Praxis gewesen und hätten damit wohl auch Schlimmeres verhindern können." Conny stand kurz auf und entschuldigte sich. „Ich gehe mal für kleine Kommissarinnen und schau gleich, ob ich jemand am Tresen befragen kann." Beide Männer nickten. Noch bevor das Essen kam, war Conny zurück. Sie legte ihren Notizblock zur Seite. „Es gab nichts wirklich Neues. Andresen kam gegen neunzehn Uhr, war allein, hat ein Chateaubriand gegessen, zwei Rotweine dazu getrunken, ziemlich viel Trinkgeld gegeben und ist etwas „angeschickert", wie der Kellner meinte, aus der Tür gegangen. Er sei wohl mit seinem Auto weggefahren, aber dazu wollte sich der Kellner bereitwillig nicht wirklich äußern." Kai und Schorsch lachten. „Na, das ist schon klar. Wer einen betrunkenen Gast fahren sieht, muss das eigentlich zu verhindern wissen. Aber ganz ehrlich, wer macht das schon?" Das servierte Essen war sehr gut und vor allem reichhaltig. Immer wieder griff Kai nach Conny' s Hand. „Ich habe Dich so unendlich vermisst", raunte er ihr zu. Georg Weissner ließ sich nach einem wundervollen Essen einschließlich einem Nachtisch schwer zurückfallen und atmete tief aus. „Mei, was für ein Tag! Nun geht's besser oder?", fragte er in die Runde. Kai nickte: „Ja, deutlich besser. Wir haben heute eine Razzia im Hamburger Milieu durchgeführt. 32 Männer haben wir zunächst in Gewahrsam genommen, davon bleiben 20 verhaftet.

Der Amtsrichter hat die nächsten zwei Tage richtig viel zu tun." Auch Conny lehnte sich zurück. „Nun lasst uns zahlen. Ich mag keinen Espresso mehr, ich bin irgendwie fix und foxi." Am Auto entschied sie sich, bei Kai einzusteigen, um mit zu ihm zu fahren. Sie verabschiedete sich von Schorsch, dieser wünschte den beiden noch einen schönen Abend. Kurz bevor er losfahren konnte, sprang Conny vor seinen BMW und hob die Hände. Er kurbelte das Fenster hinunter. Conny war ganz aufgeregt: „Wir müssen morgen unbedingt wieder zum Tatort Schorsch! Wir haben was übersehen, gründlich übersehen! In einem Raum der Praxis gibt es einen Personalraum, wo die Leute sich umziehen können, bevor sie ihre Praxiskleidung anziehen. Dort gibt es vier Schränke, einen für Schomann direkt, einen für die MFA an der Rezeption, einen wohl für eine kleinere Frau im Praxisbetrieb. Aber nun halt Dich fest: dahinter ist noch ein Schrank! Ich habe nur grob reingeschaut, aber da liegen Sachen für einen Mann, einen großen Mann." Schorsch erstarrte. „Was? So etwas wie ein Krankenpfleger? Das gibt es doch nicht, Conny. Warum erzählst Du mir erst jetzt davon?" Conny schüttelte den Kopf. „Ich kann es Dir nicht sagen, ich war so geschockt, als Zanker mich vom toten Onkologen wegzog. Ich war knapp dran an seinem Gesicht und dem weißen Pulver an seinen Lippen. Deshalb war ich nur kurz auf der Toilette, Hände waschen, ich habe sogar gezittert dabei. Daneben war der Personal-Umziehraum. Dort bin ich schnell durch, habe mir alles angeschaut und bin danach sofort wieder zu Dir und dem SPUSI-Team." Kai war nun auch aus seinem Auto gestiegen und hatte die letzten Worte vernommen. „Dann lasst uns doch alle nochmal kurz in die Praxis des Krebs-Arztes fahren. Sechs Augen sehen mehr als vier." Er zwinkerte Conny zu. Sowohl Weissner wie sie überlegten nur kurz, dann nickten beide zustimmend. „Ja, lass uns das machen, ich finde sonst sowieso keine Ruhe", sagte Conny und zu Georg gewandt, fügte sie hinzu: „Ich fahre bei Kai mit und schaue schon auf den Praxisseiten im Netz, ob da auf der Personalseite etwas angegeben ist." Die Fahrt verlief schnell, um diese Zeit waren Hamburgs Straßen überschaubar und nur wenige Autos stadteinwärts unterwegs. Conny hatte die Internetseiten der onkologischen Praxis schnell gefunden. Doktor Schomann erschien als Erstes, dahinter seine drei medizinischen Fachangestellten. Es waren zwei Frauen, von denen, die eine davon deutlich kleinwüchsig erschien und als Viertes ein Mann. Groß gewachsen, mit schmalem Gesicht, schwarz-grauen Haaren, Jahrgang 1965, wie das Profil verriet. Conny starrte in das Gesicht, die markanten dunklen Augen. „Das ist er", flüsterte sie. „Kai, das ist unser Mann! Ich bin so sicher. Schau Dir nachher in Ruhe die Augen an. Da brennt etwas in ihnen. Ich kann es nicht fassen. Ist es tiefer Schmerz, ist es Hass? Ich habe keine Ahnung, ich weiß nur: Dieser Typ tötet." Während einer roten Ampelphase nahm Kai das Handy aus Connys Hand und blickte auf das Foto. Ein ernster, aber bemüht, fröhlich dreinblickender Mann war zu sehen. Er gab Conny das Handy zurück und murmelte: „Hmmmh, ja, irgendwas stimmt mit dem nicht. Aber ist er deshalb gleich ein Mörder? Ich meine, der sieht den ganzen Tag nichts Anderes als kranke Menschen. Von manchen weiß er, die werden das Jahr nicht mehr überleben. Egal, was er macht oder eben nicht macht. Das ist doch echt ein deprimierender Job, wieso soll der fröhlicher gucken?" Schon vor der Ecke Jüthornstraße sprang Conny aus dem Fahrzeug. „Ich hoffe nur, dass der Schorsch die Haustürschlüssel der Praxis hat. Sonst können wir lange warten."

Schon vor seinem Auto stehend griff Schorsch in die Tasche und wedelte mit einem kleinen Schlüsselbund. „Jo mei, was denkst denn du?" Conny winkte über die wenigen Meter auf dem Fußweg und lachte laut auf. „Das hätte ich auch wissen können. Einer von uns ist in der Planung immer voraus. Ich heute eher nicht, aber warum hat man sonst gute Kollegen." Sie warf Schorsch eine Kusshand zu und der grinste verschmitzt. „Mir war so, als müssten wir heute hier nochmal vorbei. Keine Ahnung, warum und weswegen, ich wollte unbedingt den Zweitschlüssel, bevor wir zum Essen fuhren." Oben in der onkologischen Praxis zeigte sie ihrem Kollegen das Bild des MFAs. Er hielt das Handy und schaute lange auf das Bild. „So sieht er aus? Hmmh, ja." Er machte eine längere Pause. „Man steckt ja nicht drin in den Menschen, aber das

Gemetzel vor der Haustür von Andresen, da fehlt mir bei dem Bild noch jegliche Phantasie dafür. Aber beim Mord an Schomann, ja, da kann ich ihn mir als Täter vorstellen. Wie heißt er?" Conny schaute auf das Handy. „Frank Meerwald. Ist im April 1965 in der Nähe von Berlin geboren. Wohnt aber jetzt in Ahrensburg, in der Kurzen Koppel. Während die Kommissare ihren Impulsen folgten und von einem Praxisraum in den nächsten gingen, war Kai dabei, die Personalien des Mannes über sein Diensttelefon aufzunehmen. Mit zwei Telefonaten hatte er Erfolg und konnte Conny und Schorsch die wichtigsten Daten weitergeben. „Der Mann war in Berlin ab Mai 1986 verheiratet mit einer Susanne Breede, geschieden von ihr wurde er Mitte Oktober 1990. Aus der Beziehung ging eine Tochter hervor. Geboren 1988. Sie heißt Silvia Meerwald, ist unverheiratet und hat den gleichen Wohnsitz wie ihr Vater. Scheint bei ihm zu leben." Conny hielt in sich und verarbeitete das Gehörte. „Hmmh, Tochter folgt dem Vater von Berlin nach Ahrensburg, lebt sogar bei ihm, obwohl sie schon fast dreißig Jahre ist. Irgendwas ist komisch, aber erstmal vielen Dank für die schnellen Infos, Kai. Das hätte uns morgen fast einen halben Tag gekostet, genau das herauszufinden, was Du uns jetzt in der Kürze der Zeit schon gesagt hast." Georg war gerade im sogenannten Behandlungszimmer. Mehrere sehr bequeme Ledersessel standen hier herum, neben jedem Platz gab es einen Infusionsständer, ein kleiner schiebbarer Wagen, unter der Tischplatte ein kleineres

Schränkchen. Conny zeigte auf das Wägelchen. „Das kenne ich aus dem Krankenhaus von meiner Oma, da kommen die persönlichen Sachen rein, während hier oben Medikamente, Wasser und Becher stehen." Georg atmete schwer. „Spürt Ihr die Angst, die hier in diesem Raum steckt? Hier werden die Infusionen für die Zytostatika verabreicht. Grauenvoll!" Kai war ihm gefolgt und sah sich um: „Sehr sauber, steril. Das muss wohl so sein, oder? Ich finde, es gibt schlimmere Jobs, hier kann man Menschen helfen, das ist doch besser, als gar keine Arbeit und den ganzen Tag mit einer Flasche Bier am Imbiss neben der Bushaltestelle stehend, dumm zu labern und dabei zu warten, dass der Tag endlich vorbei ist." Conny lachte auf und stupste Schorsch an. „Gegen ein Bier hätten wir jetzt nix oder Schorsch?" Ihr Kollege grunzte nur kurz. „Ich bin fei muard. Da brauchst kei Bier mehr." Auch Kai nickte. „Stimmt, lasst uns nach Hause kutschen, gegen eine Mütze Schlaf hätte ich auch nix einzuwenden." Im Fahrstuhl entschied Conny sich, mit Kai zu fahren. Sie verabschiedeten sich kurz an den Autos und fuhren getrennt nach Hause. „Mann, was für ein Tag!" Sie schüttelte den Kopf. „Ich will nur noch eine kurze Dusche, dann ab ins Bett und in deine Arme." Kai legte seine Hand auf ihre und nickte. „Das wünsche ich mir auch. Duschen brauche ich aber nicht mehr, ich wärme schon mal das Bett an".

*

Viel zu früh klingelte am Morgen der Wecker. Kai schlug kurz auf die Schlummertaste und kuschelte sich an den warmen Körper seiner Freundin. „Am liebsten würde ich mit dir hier liegenbleiben, kuscheln und schmusen und am späten Vormittag mit einem Kaffee den Tag beginnen." Conny schniefte kurz auf: „Bald ist Wochenende, Kai. Dann machen wir das und zwar genauso, wie du es eben beschrieben hast. Aber nun geht's in die entscheidende Phase. Wir wissen, wer der Mörder ist. So dicht, waren wir bei diesem Fall noch nie dran." Sie standen beide auf, Kai kochte den Kaffee und sie kam angezogen in seine kleine Pantry-Küche. „Oh, was tut das gut. Lieben Dank, mein Schatz." Sie trank einen Schluck, nahm dann ihr Handy zur Hand und schaute auf das Display. „Oha, Schorsch war schon fleißig. Hat noch in der Nacht eine Streife nach Ahrensburg geschickt, damit der Frank Meerwald heute vernommen werden kann. Aber Pustekuchen! Es war niemand zuhause." Kai sah sie fragend an. „Was? Die dort lebende Tochter auch nicht?" Conny schüttelte den Kopf. „Niemand hat geöffnet. Selbst die direkte Nachbarin hat auf Befragen den Kopf geschüttelt. Sie habe seit Wochen nichts mehr von ihren Nachbarn mitgekriegt, geschweige denn etwas gehört. Sie hatte vermutet, dass die Wohnung leerstünde und Meerwald und Tochter doch wieder zurück nach Berlin sind. War nur ein bisschen angefressen, weil sich niemand von ihr verabschiedet habe. Sei wohl sonst eine sehr angenehme Nachbarschaft gewesen, also mit gegenseitigem Blumengießen und ‚Pakete in Empfang nehmen' und all diesen nachbarschaftlichen Hilfen. Meerwald sei wohl auch einmal im Monat mit ihr kistenweise Getränke kaufen gefahren." Kai zuckte mit den Schultern. „Da muss doch irgendetwas passiert sein. Erstens glaube ich nicht, dass der Typ wie Django mit einer Machete durch die Gegend läuft und alle niedermäht. Dagegen spricht, dass er einen super verantwortlichen Job bei dem Onkologen hatte. Auch in den Bewertungen wird er mehrfach positiv namentlich erwähnt. Zweitens benimmt man sich auch nicht wie ein durchgeknallter Honk, wenn man mit seiner jungen Tochter zusammenwohnt und eigentlich dort in einer Vorbildfunktion lebt. Das passt doch hinten und vorne nicht zusammen!" Conny nickte und nahm noch einen Schluck Kaffee. „Du hast ja Recht, Kai. Irgendetwas passt nicht. Wir werden es herausfinden!" Sie nahm ihr Telefon zur Hand und wählte die Nummer ihres Kollegen. Er meldet sich sofort. „Wo bist Du genau, Conny? Wir müssen dringend noch einmal nach Ahrensburg. Die Tochter ist in der Wohnung. Ich brauche Dich dabei." Conny gab Kai's Anschrift durch. „Schorsch, ich warte unten vor der Haustür. Bis gleich." Sie stellte ihre Tasse ab und gab Kai einen Kuss. „Deine Kollegen haben eben Bescheid gegeben. Die Tochter ist grade rein geschneit in die Wohnung. Ich glaube, es wird sich alles aufklären." Sie nahm ihre Handtasche und ihre Jacke und band sich den Schal um. Mit wenigen Schritten war sie vor der Haustür. Der Wind war scharf und kalt, es fühlte sich nach einem Wintermorgen an, obwohl es kalendarisch noch Herbst war. Nur wenige Minuten später bog Weissner in die Straße ein. Conny öffnete die Tür des BMW und ließ sich auf den Beifahrersitz plumpsen. „Hey, Schorsch. Mensch, das war doch großartig, dass Du nochmal in Ahrensburg nachgefasst hast. Was hast Du erfahren?" Ihr Kollege sah müde und unausgeschlafen aus, wirkte allerdings trotzdem aufgeräumt und wach." Mir hat's nicht in Ruhe gelassen. Ich habe dort im Revier mit einem Schupo telefoniert und wir hatten beide die gleiche Eingebung. Warum nicht einen Polizeiwagen so an die Straße stellen, dass man sehen kann, wer ins Haus geht bzw. es verlässt. Die Kollegen haben echt einen guten Job gemacht. Vor etwas 20 Minuten ist eine junge Frau ins Haus gegangen. Sie habe wohl sehr gefroren und sei schnell nach oben gelaufen. Bis jetzt sei sie nicht wiedergesehen worden." Conny nickte. „Na, dann nichts wie los, Schorsch." Ihr Kollege schnaufte laut auf. „Ich fahre über die B75, das müsste eigentlich gut passen. Ich bin sicher, heute gibt es eine wie auch immer geartete Lösung. Das geht auch nicht mehr weiter so. Die Leute sterben wie die Fliegen und der Typ führt uns vor." Conny nickte und atmete schwer. „Du, Schorsch. Nochmal vielen Dank, dass Du mich gestern so hast fahren lassen. Ich war echt durch das heftige Eingreifen von Zanker, als wir vor dem toten Onkologen standen, sowas von geschockt. Ich hatte mich grade nach unten gebeugt, wollte das weiße Pulver an seinem Mund berühren. Dann kam der Stoß vom Pathologen und danach stand ich völlig neben mir. Es wäre mein Job gewesen, mit Dir nach Ahrensburg zu fahren, um den Frank Meerwald zu kriegen. Entschuldige bitte, ich habe mich echt amateurhaft verhalten." „Is` scho recht", Weissners rechte Hand ließ das Lenkrad los und berührte Conny's Arm. „Schön, dass du dazu etwas sagst, aber das brauchst du eigentlich nicht. Wir beide sind ein Team, ein gutes Team! Und wir lösen diesen verdammten Fall gemeinsam." Conny nickte und blickte ihren Kollegen von der Seite an. „Ja, das tun wir, Schorsch. Da bin ich ganz sicher." Auf der Straße erschien ein gelbes Hinweisschild. ,Ahrensburg, vier km', war darauf zu lesen. Conny klatschte in die Hände: „Wir sind gleich da, lass uns einen Plan machen, wie wir gemeinsam vorgehen." Schorsch grunzte zustimmend. Conny referierte aus dem Kopf: „Die Wohnung ist auf Frank Meerwald zugelassen. Unseres Wissens wohnt er dort seit mehr als 8 Jahren zusammen mit seiner Tochter Silvia Meerwald. Auch sie ist dort gemeldet. Er selbst ist gelernter Krankenpfleger, hat bis zuletzt beim Onkologen Stefan Schomann als Medizinischer Fachangestellter gearbeitet. Wir suchen ihn zwecks Befragung zum Tod von Schomann und zum Umgang

mit diesem Giftzeug, wie heißt das, Schorsch?"
„Fentanyl heißt es und ist ein künstliches Opioid. Ich
habe mal recherchiert. Bei fast jedem fünften
Drogentoten in Bayern wird das Zeug gefunden, das
wird in dem Rest der Republik nicht anders sein. Es
wird verkauft als Pflaster bei starken Schmerzen, dann
kochen sich die „Drogis" es aus und spritzen sich das
Gift. Es ist fast 100-mal stärker als Heroin, aber man
kommt über Ärzte oder deren Müll deutlich schneller
heran." Conny schüttelte den Kopf. „Wie absurd alles
in dieser Welt geworden ist. Kriegt man das beim
Hausarzt?" Weissner nickte. „Klar, Hauptsache man
hat einen Krankenschein und macht auf „krank". Auf
der linken Seite lag eine Tankstelle und Schorsch
zeigte auf sein NAVI. „Noch 150 Meter, dann geht es
links ab." Wenige Minuten später standen sie vor dem
Polizeiwagen der Bereitschaft. Conny klopfte an die
Scheiben. Die Tür öffnete sich. „Hallo Kollegen, wir
sind da, hat sich bei der jungen Frau oben etwas
getan?" Der am Lenkrad sitzende junge Polizist
schüttelte den Kopf. „Nein, die junge Dame war
gestern ziemlich durchgefroren, sah etwas erschöpft
aus. Wir haben sie seit ihrem Eintritt ins Treppenhaus
nicht mehr gesehen." Schorsch grüßte beim
Herantreten. „Dann gehen wir einmal hoch.
Herzlichen Dank nochmal und viele Grüße an Herrn
Vollscheit. Das war eine tolle Idee und eine prima
Zusammenarbeit mit Euch." Beide Polizisten nickten
und bedankten sich. Conny und Schorsch gingen zur

Haustür. „Meerwald, da ist es, ich klingel mal." Nur drei Klingelversuche später, war eine Frauenstimme zu hören. „Ja, bitte?" Conny beugte sich zum Mikrophon. "Moin, Conny Schmidt. Mordkommission Hamburg. Bitte lassen Sie uns herein. Wir haben einige Fragen an Sie." Ohne eine Antwort wurde auf den Türöffner gedrückt. Conny sah Schorsch an und er nickte zustimmend. Im ersten Stockwerk öffnete sich eine Tür. „Kommen Sie hoch". Conny zückte ihren Ausweis und hielt ihn der jungen Frau vor das Gesicht. „Wie eben schon gesagt, ich bin Conny Schmidt, das ist mein Kollege Georg Weissner. Wir sind von der Mordkommission Hamburg und haben einige Fragen an Sie." Die Frau sah verschlafen und noch immer müde aus. „Dauert es lange? Ich habe mir wohl etwas aufgesackt, fühle mich gar nicht. Zudem habe ich einen Doppeldienst im Krankenhaus hinter mir." Sie zeigte auf das Wohnzimmer und bat die beiden Kommissare einzutreten. „Conny schüttelte den Kopf. „Wird nicht lange dauern, denke ich. Sie sind Silvia Meerwald und wohnen hier mit ihrem Vater?" Die Frau nickte: „Ja und nein. Also ja, ich bin Silvia Meerwald. Ich wohne hier. Mein Vater ist schon seit längerer Zeit ausgezogen, er hat eine kleine Wohnung in Hamburg-Winterhude." Conny blickte Schorsch erstaunt an. „Er ist aber hier noch gemeldet, wissen Sie das?" Die Ärztin schüttelte den Kopf. „Keine Ahnung, das ist mir auch egal. War es das, was Sie wissen wollten?" Georg Weissner schüttelte den Kopf. „Wissen

Sie, wo Ihr Vater sich zurzeit aufhält? Haben Sie eine Adresse, haben Sie eine Telefonnummer für uns? Es ist wirklich sehr wichtig." Silvia Meerwald war schon auf dem Weg zur Haustür. „Nein, ich weiß nichts. Bitte verlassen Sie jetzt meine Wohnung. Ich sagte doch schon, dass es mir nicht gut geht." Conny hatte zwar leichtes Verständnis für die Frau, alleine die geringe Höflichkeit und die Wahrscheinlichkeit, nichts zu erfahren, was sie im Fall nach vorne brachte, ließ sie nun schärfer reagieren. „So, nun ist mal gut mit lustig, Frau Meerwald! Wir können Sie auch sofort mit auf's Präsidium nehmen. Das dauert deutlich länger und ist weniger gemütlich für Sie. Wir suchen Ihren Vater! Wo ist der? Wie finden wir den? Haben Sie regelmäßig Kontakt zu ihm? Wann genau das letzte Mal?" Silvia Meerwald sah erschrocken aus und ging schnell zurück zum Wohnzimmer. Sie setzte sich auf einen Sessel und bot den beiden Kommissaren einen Platz links und rechts von ihr an. „Entschuldigen Sie bitte. Das ist sonst nicht meine Art. Ich bin Allgemeinmedizinerin in einer Klinik in Hamburg. Da unser Krankenstand unter den Ärzten im Moment so hoch ist, musste ich zwei Kollegen vertreten und war alleine auf mehreren Stationen mit fast 30 Patienten." Sie sammelte sich etwas und begann die Fragen zu beantworten. „Mein Vater hat eine Wohnung in Hamburg - Winterhude am Krohnskamp. Er ist gelernter Krankenpfleger und arbeitete bei einem Onkologen in dessen Praxis. Gesehen habe ich ihn vor ungefähr drei, vier Wochen.

Wir sind in einem Restaurant gewesen und haben etwas zusammen gegessen. Er war nicht gut drauf, hatte darüber gesprochen, kündigen zu wollen. Er wollte nur noch weg aus der onkologischen Praxis, erzählte von Auswanderungsplänen irgendwo Richtung Mittelmeer, wo es wärmer sei." Weissner hakte nach. „Wissen Sie, weswegen er kündigen wollte? Gab es etwas, was zwischen ihm und Dr. Schomann passiert ist?" Die junge Frau seufzte und biss sich leicht auf die Lippen. „Es ging irgendwie tatsächlich um den Schomann, dem Onkologen, bei dem er arbeitete. Im Gespräch mit mir, ist er richtig wütend geworden, hat den Kollegen beschimpft als Ratte, als Mafiosi. Ganz ehrlich, so kannte ich meinen Vater gar nicht. Für mich war er immer ein eher kühler, sachlich orientierter Mensch. Und nun plötzlich sowas! Eigentlich wollte ich den Streit, um den es ging, auch gar nicht genau wissen. Früher, da waren wir auf einer Wellenlänge, da gab es kaum Unterschiede in unseren Meinungen, gerade wenn es um schulmedizinische Inhalte ging. Das hatte sich in nur wenigen Monaten extrem verändert. Zum Beispiel fand er die Chemotherapie, die er ja den Patienten in seinem Job täglich durch Infusionen oder manchmal auch in Tablettenform verabreichen musste, plötzlich ganz furchtbar. Er habe soviele Menschen schon sterben sehen, hatte er bei einer unserer letzten Diskussionen gesagt. Erst seien sie voller Hoffnung gewesen, dann kamen die Zytostatika, dann der Tod.

Er war so dramatisch in seiner Wortwahl, heftig und voller Wut. Ich hatte in unserem letzten Gespräch dagegengehalten und gemeint, dass habe ja zuerst an deren Krebserkrankung gelegen. Danach seien sie behandelt worden durch Operation, Bestrahlung oder mit der sogenannten Chemotherapie. Ich konnte nichts Verwerfliches an diesen Behandlungen finden. Damals in diesem Gespräch hat er mich auf ein Mal so komisch angesehen, den Kopf geschüttelt, ist einfach aufgestanden und gegangen. Beim Rausgehen hat er nur noch gemurmelt. „Wenn Du wüsstest, was ich weiß, Du hättest nie Medizin studiert." Conny fragte nach. „Wenn ich das richtig verstehe, fand er das, was er tat, nicht mehr richtig. Gab es einen genauen Anlass? Wissen Sie, durch was, er seine Meinung geändert hatte?" Silvia Meerwald schüttelte den Kopf. „Nicht genau. Aber es gab irgendetwas zwischen Schomann und dessen Apotheker, der ihn belieferte. Was genau, weiß ich nicht, aber mein Vater hat den Typen echt gehasst. Früher nicht, da haben die sich auch bei Geburtstagen oder Festen gesehen. Die konnten sich mal richtig gut leiden. Aber damit war urplötzlich Schluss. Für mich quasi von einem Tag zum anderen. Und das passte überhaupt nicht zu meinem Vater. Er war nie aufbrausend, nie cholerisch gewesen. Immer bemüht, differenziert und ausgleichend zu sein." Georg Weissner fragte nach: „Was meinen Sie mit ‚früher'? Wie lange mag das her sein?" Silvia Meerwald kniff die Augen zusammen und schien innerlich zu rechnen. Sie sah beide Kommissare an und antwortete: „Das mag so drei oder vier Jahre her sein. Damals haben die noch zusammen den Einzug ins neue Haus von Papa's Chef gefeiert. Mein Vater hat da auch handwerklich viel geholfen, hatte Schränke aufgebaut, dabei mitgemacht, die Elektrik zu verlegen." Conny spürte leichtes Herzklopfen. „Ihr Vater kennt sich mit Elektrik aus?" Silvia Meerwald lachte auf. „Mein Vater kennt sich mit vielen handwerklichen Dingen sehr gut aus. Er ist ein echter Allrounder! Aber bitte sagen Sie mir, was wollen Sie? Wieso fragen Sie mich das alles?" Conny atmete tief durch. „Wir haben gestern Abend den Arzt und Onkologen Stefan Schomann in seiner Praxis tot aufgefunden. Er wurde ermordet. Von Ihrem Vater fehlt jede Spur. Wir suchen ihn zur Befragung, können zum gegenwärtigen Zeitpunkt auch noch nichts Genaueres sagen." Silvia Meerwald schien verwirrt. „Bitte fragen Sie doch seine Lebensgefährtin. Die müsste doch wissen, wo er sich gerade aufhält." Conny hatte schon ihr Notizbuch gezückt und suchte nach einem Stift in ihrer Tasche. „Wie heißt die Dame?" Silvia Meerwald schniefte kurz auf und entgegnete: „Na ja, Dame, ich weiß nicht. Auf mich wirkt sie eher wie jemand, der sein Leben lang anschaffen gegangen ist. Aber wo die Liebe so hinfällt, oder? Mein Vater war wohl glücklich mit ihr und das ist doch die Hauptsache. Wir haben uns zwei, drei Mal gesehen. Ich fand die Frau prollig und eher einfach gestrickt. Nach dem letzten Treffen haben wir das mit den gemeinsamen Treffen gelassen. Ich traf dann nur noch meinen Vater alleine. Das war auch für mich die beste Lösung." Weissner fasste nach. „Wie heißt sie?" Die Antwort kam prompt. „Caroline Meissner. Steht auch an der Tür der Wohnung meines Vaters, er wohnt ja jetzt am Krohnskamp". Die beiden Kommissare hatten es plötzlich sehr eilig. „Wir wünschen Ihnen zunächst eine Gute Besserung. Werden Sie gesund und noch einmal herzlichen Dank für Ihre Informationen. Das hat uns wirklich weitergeholfen." Conny überreichte noch kurz ihre Visitenkarte mit den obligatorischen Sätzen dazu, während die Frau ihnen die Haustür öffnete. „Sagt Ihnen der Name Bertram von Özstedt etwas? Er war Chefarzt und Internist in einer Klinik im Süden Hamburgs." Silvia Meerwald überlegte nur kurz, dann schüttelte sie ihren Kopf. „Nein, der Name sagt mir nichts. Habe auch nicht viel Kontakt zu Kollegen, die mal nicht grade bei uns im Hause beschäftigt sind. Tut mir leid." Damit schloss sie die Haustür und Conny und Georg verließen das Haus. „Respekt. An den Mann hätte ich ja gar nicht gedacht. Aber die Frage war echt gut." Conny lachte auf. „Vielen Dank Schorsch. Aber irgendwas ließ mich fragen. Vielleicht einfach, weil sie Ärztin ist oder weil ich noch nicht eine direkte Verbindung zum ersten Toten sehe?" Unten auf der Straße auf dem Weg zum Wagen, schüttelte auch Weissner den Kopf. „Conny, lass uns nicht spekulieren, sondern eins nach dem anderem tun. Zuerst haben wir einen Arzt einer Klinik als ersten Toten. Danach folgt ein Apotheker, danach wieder ein Arzt, der spezialisiert auf Krebserkrankungen ist. Es gibt einen Zusammenhang zwischen dem zweiten und dem dritten Toten, die arbeiteten zusammen und verdienten eine Menge Geld durch das Bestellen und den Verkauf von Medikamenten. Der erste Tote war angestellt in der Klinik, hatte weder viel mit Krebs noch mit Zytostatika zu tun." Conny warf kurz ein: „Dafür aber mit sehr jungen Frauen, mit denen er ins Bett ging. Allerdings auch nur kurzfristig, ohne feste Bindungsabsichten, denn er war ja verheiratet und hat zwei Töchter, die noch zuhause wohnen." Es war still zwischen ihnen, nur das Brummen des Motors war zu hören. Conny war die Erste, die wieder zusammenfasste: „Der erste Tote stirbt im Auto, wird erdrosselt und man findet einen Einstich von Fentanyl im Arm. Der zweite Tote wird bestialisch im Treppenhaus kurz vor seiner Wohnung mit einem Stiletto-Messer mit 11 Stichen abgestochen, der dritte Tote stirbt an einer Überdosis Fentanyl in Pulverform, was ihn in dem Mund gegeben wurde, nachdem er erst bewusstlos geschlagen und danach in seinem Stuhl fixiert wird." Georg Weissner setze ihre Gedanken fort. „Toter 1 bekommt Fentanyl, Toter 3 auch. Der aber, der am meisten damit beruflich zu tun hatte, wird mit einem Messer getötet. Nur mit einem Messer, Conny. Das passt hinten und vorne nicht zusammen!" Conny schüttelte den Kopf. „Schorsch, nein, nichts passt zusammen. Ich habe mittlerweile den Fall so satt. Fast täglich ist jemand tot und es gibt Zusammenhänge, ja. Aber das Eine passt nicht zum Anderen. Lass uns zu dieser Caroline Meissner fahren. Vielleicht kann die uns weiterbringen. Irgendwann wird es aufgehen das Puzzle, da bin ich mir sicher."

„Dein Wort in Gottes Ohr", seufzte Weissner und fuhr Richtung Innenstadt.

13.

Der Krohnskamp ging von der Dorotheenstrasse ab, vor dem Haus fanden sie auf Anhieb einen Parkplatz. Conny schaute die Klingelknöpfe durch und zeigte auf ein schwarzes kleines Metallschild: „Hier: Meissner/Meerwald, da haben wir sie." Flugs klingelte sie, ihr Kollege stand schon an die Haustür gelehnt. Ein Summen ertönte und er stieß mit seiner rechten Schulter die Tür auf. Conny sah ihn verdutzt an. „Wusstest Du, dass niemand fragt, sondern nur öffnet?" Weissner kicherte: „Es ist eine gute Zeit für Paketlieferungen. Da fragt niemand, da wird gleich der Türöffner betätigt. Aber mal schau'n, was jetzt passiert." Er zwinkerte Conny zu. Im zweiten Stock stand eine derb aussehende Frau. „Was bringen Sie mir Schönes?", fragte sie. Conny zückte ihren Ausweis und stellte sich und den Schorsch vor. „Ach, leider kein Paket? Na, das ist aber schade. Kommen Sie rein, was kann ich für die Polizei tun?" Die Wohnung roch abgestanden, in der Küche türmte sich schmutziges Geschirr. „Wir möchten zu Herrn Meerwald. Herrn Frank Meerwald." Die korpulente Frau drehte sich langsam um und zeigte auf ein ebenfalls unaufgeräumtes Wohnzimmer. „Suchen Sie sich ein freies Plätzchen, die Zeitungen können Sie auf den Tisch legen." Conny schob einige Illustrierte zusammen und setzte sich vorsichtig auf das Sofa, Georg Weissner sagte: „Ich bleib bitte stehen, wenn es genehm ist." Caroline Meissner schob sich auf einen Sessel in dunkelgrün, der sicherlich auch schon bessere Tage gesehen hatte. „Was wollen Sie hier?" Conny ergriff leichte Übelkeit angesichts des Drecks um sie herum. Sie wollte es hinter sich bringen und fragte erneut nach Frank Meerwald. „Nee, der ist nicht hier. Der schwimmt ganz lauschig im Mittelmeer rum. Sonnenschein und knapp 20 Grad." Die Frau nahm ihr Handy zur Hand und zeigte auf ein Foto. „Das hat er gestern geschickt. Sehen Sie mal, was die für ein Wetterchen haben." Weissner ergriff das Handy und schaute auf die Informationen, die passend zum Foto angezeigt wurden. „Gestern gemacht, Sie haben recht. Seit wann ist er unten in Portugal?" „Och, schon ne ganze Weile. Wissen Sie, wir sind ja nicht mehr wirklich zusammen, seine Sachen hatte er schon vor einiger Zeit gepackt. Also, ich sag mal so: Wir sind noch befreundet, nur eben kein Paar mehr. Denke mal, sechs bis acht Wochen ist das her, dass er weg ist. Ich achte auf solche Sachen nicht so genau, wissen Sie..." Conny schaute sich um und dachte für sich, dass Caroline Meissner es schon früh aufgeben hatte, sich auf etwas zu konzentrieren. Ihr ging die Beschreibung von Silvia Meerwald durch den Kopf und während sie noch vor kurzer Zeit bei der Aussage über genau diese Frau nahezu entsetzt war, musste sie sich jetzt eingestehen, dass die Personenbeschreibung schon fast charmant war, angesichts dessen, was sich ihren Augen und vor allem ihrer Nase so darbot. Auch ihr Kollege hat wohl im wahrsten Sinne des Wortes „die Nase voll", nahm das Handy der Frau an sich und versprach es nach Durchsicht aller Fotos wieder vorbei bringen zu lassen. Conny war schon an der Tür, winkte zum Abschied und rannte die Treppen hinunter zur Haustür. „Puuuh, noch eine Minute länger und ich hätte mich auf den Tisch erbrochen." Ihr Kollege war schon hinter ihr und atmete die frische Luft gierig ein: „Mensch, da muss doch einer was tun. Die kann man doch dort nicht weiter so hausen lassen." Conny schüttelte den Kopf. „Persönliche Freiheit hin oder her, das geht doch so nicht. Sagen die Nachbarn da gar nichts? Das stinkt doch bis unten zur Haustür." Es regnete nicht und beide Kommissare gingen die Straße rauf. „Nur ein bisschen die Beine vertreten, bevor wir wieder ins Auto steigen", bat Conny ihren Kollegen. Dieser nickte fast dankbar. Kurz vor dem Einsteigen sah Weissner Conny verschmitzt an. „Wo hättest Du bei dem Tisch denn hin speien sollen? Alles voller Zeitungen und unter einer lag noch ihr vergammeltes Wurstbrot von letzter Woche." „Iiiiih, wie eklig", schrie Conny auf und schlug ihrem Kollegen auf den Arm. Danach lachten sie bis sie in Alsterdorf waren. Im Polizeipräsidium berichteten sie ihrer Truppe alle Neuigkeiten. Keiner der Kollegen hatte etwas Neues. Sebastian Teichert hatte sich mit den Konten vom Apotheker beschäftigt und fasste kurz zusammen.

„Alles übersichtlich und überschaubar. Der Kerl hat unglaublich verdient. Ich habe mich bei einigen Herstellern umgehört, die Preise für Zytostatika sind extrem gestiegen. Die Krankenkassen haben bestimmt gestöhnt, aber da laut Tagesschau, die auch noch alle ein dickes Plus auf Ihren Konten haben, wurde nur gemeckert, mehr nicht. Zurück zum Fall: Jeder der Herren hat fett verdient, ich verstehe gar nicht, warum überhaupt ein Geldumschlag regelmäßig vom Apotheker zum Onkologen ging. Bei zehn Riesen mehr oder wenige, kam es doch nun wirklich darauf nicht mehr an." Conny schüttelte den Kopf. „Irgendwas muss passiert sein zwischen denen. Am Anfang waren die sehr gut befreundet und dann, von einem Tag zum anderen haben die sich gehasst bis auf 's Messer. Die junge Frau Meerwald erzählte, dass es für sie extrem merkwürdig war, dass ihr Vater vom ruhigen besonnenen Menschen zum Choleriker wurde. Sie hat`s kaum verstanden. Da muss etwas ganz Schlimmes passiert sein..." Weissner hielt das Handy hoch. „Gibt es jemand hier, der mal die Daten auslesen kann? Wenn dieses Foto vom Frank Meerwald gestern in Portugal gemacht worden ist, dann kann er eher nicht der Mörder von Schomann sein." Maike nahm sich das Handy und nickte. „Mach ich, sonst noch was?" Conny stand auf und sah die Runde an. „Ich brauche jemand, der die Caroline Meissner morgen hierher ins Präsidium bringt oder eben bringen lässt. Neun Uhr wäre eine gute Zeit. Macht das bitte für mich. Ich gehe nie wieder in diese eklige Wohnung. Ich habe das Gefühl, ich muss erstmal nach Hause und mich duschen. So einen Dreck in einer Wohnung habe ich lange nicht mehr gesehen." Alle winkten ihr zum Abschied und auch Weissner schloss sich an und ging mit ihr zum Parkplatz. „Erst zum Duschen oder kommst Du vorher mit zu Zanker? Ich möchte unbedingt genau den Todeszeitpunkt vom Onkologen wissen." Conny überlegte kurz und nickte dann. „Ja, guter Plan. Jetzt kriegen wir ihn bestimmt noch in der Pathologie."

*

Dort war es still und in dem nur wenig beleuchteten Flur hörte man ihre Schritte laut und eindringlich. „Mensch, das ist auch ein gruseliges Gemäuer oder?" Conny schüttelte sich und sah ihren Kollegen an. Der Schorsch schien in seinen eigenen Gedanken versunken und grunzte nur kurz als Signal, das er sie verstanden hatte. Zanker saß an seinem Schreibtisch, als sie eintraten. Mit einem fast unverschämten Blick taxierte er Conny von oben bis unten und stand dann auf, um Schorsch und Conny die Hand zu geben. „Welch schöner Glanz in unserer Hütte", säuselte er und Conny entgegnete freundlich-wohlwollend: „Ah, der Herr Pathologe scheint wieder gesund zu sein. Da haben wir gedacht, da schauen wir einfach mal wieder vorbei." Zanker zeigte auf einen Tisch unter dem Fenster und sagte kichernd: „Ich habe auch noch was,

was Euch gehört." Sie gingen zu dem Tisch und Conny merkte, dass ihr Magen immer noch rebellierte. Sie atmete kurz aus und blickte auf das Fensterglas. „Das Laken wurde von dem toten Onkologen gezogen und alle blickten auf den nun gerade liegenden Mann. „Wie Ihr seht, die Leichenstarre ist schon raus, wir konnten ihn so liegend betten. Offensichtlich wurde er zunächst mit einem starken Schlag auf den seitlichen Hinterkopf niedergeschlagen." Er zeigte auf einen blutigen kreisrunden Ausschnitt an Schomann's Kopf. „Ich gehe davon aus, dass er schon fast in diesem Stuhl gefallen war, so dass ihm flugs die Hände per Kabelbinder fixiert worden sind. Dabei schien ihm der Mund leicht offen zu stehen und ihm wurde die pulverisierte Form des Opioids mit aller Kraft hineingestopft. Ihr seht, die blutigen Lippen, auch im Innenraum des Mundes sind Blutergüsse zu sehen. Er hat versucht, sich zu wehren und kippte dabei mit dem Stuhl auf den Boden. Ich gehe davon aus, dass er eine knappe halbe Stunde später tot war. Länger dauert das meist nicht. Interessanterweise gab es allerdings auch hier noch mitten im Todeskampf zusätzlich eine Injektion mit dem Zeug. Spätestens nach dieser Spritze war er endgültig bei seinem Schöpfer." Weissner sah Conny an. „Jo mei, was is denn dees? Soll das schneller töten oder will der Mörder nur auf sicher sein, dass der Mann nun gar nicht mehr aufsteht?" Zanker schob den Kopf hin und her. „Beides ist wohl richtig. Doch auch ich glaube mitterlweile, dass der Mörder tatsächlich sehr viel Angst haben muß. Der will auf Nummer Sicher gehen, damit ihm oder ihr nichts passiert." Conny ging dazwischen. „Das könnte auch heißen, dass wir es zum Beispiel mit einer Frau zu tun haben, die sich selbst unsicher fühlt im direkten körperlichen Vergleich?" Zanker nickte. „Ja, Conny, das sehe ich genauso. Der Schlag kam von hinten und war zwar kraftvoll, aber der könnte durchaus von einer Frau ausgeführt worden sein." Weissner fragte nach: „Gab es sowas in der Praxis? Habt Ihr ein Schlagwerkzeug gefunden?" Der Pathologe schüttelte den Kopf. „Nichts, wirklich nichts, haben wir gefunden. Ich bin selbst noch einmal durch alle Räume, dachte an sowas wie ein Baseballschläger müsste doch zu finden sein. Aber nichts…" Conny schüttelte den Kopf. „Nein, warum sollten wir gerade bei diesem Mord etwas finden? Es fehlt das Band oder Seil, mit dem der Chefarzt umgebracht wurde. Wir haben auch kein Stiletto bei Andresen gefunden und nun fehlt das Schlaginstrument, mit dem Schomann niedergemäht wurde." Sie sah die beiden Männer an. „Da sammelt jemand Erinnerungsstücke ganz perfider Art!" Weissner führte zurück zum Ausgangspunkt. „Wie schaut es aus? Gibt es einen Todeszeitpunkt, der für Dich realistisch erscheint?" Zanker grinste: „Mehr als einen Hinweis kann ich Dir nennen, mein Georg. Grob geschätzt, ist die Sprechstundenhelferin nach dem letzten Patienten um circa 17:45 Uhr gegangen. Um 18:15 sehen wir auf dem Handy mehrere Anrufe bzw.

185

SMS von Schomann's Frau. Die machte sich schon Sorgen, bevor er überhaupt im Auto hätte sitzen können. Und wir haben eine schicke Uhr, die beim Aufprall von Schomann mit seinem Sessel auf den Boden aufschlug und sofort ihren Dienst quittierte. Und zwar um 18 Uhr und 21 Minuten. Genau genug, meine lieben Kriminalen?" Conny schaute ihren Kollegen an, dieser nickte und sie begannen gemeinsam zu klatschen. „Standing ovations", nennt man das", knurrte Weissner. Man sah dem lieben Zanker deutlich an, wie sehr ihn das Lob freute. Er legte seine beiden Hände auf den Rücken und verbeugte sich lachend nach links und rechts. „Das tut mal richtig gut. Ich danke Euch!" Conny verabschiedete sich schnell und gab Weissner ein Zeichen. „Ich muss unter die Dusche, dringend!" Sie verließen mit schnellen Schritten das Untergeschoß. Kaum saßen sie im Auto, klingelte das Telefon. „Hier ist Maike, habt Ihr kurz Zeit, einige Informationen zu hören?" Conny sah Weissner an, dieser nickte: „Klar Maike, was gibt es Neues?" Maike schien fast aufgeregt. „Fangen wir mit dem Foto an. Es zeigt tatsächlich Frank Meerwald. Das Foto ist gestern Morgen mit seinem Handy gemacht. Nun haltet Euch fest: um 9:53 Uhr. Danach habe ich mir die Flugpläne angeschaut: Er hätte locker eine Mittagsmaschine von Faro nach Hamburg nehmen können. Flugzeiten sind drei Stunden und knapp dreißig Minuten. Er wäre also mit an Sicherheit grenzender Wahrscheinlichkeit schon ab Nachmittag in Hamburg gewesen. Dietmar besorgt uns grad einen richterlichen Beschluss, dann checken wir die Passagierlisten der in Frage kommenden Maschinen. Ist das nicht der Hit?" Conny atmete tief durch. „Mensch, Maike. Ja, das ist fantastisch, was Du bzw. Ihr da grad leistet. Echt super. Vielen Dank. Wir haben dank Zanker auch den genauen Todeszeitpunkt des Onkologen. Um 18:21 Uhr ist Schomann mit seinem edlen Stuhl umgefallen. Seine Uhr blieb durch den Aufprall sofort stehen. Er hat dazu auch noch ebenfalls eine Fentanyl Spritze erhalten, es besteht die Vermutung, dass ihm diese eine Frau verabreicht hat, aus Angst vor körperlicher Gegenwehr. Nur Minuten später war er tot." Sie sah ihren Kollegen an, der das Gespräch auch mitgehört hatte. „Mensch, Schorsch, das ist doch endlich mal was. Es geht voran. Wenn wir dem Meerwald nachweisen können, dass er in Hamburg war, dann kriegen wir ihn wegen des Mordes an Schomann." Weissner nickte, sagte jedoch nichts. Er fuhr sehr konzentriert, achtete auf den Verkehr vor ihm. Sie waren schon in Winterhude, als er Conny anschaute: „So, meine Liebe. Nun ist Duschen angesagt. Mach es Dir nett, wir sehen uns danach im Präsidium. Genieß die Zeit." Conny stieg aus, winkte noch kurz zum Abschied und sprang in Windeseile die Treppen zu ihrer Wohnung hoch.

*

Es waren gute Tage im Ermittlungs-Team. Alle zogen an einem Strang, die Ergebnisse konnten sich sehen lassen. Frank Meerwald war in den letzten Wochen regelmäßig zwischen Hamburg und Faro an der portugiesischen Algarve-Küste hin- und zurück-geflogen, manchmal auch innerhalb eines Tages. Ohne ihn vernehmen zu können, waren es leider nur Vermutungen, aber sowohl Conny wie ihr Schorsch gingen davon aus, dass Meerwald am Tag des Todes vom Apotheker sowie am Todestag vom Onkologen auf jeden Fall in Hamburg weilte. Ebenfalls sicher war allerdings auch, dass sich ihr Hauptverdächtiger am Mordtag vom Internist und Chefarzt Bertram von Öxstedt leider nicht in Hamburg befand, weil er einen Autounfall gehabt hatte und genau an diesem Tag in einem städtischen Krankenhaus in Lissabon am linken Bein operiert worden war. Die portugiesischen Behörden kooperierten umfänglich, es war ein guter Kontakt zu einzelnen Kollegen entstanden. Maikes Schwager war Portugiese, er arbeitete in einem Restaurant am Hamburger Hafen und sprang jederzeit ein, wenn seine Übersetzungsdienste im Team gebraucht wurden. Während Conny sehr zufrieden mit den Ermittlungsergebnissen war, zog sich Weissner immer mehr zurück. Er wirkte zwar im Äußeren freundlich, aber für seine Verhältnisse war er viel zu ruhig und nachdenklich. Conny hatte die Veränderungen zwar registriert, aber noch nicht direkt angesprochen. Sie wollte abwarten, ob es irgendwann eine bessere Situation zwischen ihnen gab, wo ein Gespräch darüber auch gepasst hätte. Eines Abends rief Kai an. Seine Stimme klang aufgeregt. „Conny, Du musst unbedingt gleich zu mir kommen. Meine Mutter aus Osnabrück ist zwar da, aber sie hat mir etwas Superinteressantes erzählt, was Eurem Fall in einem ganz anderen Licht betrachten lässt. Komm bitte schnell. Sie freut sich sehr, Dich auch dabei gleich kennen zu lernen." Conny seufzte auf. Das jetzt auch noch. Nicht nur, dass Kai scheinbar Details aus ihrem Fall preisgegeben hatte, nein, nun wollte die Schwiegermutter in spe auch noch dazu Stellung nehmen. Conny merkte, wie leichter Ärger in ihr hochstieg. Das also zu der verbreiteten Meinung, dass es so gut zwischen Polizisten und Ermittlern passen sollte. Sie nahm sich vor, ihrem liebsten Freund mal ganz gehörig auf die Füße zu treten. Ein prüfender Blick in den Spiegel und sie hatte schon ihren Xedos-Schlüssel in der Hand und stampfte wieder in Hamburgs Schmuddel-Wetter. Wenige Minuten später war sie in der kleinen Straße, in der Kai seine Wohnung hatte. Ihre Laune war jetzt deutlich besser geworden. Sie hoffte darauf, dass die Beiden noch nichts gegessen hatten und sie vielleicht entspannt miteinander reden und parallel dazu etwas essen konnten. Kai öffnete beim ersten Klingeln die Tür. Prüfend schaute er Conny an. Wahrscheinlich hatte er schon ihre vorherigen Gedanken erraten können und war in Sorge, sie könne böse auf ihn sein. Er nahm sie zärtlich in die Arme, streichelte ihr nach dem Kuss über die Wange. „Vielen Dank, dass Du gekommen bist." Conny betrat das Wohnzimmer. Eine schlanke, sehr große Frau stand vom Sofa auf und ging auf Conny zu. „Das ist so schön, Dich kennenzulernen. Herzlichen Dank auch von mir, dass Du nach Deinem Arbeitstag noch hier vorbeikommst." Conny gab der Frau die Hand, sah ihr in die Augen dabei. „Gern geschehen. Ich muss nur sagen, ich bin unendlich hungrig. Habt Ihr schon etwas gegessen?" Kai lachte auf: „Nein, wir hatten vor, zum Griechen um die Ecke gehen, wollten aber erst warten, bis Du da bist." Conny's Laune stieg um ein Vielfaches. Der Weg war kurz und sie erhielten sofort einen Tisch. „Puuh, bin ich froh, dass es jetzt endlich etwas zu essen gibt", sagte sie, stippte ihr Brot in einen Teller Tsaziki. Kai lachte seine Mutter an. „Sag ich Dir doch, sie ist die tollste Frau der Welt – außer sie ist hungrig." Kai's Mutter lachte ebenfalls. „Geht das nicht jeder Frau so? Wir haben alle gelernt, erst zu essen, wenn der Magen knurrt. Vorher nicht." Conny entspannte merklich. Das Hauptessen war schnell bestellt und die Getränke standen schon auf dem Tisch. Conny lehnte sich zurück und sah Kai`s Mutter an. Diese lächelte sie an, beugte sich über den Tisch und gab Conny die Hand. „Ich bin Carla, freue mich riesig, Dich kennen-zulernen." Conny lächelte und nickte. „Ich freue mich auch. Schön, dass Du da bist." Das Essen kam rasch und alle versanken in ihren eigenen Gedanken beim Kauen.

Irgendwann eröffnete Carla wieder das Gespräch. „Ich weiß nicht, ob Ihr noch weiter in Ruhe essen wollt, aber ich möchte Euch gerne etwas erzählen." Kai guckte Conny an und diese sagte leicht amüsiert. „Nein, erzähl, so eine lange Pause beim Essen kenne ich sonst eher nicht." Alle lachten. Carla holte Luft. „Ich weiß nicht, ob es Dich in Eurem Fall weiterbringt, aber ich war lange Zeit über mit meinen Kollegen aus der Redaktion in diesen – unseren – Fall verbunden. Ich bin viele Jahre Journalistin gewesen. Conny, sagt Dir das Wort „Krebs-Mafia" etwas?" Conny schüttelte den Kopf. „Nein, gar nichts." Carla fuhr fort. „Zwei wirklich gute Kollegen von mir haben dazu recherchiert und sind auf fast unglaubliche Fakten gestoßen. Vor vielen Jahren ist dann von ihnen ein langer Artikel in einer namhaften Zeitung hier in Deutschland erschienen, Der Beitrag trug den Namen: „Die Krebs-Mafia!" Conny beugte sich vor und sah Kai`s Mutter an. Ihr Interesse war geweckt. Carla sprach weiter: „Es handelte sich damals um einen Zusammenschluss von mehreren einflussreichen Menschen, allen voran, ein als Onkologe arbeitender Arzt. Zu diesem gesellten sich meist zwei Apotheker und an der Spitze dieses Bündnisses stand ein Pharma-Referent. Ziel war es, soviel Umsatz wie möglich zu machen, mit ausschließlich nur den Produkten dieser einen Pharma-Firma. Um es deutlicher zu machen: Der Pharma-Vertreter XY nahm eine Menge Geld in die Hand, um sich einen Onkologen zu kaufen, der unbedingt nur die Produkte seiner Firma an die breite Masse der Krebs-Patienten brachte. Dafür benötigte er mindestens einen, besser zwei Apotheker, denn diese bestellten ja völlig legal die Produkte dieses einen Pharma-Konzerns. Manchmal war es auch umgekehrt und die Apotheker suchten sich erst einen Onkologen, der viele Patienten hatte. Egal, wer wen zuerst suchte und fand, es war für alle ein Gewinn. Die Apotheken, die die Krebsmittel orderten, der Onkologe, der sie an die Patienten weitergab und der Pharma-Referent, der dadurch einen deutlich höheren Absatz generierte. Für alle ein Milliardengeschäft!" Conny schaute Kai mit großen Augen an. „Da ist in unserem Fall viel Bargeld vom Apotheker an den Onkologen geflossen. Warum?" Carla schaute Conny an. „Jeder braucht den Anderen in diesem System. Der Onkologe braucht den speziellen Pharma-Referenten, die oder der Apotheker brauchen den Onkologen. Wenn alle an einem Strang ziehen, gibt es sehr viel Geld. Aber: Konkurrenz verdirbt in diesem Fall das Geschäft." Conny nickte. „Ja, klar. Und dazu kommt: Nur Bares ist Wahres. Als Dankeschön gab es dann jeweils eine Tüte mit Geld. Alles steuerfrei. Cooles Ding!" Conny schob ihren Wein zur Seite und bestellte sich eine Cola. „Das muss ich unbedingt dem Schorsch erzählen. Das macht plötzlich alles einen Sinn. Herzlichen Dank, Carla." Sie stand auf und reichte der Frau die Hand. „Bitte nicht böse sein, Kai, aber ich muss unbedingt fahren." Dieser lachte und zog seine Liebste an sich und küsste sie.

„Alles gut, fahre bitte vorsichtig. Ich bezahle, Du kannst gleich los." Conny hatte schon ihr Handy in der Hand, als sie auf die Straße trat. Die Cola hatte sie mit einem raschen Schluck ausgetrunken. Georg Weissner war sofort am Telefon. Mit wenigen Sätzen informierte Conny ihren Kollegen, dann war sie an ihrem Auto. „Wir sehen uns im Präsidium." Sie startete den Motor und fuhr los. In ihrem Kopf gingen die Sätze von Carla hin und her. Nun verstand sie auch die Aussage von Frank Meerwald, der voller Wut über seinen Chef schimpfte, dieser sei „mafiös" und korrupt. Vor diesem Hintergrund hatte er völlig Recht. Nun war nur noch die Frage, wer hatte den Apotheker und danach den Onkologen getötet? Und was hatte der Chefarzt Bertram von Öxstedt mit allem zu tun? Es war schon spät am Abend, aber Conny war erstaunlich frisch und wach. Im Büro brannte Licht und Georg Weissner saß vor seinem Rechner. Er las völlig ruhig einen Bericht und Conny tippte ihm auf die Schulter. „Moin Schorsch!" Ihr Kollege drehte sich zu ihr um und zeigte auf den Bildschirm. „Hier ist Toter Nummer Vier!" Conny schrie auf und hockte sich neben den Schreibtisch von Schorsch. „Wer ist es? Kennen wir den? Gehört der wirklich zu unserem Fall?" Sie spürte eine merkwürdige Anspannung im Magenbereich. Georg lehnte sich zurück. „Hättest Du vorhin nicht diese ganze Geschichte mit der Krebs-Mafia erzählt, hätte ich gesagt: Es gibt keinen Zusammenhang! Aber nun vor diesem Hintergrund war er noch das fehlende

Glied in der Kette. Hör zu: Paul von Seesen, 62 Jahre jung, seines Zeichens Pharma-Referent der Firma Steigl. Diese Firma hat mittlerweile einen mehr als fünfzigprozentigen Marktanteil an Krebs-Medikamenten. Er steht mit seinem Konzern auf unseren Listen, die Sebastian erstellt hat, ganz oben, und wir können davon ausgehen, dass er sicherlich bekannt war mit Jens Andresen und auch dem Onkologen Schomann. Er starb im ICE, war auf den Weg nach Basel in die Schweiz, wo er lebte. Stell Dir vor, er hatte wohl vorgestern Geschäftstermine in Hamburg. Die Leiche wurde vom Schaffner entdeckt, als dieser die Fahrkarten kontrollieren wollte. An der ICE-Bahnstation Hamburg-Harburg hat ihn die Polizei dann aus dem Zug geholt. Ich hatte gestern Abend sehr spät eine Mail von meinem früheren Chef aus der Kripo Harburg, der anfragte, ob der Tote was mit uns und unserem augenblicklichen Fall zu tun haben könnte. Gestern habe ich noch mit einem „vielleicht" geantwortet, aber nachdem, was Du mir heute erzählt hast, bin ich sicher, dass er in die Reihe der Toten passt. Den Leichnam habe ich grade zu Zanker bringen lassen, damit sind wir dann direkt dran." Conny schluckte. „Der fehlte wohl noch in der Sammlung oder? Nun haben wir den Pharma-Typen, den Onkologen, den Apotheker. Wieso eigentlich nur einen Apotheker? Kai`s Mutter erzählte es seien meistens zwei, die sich an dem Umsatz bereichern." Georg Weissner zuckte mit den Schultern. „Nun ja, einer muss ja auch morden." Er hielt inne und seine Augen weiteten sich. „Mensch Conny, wir sind immer so bezogen auf den Meerwald, als Täter. Aber wir wissen auch, dass er als Krankenpfleger einen guten Job gemacht hat, dicht dran war an seinen Patienten. Ich sehe den Frank Meerwald als einen Menschen, der urplötzlich aufwacht und sieht, was seine angeblichen Freunde so für Geld verdienen an der Krankheit dieser armen Menschen. Der plötzlich eins und eins zusammenzählt und merkt, was für ein dreckiges Geschäft das ist. Dass der vor Wut gekocht hat, kann ich verstehen. Aber hat er auch aus dieser extremen Wut heraus gemordet? Das wissen wir noch nicht... Wenn wir den Meerwald hier haben, sind wir schlauer. Aber erst dann. Wir müssen alles Morgen daransetzen, dass wir ihn zur Vernehmung kriegen." Conny nickte. „Ja, du hast ja Recht, Schorsch. Um Neun ist die Meissner da, die kann uns sicherlich mehr sagen, wo wir den Meerwald finden." Sie hatte auch ihren Rechner angestellt, Farben flimmerten über den Bildschirm. Conny zog sich ihren Stuhl heran. „Mensch, wir sind dicht an der Lösung, Schorsch, aber ich hoffe, heute über den Tag fügt sich alles zusammen." Schweigend arbeiteten die beiden Kommissare vor den Bildschirmen. Irgendwann zeigte sich der Anbruch des neuen Tages am Fenster. Es wurde heller und heller. Conny stand auf und ging zur Kaffeemaschine. „Ich setze mal eine Kanne auf", sagte sie mit Blick auf den lesenden Schorsch. Er nickte, war aber gedanklich versunken in seinem Text. „Wieder eine Spritze von diesem Opioid. Muss mit dem Pharma-Referenten sehr schnell gegangen sein. Mal sehen, was Zanker uns nachher dazu sagen kann". Mehrere Stunden später kam Bewegung in die Büros. Immer mehr Kolleginnen und Kollegen trafen ein. Einige standen in den Fluren und unterhielten sich. Conny hatte sich schon in den Vernehmungsraum gesetzt und las die Protokolle zu den Toten ihres Falles erneut. Sie hatte die Fenster geöffnet und hoffte, dass sich Caroline Meissner wenigstens gewaschen und neu angekleidet hatte. Sie notierte ihre Fragen auf einem Block und dachte darüber nach. Als Maike und auch Sebastian eintrafen, informierten Conny und Georg ihre Kollegen über den neuesten Stand ihres Wissens und den neuen Toten im ICE. Sebastian schaute in seine Unterlagen und sagte: „Mist, da hätten wir auch selbst draufkommen können. Die Firma Steigl ist in Hamburg stark vertreten. In den Finanzunterlagen von Andresen, dem toten Apotheker, sind täglich Tausende von Euro hin und her geflossen. Ich wüsste zu gerne, wer hat da wen kontaktiert und angeworben." Conny zuckte mit den Schultern. „Nach der Aussage der Informantin sucht erst der Pharma-Vertreter sich seine Leute zusammen: Arzt und Onkologe, dann die Apotheker. Es muss zu Beginn viel Geld fließen, um alle bei der Stange zu halten. Jedes Gespräch zwischen den Leuten bleibt streng geheim. Konkurrenz wird nicht erlaubt. Ein so simples, aber trotzdem perfides

System." Sie schaute auf ihre Uhr. Knapp vor neun Uhr. Das passt doch alles. Sie holte sich noch einen neuen Kaffee und setzte sich zu ihren Unterlagen in den Vernehmungsraum. Immer wieder schaute sie auf ihre Uhr. Merkwürdig war es schon, um neun Uhr sollte Caroline Meissner vor ihr sitzen und nun ging es schon auf halb Zehn zu. Genau in diesem Moment öffnete sich die Tür und zwei Kollegen aus dem Innendienst kamen mit Caroline Meissner herein. Sie ging direkt auf Conny zu und gab ihr die Hand. „Hallöchen, das war Frau...äh... Schulz, oder?" Conny war aufgestanden und sah die großgewachsene Frau an. „Schmidt..., wie Helmut!", sagte sie und Caroline Meissner begann zu kichern. „Na, das vergisst man nicht, wenn Sie das so sagen." Conny zeigte auf den Tisch und einen Stuhl. „Wenn Sie bitte Platz nehmen würden. Möchten Sie einen Kaffee oder ein Wasser?" Die Angesprochene kicherte immer noch, aber Getränke verneinte sie. Conny atmete schnell ein und aus und bat, kurz zu warten und folgte den beiden Männern vor die Tür. „Was ist denn passiert? Ihr seid spät dran heute mit ihr." Der ältere Kollege lachte und zeigte auf seinen jüngeren Kollegen. „Die Deern war noch nicht angezogen und als mein Kollege ihr die Schuhe zubinden wollte, ist ihm übel geworden. Wir mussten etwas warten, bis er wieder aus der Toilette kam." Conny lachte laut auf und schüttelte den Kopf. „Das kann ich gut verstehen, mir ist auch ganz gruselig, wenn sie mir zu nahe kommt". Sie bedankte sich herzlich bei den beiden Männern und ging zurück in den Raum zu Caroline Meissner. Georg kam dazu, stellte sich auch noch einmal vor und übergab dann an Conny offiziell. Diese schaute kurz auf ihren Block und begann gleich mit der entscheidenden Frage: „Ist Herr Meerwald noch in Portugal? Hatten Sie gestern nach unserem Besuch noch Kontakt mit ihm?" Die hochgewachsene Frau nickte. „Klar, hab ihm erst geschrieben, dann hat er angerufen bei mir. Wollte wissen, was die Polizei bei mir macht." Schulterzuckend wandte sie sich an Georg. „Is ja nun nich alltäglich, wenn so jemand wie Sie bei mir rein-spaziert." Georg nickte ihr wohlwollend zu. Conny setzte nach. „Nach ihren Handyaufzeichnungen haben Sie Frank Meerwald geschrieben", sie schaute auf Maikes Zettel: „Hi Fränki, die Bullerei war grad bei mir, hat nach Dir gefragt. Was ist denn los?" Conny hob den Kopf und sah die Meissner an. „Darauf hat er gleich angerufen?" Diese nickte. „Jo, sofort danach. Und als ich ihm erzählt hab, dass der Schomann tot ist, hat der sowas von gelacht. Richtig gefreut, hat der sich. In die Hände geklatscht hat er, und gesagt: Das ich sowas noch erleben darf, wie toll ist das denn? Conny sah ihren Kollegen an. „Woher wussten Sie das denn? Wir haben vom Tod des Herrn Schomann nicht gesprochen." Die Frau winkte ab. „Nee, das brauchtet Ihr ja auch nicht. Ist doch mit Bild ganz vorne auf jeder Hamburger Tageszeitung. Und da stand auch, dass es der Arzt ist, bei dem Fränki gearbeitet hatte. Also, bevor er nach Portugal ausgewandert ist, sag ich mal. Fränki konnte den ja auch gar nicht mehr leiden. So ein korruptes ...loch, hat er immer gesagt. Die Patienten sind gestorben, wie die Fliegen und der hat sich an jedem Medikament richtig bereichert. Übel, sach ich mal. Einfach nur übel!" Georg setzte nach. „Sie meinen wirklich, dass Frank Meerwald davon nichts wusste. Dass Sie die Erste waren, die ihm das vom Tod des Onkologen erzählt hatte?" Die Frau nickte. „Klar. Sonst hätte der sich doch gar nicht so dolle gefreut, wenn er das vorher schon gewusst hätte. Nee, nee. Der Fränki, das ist `ne ehrliche Haut. Der schummelt noch nicht mal beim Kartenspiel." Conny beugte sich vor. „Was hat Ihnen denn Ihr Fränki von dem Doktor Schomann erzählt?" Sie hatte damit gerechnet, dass ihre Frage, den Selbstwert der korpulenten Frau steigern könnte, aber von dieser Reaktion war selbst Conny etwas überrascht. Caroline Meissner setzte sich aufrecht hin und hob den linken Zeigefinger ihrer Hand. „Also, dieser sogenannte Arzt, der hat ja gehandelt mit Medikamenten. Also, ich sach mal, wenn der den armen Krebs-Patienten nicht ne volle Dosis von diesem Krebsmittel gegen deren Schmerzen gegeben hat, dann hat er den Rest wieder selbst verkauft. Fränki sagte immer: Was für ein gemeiner Mensch. Der war doch schon so reich, was wollte der denn noch?" Georg hakte nach. „Der hatte die Medikamente auch noch weiterverkauft? An wen denn?" Caroline Meissner zuckte mit den Schultern.

„Das müssen Sie den Fränki fragen. Aber da kam immer ein junger Typ, so abends nach Feierabend. Der hat dann so eine Wochenration in einem Stoffbeutel bekommen. Fränki sagte mal, da sei viel Geld geflossen. Aber der Schomann hat danach drauf geachtet, dass Fränki schon Feierabend hatte und weg war, bevor der Typ kam. Das war auch der Grund, warum Fränki gekündigt hatte und dort nicht mehr arbeiten wollte. Der war echt fertig, weil sein Boss so ein Schwachmat war." Conny fragte nach: „Gab es denn auch noch Kontakte zu Apothekern oder anderen Leuten aus der Pharma-Branche? Erzählte er mal was aus alten Zeiten, wo er mit Schomann noch gut befreundet war?" Die Frau war wieder in sich zusammengefallen und fragte nach einem Kaffee. Georg stand auf und holte eine Tasse für sie. Conny wartete. „Nun ja, da gab es wohl früher mehr Kontakte zu dem Scheffe. Fränki hat ja auch damals in dem neuen Haus von Schomann die Elektrik verlegt, die Einbauküche mit aufgebaut. Der hat da viel gemacht. Ist auch echt immer fürstlich von dem bezahlt worden. Hier mal einen Hunni, da mal so einen blauen Schein. Alles unter der Hand, versteht sich. Aber das war damals. Irgendwie haben sich die Männer dann in die Flicken gekriegt. Da war dann fertig mit der echten Männerfreundschaft!" Conny atmete tief durch. „Seit wann waren Sie denn mit dem Fränki ein Paar? Und wie lange ging das?" Caroline Meissner rechnet mit den Fingern, laut sagte sie: „Sechs Jahre und fünf

Monate waren wir zusammen. War echt `ne geile Zeit mit uns. Aber dann hatte Fränki ja ziemlich Ärger mit seinem Boss, da waren auch viele Patienten, die in dieser Zeit gestorben sind und das hat Fränki echt umgehauen. Einige mochte er total gerne, hat die sogar noch im Krankenhaus besucht. Aber ein-zwei-fix waren die tot. Ja, und dann fing er an, an mir herum zu mäkeln. Ich soll mir mal neue Klamotten kaufen. Nicht immer das olle Zeug wieder anziehen. Ich solle mal abnehmen, mich mehr waschen. Nee, der hat mich echt fertiggemacht. Nix passte ihm. An allem hat er zu meckern gehabt. Na, das habe ich mir nicht lange angeguckt. Ich bin doch nicht mit so einem Meckertypen zusammen, weil ich muss! Das ist ja alles auf freiwilliger Basis. Nee. Da haben wir uns getrennt und das war auch gut so. Er hat dann seine Liebe zum Mittelmeer entdeckt und ich meine Liebe zum Essen. Damit waren wir fertig miteinander." Georg war draußen gewesen und hatte einige Tageszeitungen von den Kollegen mitgebracht. Fast überall sah man das Bild vom toten Onkologen auf der Titelseite. Er zeigte auf eine Zeitung und fragte: „Wo haben Sie denn den toten Arzt zuerst gesehen?" Sie tippte auf eine große Zeitung in seiner Hand und sagte: „In dieser hier. Die lese ich täglich. Kaufe ich immer beim Türken am Kiosk an der Ecke." Conny schüttelte den Kopf. „Nein, wie sind die Zeitungs-Fuzzis denn an diese Aufnahmen gekommen?" Georg machte ihr ein Zeichen, sie möge schweigen und sie verstummte sofort. Das war in höchstem Maße unprofessionell, und vor allem hatte sie selbst für das gesamte Team diese Vernehmungskriterien für alle aufgestellt. Sie nickte Georg zu und fragte weiter. „Was genau war zwischen Ihrem Fränki und dem Doktor Schomann vorgefallen? Haben Sie selbst das eine oder andere Mal einen Streit zwischen denen mitbekommen?" Caroline Meissner zuckte mit den Schultern. „Nun ja, da gab es schon mal Sticheleien, aber in meinem Beisein eher nicht. Es gab auch früher mal Ansagen, dass ich bei Fränkis Arbeitseinsätzen dort im Haus nicht mitkommen sollte. Das hat er mir aber auch erst gesagt, als wir schon nicht mehr zusammen waren. Ich fand das ja schön da. Hab mich immer in den Garten gesetzt oder mir erstmal vorher eine Liege aus dem Gartenhäuschen rausgeholt. Aber das mochten die wohl nicht so gerne. Na ja, waren eher so ‚ete-petete'! So wie Schwerreiche manchmal drauf sind. So waren die..." Conny konnte ein leichtes Grinsen nicht verbergen. Das musste ja ein Desaster gewesen sein. Diese Frau im schicken Haus der Schomanns! Gleich auf dem Weg in den Garten, sich selbst eine Liege besorgend und dort die Zeit, in der er dort arbeitete, im Garten abzuhängen. Wie oft und lange musste diese Familie darüber diskutiert haben, bis sich jemand traute, dem Frank Meerwald zu sagen, er möge seine schreckliche Freundin nicht mehr mitbringen. Conny nahm sich vor, ihn zu fragen, ob er sich vor dieser Situation von seiner Freundin getrennt habe oder danach? Apropos Fränki. „Was hat denn Ihr Freund gesagt, wann er zurück nach Hamburg fliegen will?" Die korpulente Frau setzte sich aufrecht. „Na, so schnell wie möglich, hat er gesagt. Der wollte sich noch gestern Abend um einen Flug nach Hamburg kümmern und danach auf jeden Fall zu Ihnen kommen. Das hat den echt traurig gemacht, dass Sie denken, er sei ein Mörder. Auch wenn er den Schomann nachher gehasst hat, aber den umbringen, das würde mein Fränki nie tun!" Conny schaute auf ihren Kollegen. „Ja, dann bedanken wir uns erstmal für Ihre Auskünfte. Wir schauen mal, wie es nun weitergeht. Wenn wir noch Fragen an Sie haben, kommen wir gerne noch einmal auf Sie zu." Schon an der Tür stehend, drehte sich Caroline Meissner um und fragte: „Und wer fährt mich nun nach Hause?" Noch bevor Conny etwas sagen konnte, war Schorsch aufgesprungen, hatte die Tür des Vernehmungsraumes geöffnet und zeigte auf das Treppenhaus. „Wenn`s da nunter gehen, kommt vor dem Haus gleich ein Bus. Den nehm`s. Okay?!" Er schob die verdutzte Frau von der Tür weg, ging selbst in den Raum und schloss ihn. Conny lachte, bis ihr die Tränen kamen. „Mensch, Schorsch, wie cool war das denn?" Georg Weissner lachte ebenfalls und sagte: „Die habe ich ja sowas von gefressen. Nicht geduscht, mit denselben Klamotten wie gestern...Pfui Deibel, soag I!"

14.

Beide Kommissare berichteten dem Team von dem Gespräch, bereiteten auf das mögliche Kommen von Frank Seewald vor und machten sich flugs auf den Weg zum Pathologen. Schon im Auto fragte Conny: „Sag, Schorsch, der Tote war Pharma-Referent der Firma Steigl, hatte vorgestern Termine in Hamburg und kam aus Basel oder?" Weissner nickte. „Ja, Paul von Seesen, irgendjemand hat den Mann mit einer Spritze des Opiods direkt im ICE getötet. Ich denke, dass muss ziemlich schnell nach dem Einsteigen in den Zug am Sitzplatz passiert sein. Wir müssen schauen, ob der eine Fahrkarte von einem Zug hatte, der von Altona, Dammtor oder erst Hamburg-Hauptbahnhof losging. Mich macht das völlig wuschig, dass ein Mörder so locker sogar im Zug tötet." Conny nickte und seufzte leise auf. „Ich weiß, was Du meinst. Irgendwie laufen wir immer noch hinter her. Aber für heute habe ich echt ein gutes Gefühl. Komm Schorsch, lass uns weiterarbeiten. Eins nach dem anderen abarbeiten. Irgendwann werden wir auf der Zielgeraden sein." Sie fuhren nach Eppendorf. Der Verkehr war dicht und zäh. Conny hatte den Eindruck, irgendjemand habe ihnen zugehört und sogar die Ampeln auf „möglichst langsam" gestellt. In der Pathologie angekommen, begrüßte Zanker sie mit den Worten: „Na, da hat`s ja wieder einen gerissen! Sag mal, Ihr Beiden: Das muss doch wohl mal ein Ende haben. Fast die Hälfte meiner Kühlboxen ist voll von Eurem Fall. Bald muss ich noch anbauen hier unten!" Conny schmunzelte. „Na, ich dachte, Du legst jetzt selbst schon Hand an, damit alle hier sehen, was für ein toller Kerl du bist. Wir versorgen Dich eben, mit allen uns zur Verfügung stehenden Möglichkeiten." Zanker machte eine gespielte Verbeugung und flüsterte: „Ach, was für eine große Unterstützung. Danke. Danke. Danke." Er erhob sich wieder und zeigte auf einen Tisch, am Rande des Raumes. „Dort liegt Euer Neuer. Die Papiere sagen: Er heißt Paul von Seesen, ist 62 Jahre alt geworden, lebte in Basel und ist Pharma-Referent der Firma Steigl. Die soll mittlerweile in der Branche der Krebs - Medikamente der Marktführer sein. Sein Portemonnaie zeigt, dass er viel Geld bei sich hatte. 478 Euro und 16 Cent. Um Raubmord schein es also in diesem Fall nicht gegangen zu sein. Alles noch da. Sein Pass ebenso. Wir fanden auch seinen Terminkalender, sein Handy ist ein neues I-Phone." Conny stand etwas ratlos vor der neuen Leiche. „Sag, Manfred, sind die anderen Toten von Dir schon frei gegeben worden? Ich meine besonders Andresen und vor allem den Stefan Schomann?" Der Pathologe hob den Kopf. „Ganz spannend, dass du fragst, Conny. Beide sind zur Beerdigung freigegeben. Seit ungefähr drei Stunden. Beide Leichname sind auch schon abgeholt, besonders die Frau Schomann hatte über ihre Eltern sehr viel

Druck gemacht." Weissner sah Conny an. „Wow, zwei Blöde, ein Gedanke. Danke Zanker, wir müssen unbedingt los." Im Galopp rasten Conny und ihr Kollege über die Flure der düsteren Pathologieräume. Conny warf sich ins Auto von Schorsch. „Los geht`s, lieber Kollege. Hoffentlich erreichen wir die Frau, bevor die Beerdigung losgeht. Wir müssen unbedingt mit ihr noch ein bis zwei Dinge klären." Ihr Kollege grunzte zustimmend. „Ja, und wir müssen dabei sein, wenn es ans Grab geht. Ich will möglichst alle Anwesenden dort sehen können." Nur eine halbe Stunde später standen sie vor dem Haus. Im Haus war es durch die großen Fenster lichtdurchflutet und man konnte die zwei Kinder sehen und ihr Laufen auf dem Flur und der dahinterliegenden Terrasse. Conny klingelte an der Haustür. Eine ältere Dame öffnet. „Ja, bitte?" Georg übernahm die Vorstellung und zeigte ihre Ausweise vor. Die Frau bat sie ins Haus. „Meine Tochter hat sich oben ein wenig hingelegt. Aber sie wird gleich wieder hier unten sein. Wenn Sie bitte solange im Wohnzimmer Platz nehmen könnten?" Conny nickte. „Ja, klar. Es geht auch sehr schnell. Wir haben nur einige Fragen an Frau Schomann. Gibt es schon einen Termin für die Beisetzung?" Die Mutter nickte und seufzte schwer. „Ja, die Beerdigung wird am nächsten Freitag um elf Uhr sein. Wir haben schon alle Einladungen verschickt. Auch die Kapelle auf dem Ohlsdorfer Friedhof ist schon fest gebucht. Wir werden dort auch in einem der ansässigen Restaurants Kaffee und Kuchen zu uns nehmen. Es ist auch gut, dass meine Tochter nun viel zu planen und zu erledigen hatte. Das nimmt zwar den Schmerz nicht, aber lässt es vielleicht leichter aushalten." Conny nickte leicht. Bevor sie etwas entgegnen konnte, stand die junge Frau Schomann in der Tür. Sie sah zerbrechlich und um Jahre gealtert aus. „Was kann ich für Sie tun?" Ihre Stimme klang zittrig und leise. Conny stand auf. „Frau Schomann, es tut uns sehr leid, was passiert ist. Wir haben eben schon gehört, dass die Beerdigung auf den Freitag angesetzt ist. Wir würden gerne dabei sein, wenn es Ihnen recht ist. Wir halten uns auch im Hintergrund." Die junge Frau nickte. „Natürlich können Sie gerne kommen. Soll ich Ihnen Plätze reservieren?" Georg Weissner schüttelte den Kopf. „Nein, Frau Schomann. Das brauchen'S net. Vielen Dank. Sagen Sie, kennen Sie vielleicht noch die Geschäftsfreunde bzw.-Partner Ihres Mannes genauer? Mit wem genau hat Ihr Mann auch in den letzten Jahren mehr oder weniger Kontakt gehabt? Nennen Sie bitte alle, die Ihnen in diesem Moment gerade einfallen." Die junge Frau setzte sich auf die andere Seite des Sofas und bat ihre Mutter, einen Kaffee aufzusetzen. Dann begann sie zu überlegen und zählte zunächst die Angestellten ihres Mannes auf. Als sie Frank Meerwald nannte, schniefte sie kurz und guckte Conny an. „Da gab es vor ziemlicher langer Zeit auch eine Bekannte von ihm, die mehrfach dabei war, wenn der Frank hier im Haus etwas gebaut hat. So eine große, völlig verplante Frau. Ich kann mich erinnern, da war ich mit unserer Kleinen gerade schwanger und dieses Untier stand bei mir in der Küche, öffnete, ohne zu fragen, den Kühlschrank und nahm sich ein Glas Orangensaft aus der Flasche mit den Worten: "Das ist voll heiß in Ihrem Garten!" Conny nickte. „Ja, diese Frau haben wir auch schon kennengelernt. Wie lange kam sie mit dem Frank Meerwald zu Ihnen und Ihrem Mann?" Die junge Frau überlegte kurz. „Das war nicht lange. Eventuell zwei-drei Mal, dann hat mein Mann mit Frank gesprochen und ihn gebeten, diese Dame möglichst nicht mehr mitzubringen." Der hatte sofort verstanden, wie unangenehm sie für uns war. Ich denke, danach war sie auch bei Betriebsfeiern von ihm nie wieder dabei. Insgesamt war mein Mann immer sehr zufrieden mit dem Frank, hat oft über ihn gesprochen und ihn in den höchsten Tönen gelobt. Mir scheint, dass Frank sehr ausgleichend auf alle gewirkt hat. Egal, ob es um Patienten ging oder um andere Angestellte, er war sehr freundlich und hoch kommunikativ. Selbst als er vor Monaten kündigte, erklärte er dies mit einfachen Worten, so dass selbst mein Mann ihm nicht böse sein konnte." Hier fragte Georg Weissner nach. „Was genau hat er denn für eine Erklärung für seine Kündigung gehabt. Mir scheint das fast unmöglich, wenn er so gut war, wie alle beschreiben?" Der Kaffee wurde gereicht, die Tassen auf den Tisch gestellt. Es schien, als bekäme selbst die junge Frau Schomann mehr Energie und Kraft, alleine durch den frischen Kaffeegeruch, der aus den Tassen aufstieg. „Der Frank hatte soviele Patienten meines Mannes in den vielen Jahren behandelt, ihnen Injektionen gegeben, Kanülen gelegt, mit ihnen auf Heilung von dieser schrecklichen Krankheit gehofft. Aber er hatte auch soviele sterben sehen. Wegzubleiben in der Praxis hieß einfach, gestorben zu sein. Und ja, Frank hat häufig kritisiert, dass bestimmte Medikamente zu stark, zu hoch dosiert genommen wurden. Bei diesem Thema ließ mein Mann aber nicht mit sich reden. Er sagte immer, er sei der Facharzt, man solle ihm glauben, dass er genau wisse, was er täte. Er hat dann einfach nicht weitergeredet, ist aus dem Zimmer, brach jede Diskussion über seine Behandlungen sofort ab. Bei Franks Kündigung sagte er nur kurz, nachdem die Kinder im Bett waren am Abend, dass er froh sei, dass Frank gekündigt habe. Ansonsten hätte er ihm gekündigt, weil er immer wieder davon sprach, dass die Medikation nicht richtig sei. Das habe ihn sehr ärgerlich gemacht." Conny hakte nach. „An wen erinnern Sie sich noch? Mit welchen Menschen hatte Ihr Mann Kontakt z.B. aus früherer Zeit?" Lisa Schomann überlegte. „Für mich gibt es gedanklich immer ein - vor diesem Hausbau und nach diesem Hausbau. Ich weiß nicht, wie ich es erklären soll, aber es hat sich so vieles verändert, nachdem wir hier eingezogen waren. Alte Freunde aus Studentenzeiten sind weggefallen, neue Menschen dazu gekommen." Conny nickte. „Ja, das passiert wohl öfter im Laufe eines Lebens. Ist sicherlich auch ein ganz normaler Prozess. Wer zum Beispiel war auf ihrer Einweihungsfeier, damals, als Sie hier einzogen?" Frau Schomann sah auf. „Ja, da waren fast noch alle da. Die früheren Freunde und auch viele Bekannte, die später zu Freunden wurden. Es gab so eine kleine Gruppe von Männern, da sagte mein Mann während der Einweihungsfeier, wir müssten uns bei diesen ganz speziell bedanken. Ohne die Unterstützung dieser Gönner, hätte es nicht so schnell ein so tolles Haus gegeben für uns." Conny wurde schlagartig hellwach. „Wer waren diese so genannten Gönner?" „Wissen Sie etwas von denen?" Lisa Schomann nickte. „Ja, der eine war ein schon damals etwas älter erscheinender Mann, der einen witzigen Dialekt hatte. Er kam wohl aus der Schweiz." Weissner zuckte sein Handy und scrollte die Fotos herum. „Paul von Seesen..., aus Basel vielleicht?" Schnelles Nicken ihrerseits. „Ja, der sah zwar früher etwas jünger aus, aber der ist es auf jeden Fall. Er war ein Geschäftspartner meines Mannes und war nur zu diesem Anlass bei uns in Hamburg. Ich weiß noch, wie nett ich diese Geste fand." Georg klickte weiter auf seinen Fotos. „Kennen Sie diesen Mann auch?" Er hielt Ihr das Bild von Jens Andresen hin. Auch hier folgte ein aufgeregtes Ja. „Ja natürlich! Der war auch dabei. War wohl ein Apotheker aus Wandsbek. Ich erinnere mich, dass ich es damals noch so schade fand, dass dieser nette Mann so weit von uns entfernt seine Apotheke hatte. Ich wäre gerne dort Kundin geworden, weil er so sympathisch auf mich wirkte. Ganz im Gegenteil zu seinem Kollegen. Den konnte ich nicht leiden. Ich weiß gar nicht warum, aber der hatte etwas Merkwürdiges an sich." Conny starrte Schorsch an: „Wie? Es gab einen zweiten Apotheker? Wie sah der Mann aus?" Lisa Schomann überlegte und zog ihre Augenbrauen hoch. „Sehr groß gewachsen, kantig, irgendwie sah er übergewichtig aus, ohne es wirklich zu sein. Wie heißt dieser deutschsprechende Boxer aus der Ukraine?" „Klitschko, Wladimir Klitschko", kam es von Weissner, wie aus der Pistole geschossen. „Ja, genau. So ähnlich sah der aus. Dunkle kurze Haare, fast schwarzbraune Augen und einen massigen schweren Körper. Was mir gar nicht gefiel, war der abschätzige Blick, der zog mich mit den Blicken fast aus." Conny setzte nach. „Was denn nun? Abschätzig oder ausziehend? Meines Erachtens schließt das Eine das andere aus." Die junge Frau wirkte nun deutlich wacher. Sie überlegte kurz: „Bei der persönlichen Vorstellung wirkte der Blick abschätzig, irgendwie negativ. Sie müssen sich vorstellen, dass mein Mann ihn und die anderen Herren mir vorstellte mit den Worten, dies seien unsere Gönner, denen wir den schnellen Einzug in das neue Heim zu verdanken hätten. Aber als wir uns dann die Hand gegeben hatten und ein wenig Abstand zwischen uns allen war, fiel mir der Blick des Mannes auf, der mich von oben bis unten taxierte und immer wieder auf die Brüste und den Ausschnitt des Kleides starrte. Das habe ich sogar heute mit dem Abstand der vielen Jahre immer noch als sehr unangenehm in Erinnerung". Weissner nickte und bedankte sich für die gute Beschreibung. „Gibt es noch Fotos von dieser Feier? Ich kann mir vorstellen, dass es ein großer Moment in Ihrem Leben war, dieses schöne Haus tatsächlich ihren Freunden, Verwandten und Bekannten zu zeigen." Lisa Schomann schluckte und nickte. „Ja, ich habe noch Bilder. Ich hole sie Ihnen, ich möchte sie allerdings ungerne selbst ansehen. Da waren Stefan und ich so unendlich glücklich... nun ist er tot!!" Sie weinte fast lautlos, aber ihre Tränen liefen über ihr Gesicht und den Hals, tropften auf ihre Arme und das Sofa. Conny schluckte. Sie konnte den Schmerz dieser jungen Frau sehr mitempfinden, wusste aber, wie wichtig es für die Aufklärung dieser Mordserie war, die Fotos der damaligen Besucher zu sichten. Sie ließ sich das Fotoalbum zeigen. Sie schaute auf fröhliche Menschen voller Kraft und Freude und hatte selbst einen großen Kloß im Hals. „Hier...," die junge Frau stutzte und blätterte aufgeregt Seiten hin und her. „Das ist er, der andere Apotheker." Georg hatte schon sein Handy gezückt und fotografierte den großen, grobschlächtigen Mann. Auch auf den folgenden Seiten sah man den Mann im Kreis mit Stefan Schomann, Jens Andresen und dem Pharmareferenten Paul von Seesen stehen. Conny zeigte auf ein Foto. „Da schaut er sehr freundlich und wenig abschätzig." Die junge Frau nickte. „Ja, da hatten auch alle richtig gute Laune. Wie gesagt, es war ein tolles Fest. Ich habe es sehr genossen damals." „Erinnern Sie sich noch an seinen Namen? Gab es noch weitere Kontakte mit ihm, wo Sie anwesend waren?" Conny mochte die Art ihres Kollegen, der auf eine Art sehr direktiv wirkte, auf der anderen Weise aber sehr behutsam in seinem Nachfragen war. Ein Kopfschütteln von Frau Schomann war die Antwort. „Nein, an den Namen erinnere ich mich nicht. aber ich weiß, der gehörte auch nur kurze Zeit später nicht mehr zum inneren Kreis dazu. Keine Ahnung, was genau vorgefallen war, aber mein Mann hatte eines Abends nur erzählt, dass nur noch der Herr Andresen zum Team gehöre. Ich weiß noch, dass ich nachgefragt hatte, aber Stefan hatte nur ausweichend geantwortet. Irgendetwas wie: Das passte nicht mehr. Danach haben wir nie wieder darüber geredet. Was meinen Sie? Ist er der Täter?" Conny schüttelte den Kopf. „Entschuldigen Sie, aber das wissen wir zurzeit noch nicht. Wir haben gerade erst eben von Ihnen erfahren, dass es neben dem Jens Andresen noch einen zweiten Apotheker gab, mit dem Ihr Mann zusammenarbeitet. Georg Weissner machte Conny ein Zeichen und fragte, ob er das Foto des Apothekers in der Runde der Männer mitnehmen könne. Dann verabschiedeten sich beide Kommissare und bedanken sich auch bei der Mutter für den frisch aufgebrühten Kaffee. Schon im Auto sitzend knurrte Weissner: „Jetzt, Conny, jetzt sind wir dran. Ich weiß es genau. Der Typ fehlte uns, aber nun passen die

Puzzle-Teilchen im Spiel zusammen." Das Telefon klingelte und während Weissner den Wagen aus der Parklücke manövrierte, nahm Conny das Gespräch an. „Was gibt es, Ihr Lieben?", fragte sie ins Telefon. Maike Scholz war dran. „Ihr habt Besuch! Seht zu, dass Ihr schnell rüberkommt. Ich mache dem Herrn Meerwald mal einen frischen Tee, dann solltet Ihr hier sein!" Conny hörte der Innendienst-Kollegin zu und drehte sich zu Weissner mit offenem Mund um. „Wir sind gleich da, Maike. Halt ihn bitte auf!" Zum Schorsch sagte sie: „Gib Gummi, der Frank Mehrwald sitzt in unserem Büro und will uns sprechen." „Jippi", kreischte ihr Kollege. „Jetzt geht's los. Der Meerwald kann uns sicher auch gleich erzählen, wie der Typ auf dem Foto heißt." Nur wenig Zeit später parkte Georg Weissner auf einem der freien Parkplätze beim Präsidium.

Mit großen Sprüngen jagten die beiden Kommissare die Treppen hoch und stürzten gemeinsam in ihr Büro. Ein Mann stand mit einem Becher am Fenster und sah hinaus. „Mahlzeit!", grüßte er. „Conny hatte sich eher gefangen, als ihr doch etwas fülligerer Kollege. „Moin, mein Name ist Conny Schmidt. Das ist mein Kollege Georg Weissner." Sie zeigte auf den schwer atmenden Schorsch. Dieser nickte nur zur Begrüßung. Sie setzen sich an Connys Schreibtisch, Maike Scholz kam und brachte Kaffee, Tee und Gebäck. „Mein Name ist Frank Meerwald. Meine frühere Lebensgefährtin hat mich informiert, dass Sie mich anscheinend suchen. Da ich gestern noch in Portugal am Strand lag, habe ich die nächste Möglichkeit eines Fluges nach Hamburg gesucht und nun bin ich da. Was kann ich für Sie tun?" Conny nickte. „Gut, Herr Meerwald. Das ist sehr nett, dass Sie zu uns kommen. Eine Reise nach Portugal, so gerne wir die machen würden, hätte sicher den Jahresetat unserer gesamten Abteilung gesprengt." Alle lachten und auch Weissner schien sich erholt zu haben. Er setzt nach. „Ja, auch danke von mir, dass Sie zu uns gekommen sind. Wir haben einige Fragen an Sie und hoffen sehr, dass Sie uns behilflich sein können. Wir ermitteln im Fall des Todes von Jens Andresen. In diesem Zusammenhang haben wir auch leider einen neuen Toten, den Onkologen und Krebsspezialisten Herrn Stefan Schomann. Frank Meerwald nickte. „Ja, habe ich schon gehört und auch gelesen. Die Tagespresse ist ja voll von Vermutungen und Spekulationen. Was möchten Sie gerne von mir wissen?" Conny nippte an ihrem Kaffee und sah dem Mann ins Gesicht. „Ich gehe davon aus, dass Sie beide Männer gut kannten. Was sagen Sie zu den Toten?" Frank Meerwald sah ihr in die Augen. „Leid tut es mir eher nicht. Der Stefan Schomann war meines Erachtens ein Mega-Idiot. Ich hab`s lang selber nicht glauben wollen, aber für Geld hat der einfach Alles gemacht. Nicht nur, dass er Patienten mit viel zu hohen Dosen des Zytostatikums schnell unter die Erde gebracht hat, nein, der hat sogar nach meinem Feierabend das Chemo-Giftzeug unter der Hand an

Hehler verkauft. So eine miese Ratte war das, unglaublich! Dabei hatte er doch alles, was er brauchte. Ein abbezahltes Haus, eine nette Ehefrau, zwei gesunde Kinder. I pfui, ich könnte speien, wenn ich an diesen Gierschlund denke. Dieses „Höher, schneller, weiter!" Nachdenklich fragte Conny: „Am Anfang Ihrer Arbeitstätigkeit bei Schomann lief es doch noch prima miteinander oder?" Meerwald nickte. „Ja, ich habe viel geholfen bei Stefan. Die Küche aufgestellt, Elektrogeräte angeschlossen, alles Handwerkliche lief fast zu Hundert Prozent über mich. Er war auch dankbar, hat mir immer wieder große Summen an Geld zugesteckt. Das war eine gute Zeit. Ich würde sagen, wir waren gut befreundet miteinander. Selbst an meinem zehnjährigem Jubiläum in seiner Praxis war das noch so. Der Bruch kam aber ziemlich rasch danach. Ich hatte festgestellt, dass er viel zu hohe Dosen von Zytostatika an seine Patienten gab. Ich mochte in dieser Zeit einige, die ich fast täglich behandelte, wirklich sehr gerne. Habe mit ihnen gehofft, dass sie den Krebs überwinden. Bin sogar einige Male in Kliniken gefahren, um den ein oder anderen Patienten dort zu besuchen. Ich war wirklich zufrieden mit meiner Arbeit, mit mir in diesem Job. Das brach, als mir klar wurde, dass Stefan einen ganz anderen Weg beschritten hatte. Das ihm die Heilung der Menschen überhaupt nicht mehr am Herzen lag. Gehen die Einen, kommen die Anderen! So sein Credo. Er meinte das tatsächlich genauso. Bei einem unserer Streits verstieg er sich echt zu der Aussage, dass er die Praxis schließen müsse, wenn die Patienten länger leben würden. Bei meiner Frage, ob er nicht einen Eid darauf geleistet habe, die Menschen wieder gesund zu machen, winkte er ab. „Je schneller sie gehen, desto eher kann ich neue Patienten an- und aufnehmen. So sieht`s aus, mein lieber Frank." Conny schaute den Krankenpfleger an und sagte: „Sind Sie nur froh, dass er tot ist oder hätten Sie sich auch gerne an seinem Ableben beteiligt." Frank Meerwald sah sie mit großen Augen an und runzelte leicht die Stirn. „Sie wollen wissen, ob ich ihn getötet habe?" Georg Weissner schritt ein. „Wir gehen davon aus, dass Sie in Portugal waren, als Stefan Schomann ermordet worden ist. Aber Sie hatten eine riesige Wut auf den Onkologen...?" Frank Meerwald nickte. „Ja, das hatte ich. Ich musste auch wirklich raus aus der Stadt, raus aus dem Land. Irgendwo hin, wo ich wieder atmen konnte, wo es schön war. Die ersten Nächte, nachdem ich aus der Praxis von Schomann raus war, habe ich kaum geschlafen. Und wenn ich mal schlief, weckten mich Alpträume. In denen habe ich den Stefan mehr als einmal getötet. Deshalb bin ich weg." Conny nahm ihr Handy und klickte ein Bild an. Es zeigte Paul von Seesen. „Kennen Sie den Mann?" Frank Meerwald nickte. „Klar, kenne ich den. Paul, der Zocker. So haben wir ihn genannt unter uns. Der hat mit Geld nur so um sich geworfen. Das Haus von Stefan hat der gemeinsam mit zwei Kollegen fast bar bezahlt. Erst das

Grundstück, dann das Haus." „Wissen Sie, woher er das viele Geld hatte?" Meerwald nickte. „Uns hatte er zwar immer erzählt, er habe eine reiche Witwe geheiratet, aber das ist nur die Hälfte der Wahrheit gewesen. Der Ex-Mann verschied an zu hohen Dosen Zytostatika, er hatte Lungenkrebs. Von Seesen hatte damals sehr gute Kontakte zu dessen Onkologen und so wechselte nicht nur das Leben des reichen Züricher Bankers, sondern auch dessen Frau gleich mit." Zocker-Paule hat manchmal, wenn er zu viel getrunken hatte, damit geprahlt." Weissner nahm wieder sein Handy zur Hand. „Dann kennen Sie diesen Herrn sicher auch?" Frank Mehrwald nahm ihm das Handy aus der Hand und starrte auf das Foto: „Das ist der Andresen, was ist mit dem passiert?" Er schien ehrlich betroffen. Conny sah zu Boden. „Wir haben den Jens Andresen vor einigen Tagen tot gefunden. Wie gut kannten Sie sich?" Meerwald schüttelte den Kopf. „Nicht wirklich gut, aber ich fand, er ist..., nein, er war ein Pfundskerl. Immer freundlich, immer hilfsbereit. Ich mochte den." Conny setzte nach. „Und den zweiten Apotheker, mochten Sie den auch?" Die Antwort kam prompt. „Den Boris, nein, den mochte niemand so richtig. Das war ein Angeber, ein Aufschneider." Weissner sah Conny an: „Boris, wie?" „Boris Kaluvka. Der kam ursprünglich aus Tschechien, war dort geboren. Seine Eltern zogen nach Bayern, um dort zu arbeiten. Boris ging in der Nähe von Nürnberg zur Schule. Muss wohl ein helles Kerlchen gewesen sein. Machte ein supergutes Abitur, wurde Apotheker. So klug er wohl war, menschlich war er völlig daneben. Ich kenne ihn nur betrunken, aber den Zustand konnte er auch einen ganzen Abend lang halten. Ich kann mich erinnern, dass er nur kurze Zeit dabei war. Geschätzt würde ich sagen, wohl ein bis zwei Jahre. Irgendwann erzählte mir Stefan dann, dass sie nun im sogenannten „inneren Kreis" nur noch mit dem Jens Andresen arbeiten." „Wer gehörte denn zu diesem inneren Kreis genau?" Weissner war wach, dachte Conny. Auch Meerwald antwortete sofort. „Der von Seesen, Schomann und der Jens Andresen. Vorher eben auch noch der Boris Kaluvka." Conny nickte. „Was haben Sie gehört, warum der andere Apotheker raus war?" Frank Meerwald überlegte kurz. „Na ja, niemand mochte den. Da habe ich gar nicht so nachgefragt, warum der Mann raus war. Aber ich weiß von Stefan, dass es auch zu Unstimmigkeiten gekommen war, es immer wieder Ärger mit ihm gab. Er war einfach unangenehm, redete zu laut, hatte irre Ideen, die er von sich gab. Ganz schlimm war es, wenn er etwas getrunken hatte. Ich habe ihn einmal so erlebt, das war echt nicht mehr feierlich." Conny fasste nach: „Wo wohnt dieser Boris Kaluvka? Wissen Sie darüber etwas?" Meerwald überlegte einige Sekunden und schüttelte dann den Kopf. „Früher, das heißt vor ungefähr vier Jahren Jahren wohnte er noch im Süden von Hamburg. Buchholz in der Nordheide. Er hatte dort eine Apotheke und zwei weitere in Bergedorf. Ich weiß noch, dass Stefan mal sagte, der habe Geld wie Heu. Soll heißen, er habe die Häuser, in den die Apotheken waren, innerhalb der nächsten Jahre alle aufgekauft. Geld machen, konnte der wirklich. Jeder der krank in die Apotheke kam, hatte spätestens beim Rausgehen mehr als vier bis fünf Produkte bzw. Medikamente gekauft. Selbst wenn die Leute, mit einem Rezept kamen, gab es noch etwas obendrauf. Das war schon unglaublich. Ich weiß noch, sein Bruder hatte ein Immobiliengeschäft, darüber wurde dann gemietet, vermietet und teilweise auch wiederverkauft. „Kennen Sie den Bruder auch?" Meerwald schüttelte den Kopf. „Nein, zu dem Mann habe ich nie irgendeinen Kontakt gehabt. Hatte nur gehört, dass der deutlich älter als Boris war und sich als großer Bruder auch eher wohlwollend gegenüber dem Jüngeren benommen hatte. Es ging bei dem Boris immer um mehr und mehr und mehr. Beide Männer haben sich unendlich bereichert. Der Eine mit Medikamenten aller Art, der Andere mit Wohnungen und Häusern." Conny nickte ihrem Kollegen zu. „Vielen Dank Herr Meerwald. Sie haben uns wirklich weitergeholfen. Falls wir noch Fragen an Sie haben, werden wir uns wieder bei Ihnen melden. Bitte bleiben Sie in der Nähe, das soll heißen: Verzichten Sie auf Ausflüge Richtung Portugal, solange wir noch ermitteln." Georg Weissner nickte und schloss sich Connys Worten an. Sie verabredeten sich auf der Beerdigung von Stefan Schomann am Freitag zu treffen. Nachdem Frank Meerwald aus der Tür war, beugte Georg Weissner sich vor und schlug mit der flachen Hand auf den Tisch. „Wieder nix. Mist, verdammter!!" Conny setzte sich an den Tisch und schüttelte den Kopf. „Mensch, Schorsch. Ich bin es auch leid. Kaum haben wir mal eine Spur, verläuft sie im Sande. Ich war so sicher, der Meerwald wäre unser Mann! Aber nein! Ich glaube, dass ist ein ganz netter Mensch. Der ist hilfsbereit, freundlich und vor allem, der denkt mit. Haben wir schon einmal einen Verdächtigen gehabt, der auf eigene Kosten aus dem Ausland zu uns fliegt, um eine Aussage zu machen und die Vermutungen gegen ihn richtig zu stellen?" Es klopfte an der Tür. Maike und Sebastian standen dort. „Gibt´s was Neues?" Conny zeigt auf Schorsch. „Nicht wirklich. Ihr habt den Frank Meerwald vorhin erlebt. Nett, freundlich, hilfsbereit. Und ja, er weiß viel, kennt auch die Leute, die zum Fall gehören. Aber als Täter? Nein, da kommt er meines Erachtens echt nicht in Frage. Aber wir haben nun einen neuen Verdächtigen. Er heißt Boris Kaluvka, ca. fünfzig Jahre. Er ist der zweite Apotheker in dieser Gruppe um den Pharma-Referenten gewesen." Conny informierte die Kollegen aus dem Innendienst weiter und bat darum, schnellstmöglich die Adresse des Apothekers zu finden, damit sie ihn zur Vernehmung holen könnten. Alle machten sich an ihre Rechner, die Finger wirbelten über die Tastatur, Maike hatte ihr Telefon am Ohr. Wenige Minuten später nahmen Conny und Schorsch die Jacken und sprangen die Treppen hinunter. „Bergedorf oder Buchholz", fragte Conny, als sie atemlos neben Georg in dessen Auto sprang. „Weder noch", sagte ihr Kollege. „Wir müssen nach Horn, in die Horner Landstraße. Dicht bei seiner Wohnung ist der Ring 2, der nach Bergedorf führt. Gute Lage, wenn man zwischen Bergedorf und Buchholz hin und her fahren will." Conny nahm den Anruf von Maike entgegen und schaltet auf laut. „So, Ihr Beiden: Boris Kaluvka ist 1960 in Tschechien geboren, sein derzeitiger Wohnsitz ist in der Horner Landstraße 161. Ich habe Euch zur Unterstützung zwei Streifenwagen zum Haus geschickt, hoffe sehr, dass Ihr fündig werdet." Conny nickte und blickte auf ihren Kollegen. „Ja, das hoffen wir auch. Drückt uns die Daumen. Tschüss!"

Während Weissner fuhr, sah Conny ihn nachdenklich an, holte ihr kleines Büchlein aus der Tasche und blätterte suchend. „Da, ich habe noch etwas. Hinterher müssen wir zu diesem Benjamin Wolff. Der junge Mann, der mit der Tochter von diesem Bertram von Öxstedt zusammen ist. Er soll sich unser Foto von dem Verdächtigen anschauen und sagen, ob das der Mann war, den er hinter dem Haus der Öxstedts gesehen hatte." Ihr Kollege nickte und grunzte zustimmend. „Ja, stimmt. Genauso machen wir es. Aber erst den Apotheker. Ich bin schon sehr gespannt." Die Fahrt verlief ruhig, direkt vor dem Haus stand ein Polizeiwagen. Schorsch parkte hinter ihm und sprang mit Conny aus dem Auto. Sie sprachen ihr Vorgehen mit dem Polizisten ab und gingen gemeinsam zum Eingang.

15.

Auf das Läuten reagierte der Türsummer, sie traten ein. Die Tür im Erdgeschoß war geöffnet und ein Mann stand am Eingang. „Herr Boris Kaluvka?", fragte Conny und zückte ihren Ausweis. „Der Mann nickte und bat sie in die Wohnung. „Ich hatte mir schon gedacht, dass Sie kommen. Spätestens nachdem ich gelesen hatte, dass nun auch noch der Onkologe das Zeitliche gesegnet hatte, war mir klar, dass ich nun an der Reihe bin!" Conny fragte nach: „Wie meinen Sie das mit dem ‚an der Reihe sein'?" Boris Kaluvka lachte hohl auf, sein Atem verriet, dass er getrunken hatte. „Mensch, was glauben Sie denn? Erst der Jens Andresen und jetzt der Stefan Schomann. Da ist einer dabei, die ganze Truppe abzuservieren, ist doch klar, dass ich entweder das nächste Opfer oder wie Sie es scheinbar denken, der Täter bin. Halte mich seit... zwei Tagen nur in der Wohnung auf, lasse mir Essen und Getränke hierher liefern. Ich habe eine Heidenangst, das können Sie mir glauben!" Weissner schüttelte den Kopf. „Warum kommen Sie dann nicht zu uns? Rufen einfach die Polizei an und sprechen mit mir oder meiner Kollegin? Wir wussten bis heute Mittag gar nicht, dass es Sie überhaupt gibt und Sie zum sogenannten ‚Inneren Kreis' der Truppe, um Paul von Seesen gehörten. Lieber hocken Sie hier in Ihrer Wohnung und warten, dass der Mörder bei Ihnen klingelt?" Conny hob beschwichtigend die Hände."Schorsch, ja klar, ist das wirklich weniger gut, dass wir nicht einbezogen wurden. Aber ich glaube, der Herr Kaluvka hat keine richtig gute Zeit hinter sich. Sie müssen sich sehr gesorgt haben, hatten Angst, dass Sie der Nächste sind, der ermordet wird, oder?" Der massige Mann nickte. Schweiß stand ihm auf der Stirn. „Ja klar, hatte ich Angst. Wollte auch zunächst erst einmal längere Zeit in den Urlaub fliegen, eine Rundreise in Südamerika machen. Hatte mir überlegt, dass Sie dann den Mörder schon haben, wenn ich zurückkomme. Aber der Abflugtermin hat sich durch die Insolvenz meines Reiseveranstalters erstmal erledigt. Also sitze ich immer noch hier und warte." Conny fragte nach. „Was wissen Sie von Paul von Seesen?" Der Mann antwortete nicht sofort, sondern überlegte. „Nun, ich denke, der ist wohl auch tot. Hatte irgendwo vor knapp zehn Tagen in einer kleinen Notiz in der Zeitung gelesen, dass es im ICE bei Hamburg einen Toten gab. Da ist mir sofort Zocker-Paule eingefallen. Habe ihn früher öfter mitgenommen, wenn er den Zug Richtung Basel brauchte. Entweder er fuhr ab Hamburg-Hauptbahnhof oder ich setzte ihn in Harburg am Bahnhof raus, wenn ich runter nach Buchholz wollte. Irgendwie war mir gleich klar, dass der Tote Paul von Seesen sein musste. Danach war mir klar, dass ich wahrscheinlich der Nächste auf dieser Liste bin." Er wandte sich an die Kommissare. „Oder haben Sie was

Beruhigendes für mich?" Conny schüttelte den Kopf. „Nicht wirklich, Herr Kaluvka. Sagen Sie uns bitte, wie standen Sie denn zu ihrem Kollegen Jens Andresen?" Der Mann schnaubte bei der Nennung des Namens. „Der nette Apotheker von nebenan? Ich hasse ihn, diesen Schmalspuraspiranten..." Schorsch ging dazwischen. „Was heißt das? Was meinen Sie damit?" Kaluvka grunzte. „Nett war der. Und ein verdammt guter Mischer war der Jens. Konnte bis auf ein Zehntel Gramm genau die Portionen für die Patienten mischen. Zytostatika, da kannte der sich aus. Fragte nur kurz, „Frau/Mann, wie alt, wie schwer?" Dann verschwand er in seinem kleinen Hinterzimmer und kam mit den einzelnen Portionen nach wenigen Minuten wieder raus." Conny fragte: „War das der Grund, warum Sie nicht zweiter Apotheker im ‚Inneren Kreis' bleiben konnten? Waren Sie nicht so gut, wie der Jens Andresen?" Kaluvka lachte höhnisch auf. „Nein, deshalb musste ich nicht gehen. Zocker-Paule hat mich rausgeschmissen. Kurz und bündig. Das war es!" Schorsch fragte nach. "Wieso? Was gab es für einen Grund dafür?" Der massige Mann sah die beiden Kommissare an. Er schüttelte leicht den Kopf und atmete schwer. Er beugte sich vor und ergriff sein Glas, schnupperte kurz am Inhalt und schüttelte wieder den Kopf. „Abgestanden und riecht nach nichts. Und das für einen guten, teuren irischen Whisky, ich fasse es nicht!" Er stand auf, ging zur eingebauten offenen Küchenzeile und schüttete den Rest des Glases in den

Ausguss und goss sich ein Glas Wasser ein. Mit Blick auf Conny fragte er nach: „Kann ich Ihnen etwas anbieten?" Beide Kommissare verneinten und Boris Kaluvka ging zurück zu einem Platz und setzte sich. „Der Ober-Guru war sauer auf mich und wollte, dass ich meinen Platz im sogenannten „inner circle" sofort aufgebe. Und da er die Macht und das Sagen bei uns hatte, war ich raus. Sofort! Fand ich schade, wäre gerne dabeigeblieben, aber nützte ja nun nichts. Geld habe ich trotzdem weiter gut verdient, das war sowieso nie das Problem." „Was ist passiert, warum wurden Sie von heute auf morgen rausgeworfen? Gab es einen Grund dafür?" Der Apotheker sah sie an, blickte an ihr hinunter und nickte leicht anerkennend. „Na ja, Sie sind ´ne Schicke und die Frau von Zocker-Paule war nicht nur schick, sondern wegen der vielen Reisen ihres Mannes auf eine ganz bestimmte Art und Weise recht unterversorgt, wenn Sie wissen, was ich meine...!" Er kicherte leise in sich hinein. Weissner machte einen Schritt auf ihn zu: „Und dann haben Sie sich an die Frau von Paul von Seesen rangemacht?" „Jupp", war die Antwort. „Sie wollte Hamburg kennenlernen. Ich habe ihr erst die Stadt gezeigt und danach sind wir Beide ein, zwei, fix auf der Matte gelandet. Mann, war die ausgehungert." Er seufzte theatralisch und hing seinen Gedanken nach. „Und das hat sich Paul von Seesen nicht lange angeguckt und ein, zwei, fix waren Sie raus aus dem Spiel mit Zytostatika."

Conny sah ihn grinsend an. Der gewichtige Mann nickte. „Ahnte ich doch nicht, dass die Dame ihm gleich nach dem Zurückkommen nach Basel das Gas einstellt. Ich hatte auch keine Ahnung, dass Paul nur wegen seiner Frau so reich war. Dachte, er habe sich alles eher selbst erarbeitet. War doch der Mann im Haus. Aber nein, er brauchte sie und ihr Geld. Das wusste ich nicht. Leider, muss ich sagen! Nun ja, ist vorbei. War echt keine gute Zeit für mich. Hätte es gerne weiter so mit ihr laufen lassen. War ne echt Süße. Aber nun ja..." Es klingelte an der Tür. Boris Kaluvka zuckte zusammen und sah mit riesigen Augen die Kommissare an. „Was nun, wer macht auf?" Georg Weissner stand auf und öffnete die Tür. Ein Polizist stand davor. Mit wenigen Worten bat er den Kollegen herein und stellte ihm den Apotheker vor. „Herr Kollege Weiß wird nun zu Ihrem Schutz vor der Tür stehen. Bitte behandeln Sie ihn gut." Boris Kaluvka war sich nicht zu schade, aufzustehen und dem jungen Polizisten die Hand zu geben. „Vielen, herzlichen Dank, Herr Weiß", murmelte er und sah zu Boden. Conny sah ihren Kollegen an und zeigte auf die Tür. Schorsch nickte und sie verabschiedeten sich von Boris Kaluvka, der plötzlich aufblühte und wieder Farbe in Gesicht und Haut bekam. Er war dabei, einen Stuhl aus der Küche zu holen, um dem Polizisten die Wahl zu lassen, ob er sitzend oder stehend auf ihn aufpassen wollte. Im Treppenhaus sah Conny ihren Kollegen an, verzog ihr Gesicht und murmelte: „Schoiin Schiet!"

Weissner nickte ihr zu, hielt ihr die Tür auf und zeigte Richtung Auto. Dort angekommen, trommelten beide Kommissare auf die Ablage des Autos und Georg Weissner brüllte auf. „Es ist doch einfach nicht zu fassen. Kaum hast du den potentiellen Mörder, dreht sich die ganze Geschichte. Plötzlich sitzt da ein mehr als armes Würstchen und klappert vor Angst, dass ein Mörder vor der Tür stehen könnte. Dabei war ich nur wenige Minuten vor unserem Eintreffen am Haus felsenfest der Meinung, nun träfen wir auf den Mörder von Jens Andresen, Paul von Seesen und Stefan Schomann." Conny nickte und griff ihren Kollegen an den Arm: „Ja, Schorsch, mir ging es genauso. Allerdings bin ich sehr froh, dass du nur die drei Männer genannt hast. Ich weiß nicht warum, aber ich glaube, der Mord am Klinikarzt ist eine gänzlich andere Nummer." Georg Weissner hatte den Wagen gestartet. „Wo willst du jetzt hin?" Conny richtete sich auf. „Ich will zu dem Benjamin Wolf, dem Freund der Tochter Karla vom ersten Toten Bertram von Öxstedt. Der hat uns damals doch glaubhaft versichert, er habe den Mann neben den Mülltonnen am Haus der Öxstedts gesehen. Ich habe mehrere Fotos mit und möchte ihn fragen, wen er darauf erkennt." Ihr Kollege brummelte: "Das war Elbchaussee oder?" Conny nickte. „Ja, ich sag dir Beschied, wenn wir kurz vor dem Haus der Wolfs sind." Einige Zeit später zeigte Conny auf die Straße. „Wir sind knapp hinter dem Altonaer Rathaus. Jetzt circa 10 Minuten, dann geht es rechts auf die Einfahrt. Wir fahren über einen kleinen sehr schönen parkähnlich angelegten Garten bis zum Haus". Ihr Kollege wieherte: „Hör ich da grad ein wenig Neid aus dem, was Du sagst?" Conny sah ihn an und grinste. „Nö, eigentlich bin ich ganz zufrieden mit meiner kleinen Wohnung in Winterhude. Aber auf solche Protz-Hütten stand ich schon mein ganzes Leben nicht. Fand es nur damals sehr nett, als wir den ersten Fall dort übernommen haben. „Georg Weissner lachte immer noch. „Es ist doch spannend, was Männer und Frauen an unterschiedlichen Erinnerungen haben. Du hast den Park zum Haus im Kopf und ich nur den Jaguar und dessen steckender Schlüssel bei laufendem Motor." Conny kicherte." Das erinnere ich zwar auch noch, hat aber Null Priorität in meinem Kopf." Beide Kommissare stiegen aus. Conny klingelte und eine ihnen fremde Frau öffnete. „Ja, bitte?" Conny stellte sich und Georg vor und fragte nach dem Sohn des Hauses. „Der ist oben in seinem Zimmer. Bitte nehmen Sie kurz unten im Wohnzimmer Platz, ich sag ihm Bescheid. Er wird sicher gleich unten bei Ihnen sein." Georg nickte und betrat den Wohnbereich, Conny folgte ihm. Nur wenig später kam Benjamin Wolf zu ihnen. Er setzte sich auf eines der Sofas und sah Conny erwartungsvoll an. Sie erklärt ihr beider Kommen und bat den jungen Mann noch einmal, sich an den Mann an den Mülltonnen des Hauses zu erinnern. Benjamin Wolf antwortete sofort. „Groß, hochgewachsen. Irgendwie stattlich, sah der

Typ aus. Dunkle kurze Haare, schon etwas angegraut. Ich schätze den auf knapp fünfzig, oder etwas älter." „Wo genau waren Sie, als Sie den Mann entdeckten." Weissner war neben das Sofa des jungen Mannes getreten. „Meine Freundin und ich waren unten an der Elbe, haben kurz in der Strandperle noch einen heißen Punsch getrunken und sind dann durch das Treppenviertel hoch zu unserem Haus. Wir kamen von links, sind in die Einfahrt gebogen, von dort hat man einen super Blick geradeaus zu der Ecke des Hauses, wo eben auch im hinteren Bereich die Mülltonnen stehen." Conny nickte, sie hatte sofort ein Bild vor Augen, wie sich die beiden jungen Leute dem Haus genähert hatten. Sie klickte auf ihre Fotos und zeigte als erstes das Bild von Boris Kaluvka." Kennen Sie diesen Mann?" Der junge Mann schüttelte den Kopf. „Zu breit, zu massig und die Haare zu lang und ja eher dunkelblond. Nein, der war es nicht." Conny klickte auf ein neues Foto. Stefan Meerwald erschien auf ihrem Handy. Benjamin Wolf nahm ihr das Handy aus der Hand und nickte: „Klar, der ist es. Braungebrannt war das Gesicht und er sah auf eine bestimmte Art und Weise gut aus." Weissner lehnte sich vor. „Herr Wolf, sind Sie sich da ganz sicher? Wirklich 100-prozentig sicher? Sie sagten damals aus, der Mann hätte im Dunklen gestanden und sei schlecht zu erkennen gewesen." Wieder nickte der junge Abiturient. „Ja, ich bin absolut sicher. Der wollte zwar nicht gesehen werden, aber genau dieser Mann war es!" Er tippte auf

Connys Handy. Sie vereinbarten, dass der junge Mann am nächsten Tag eine schriftliche Aussage machen würde und baten ihn, ins Präsidium zu kommen. Conny stieg ins Auto und sah leicht ratlos ihren Kollegen an. „Ab zu Frank Meerwald. Sag, hast Du das erwartet? Ich bin ziemlich platt, war so sicher, dass der Meerwald mit den ganzen Morden nichts zu tun hat." Georg hatte den Motor gestartet und der BMW glitt in den Verkehr. Mit einem Kopfschütteln blickte er Conny an. „Mein Gespür sag mir schon die ganze Zeit, dass da irgendwas verkehrt läuft. Ich denke, wir verknüpfen da etwas, was nicht zusammengehört, liebste Conny. Zeitlich liegen die Morde dicht aufeinander, aber inhaltlich vielleicht gar nicht." Conny guckte ihn etwas verdutzt an und er fügte hinzu: „Der Chefarzt von Ötzstedt war der erste Tote. Nachweislich hat der aber weder mit Jens Andresen noch Stefan Schomann etwas zu tun gehabt. Auch mit der Chemotherapie-Truppe, die sich alle extrem, aber scheinbar völlig legal bereichert haben, hatte der Chefarzt Null Kontakte. Wir haben also einen Toten, wo das Motiv bis heute völlig im Dunklen liegt. Das sieht bei den anderen Toten gänzlich anders aus: Paul von Seesen suchte sich Apotheker und den Onkologen für sein Geschäftsmodell aus: Jens Andresen, Stefan Schomann und Boris Kaluvka. Der Letzte und Einzige lebt noch und hat, wie wir beide erfahren haben, mächtig Angst, er könne der nächste Tote in der Truppe sein." Conny schüttelte den Kopf. „Klar, Motiv beim Chefarzt suchen wir noch, aber immerhin wissen wir, dass auch ihm dieses Dreckszeug gespritzt worden ist! Schorsch reagierte sofort: „Nachdem er nachweislich erstickt wurde durch einen Strang oder eine dickere Schnur. Und wir haben unseren ehrenwerten Krankenpfleger Frank Meerwald, der zudem nachweislich am Haus des Chefarztes gesehen worden war. Ein Mann, von dem wir bis eben davon ausgegangen sind, dass der Typ noch nicht mal eine Fliege was zuleide tun könnte." Conny kicherte. „Deshalb sagst Du ehrenwert'? Komm, wir müssen zu Meerwald. Der ist wichtig jetzt." Weissner nickte und sagte brummig: „Schon on the road". Sie hatten Glück und der Krankenpfleger war wirklich zuhause. Er stand in seiner Küche am Herd und kochte. „Mögen Sie etwas mitessen, ich habe noch eine wirklich gute portugiesische Suppe im Angebot." Obwohl Conny schon Hunger verspürte, lehnten beide Kommissare dankend ab. Sie konfrontierten Meerwald mit der Aussage von Benjamin Wolf. Der Mann schnaufte kurz auf und stellte den Topf vom Herd. Er nickte und atmete schnell ein und aus. „Ja, das stimmt. Ich habe mich dort aufgehalten. Ich kann mich sogar an den Abend erinnern, als die jungen Leute dort die Auffahrt hochkamen. Sie haben gescherzt und gelacht, wirkten sehr verliebt. Ich habe immer schon gedacht, dass mindestens der junge Mann mich gesehen haben müsste." „Was wollten Sie dort?" Man steht doch nicht einfach so hinter einem Haus und versteckt sich hinter den Mülltonnen." Georg Weissner konnte es selbst kaum fassen, aber er war nicht nur aufgebracht, sondern auch regelrecht empört. Conny hatte sich leicht abgewendet, nahm ihr Handy in die Hand, um einen Polizeiwagen zu rufen. „Wir müssen Sie bitten, mit uns ins Präsidium zu kommen. Wir warten noch auf einen Wagen für Sie und fahren dann zur Vernehmung gemeinsam." Frank Meerwald nickte. Er sah sehr bedrückt aus. „Ja, klar. Ich hole mir nur etwas zum Anziehen, dann bin ich soweit." Schorsch gab es auf, weiter nachzufragen. „Möchten Sie noch kurz Ihre Suppe aufessen," fragte Conny. Der Krankenpfleger schüttelte den Kopf. Leise sagte er zu Conny gewandt:" Das ist sehr nett von Ihnen, aber mir ist der Appetit vergangen." Er schnaufte leise und alle gingen Richtung Haustür. Vor der Tür stand wenige Minuten später schon ein Streifenkollege und nahm den Krankenpfleger in Empfang. „Wir sehen uns gleich bei uns im Büro", sagte Conny und stieg zu Weissmer in das Auto. Ruhig fuhren Sie hinter dem Polizeiauto her. Weissner schüttelte ein ums andere Mal den Kopf, sagte allerdings nichts. Conny atmete tief ein und aus. „Schorsch, wir wissen noch nicht, warum Frank Meerwald hinter dem Haus des von Öxstedt stand. Das wird er uns sicher noch erklären. Aber wir müssen genau an diesem Punkt weiterarbeiten. Egal, ob wir den Verdächtigen mögen oder auch nicht. Es wird einfach Zeit, zum Ziel zu kommen. Mensch, wir ‚hühnern' schon viel zu lang an diesem Fall herum.

Unser Schreibtisch quillt über und wir brauchen endlich mal wieder auch den Kopf frei für Anderes." Weissner sah zu ihr hinüber und nickte zu ihren Worten. „Hascht ja Recht, Conny. Aber ich werde das Gefühl nicht los, dass uns da einer gründlich auf den Arm nimmt. Irgendwas haben wir übersehen und ich weiß nicht, was. Das macht mich so unzufrieden, irgendwas läuft völlig verkehrt." Das Telefon klingelte. Maike war dran. „Sind auf dem Weg zu Euch", krähte Conny ins Handy. „Haben den Frank Meerwald im Streifenwagen, der soll gleich zu uns gebracht werden." Erklärend fügte sie hinzu. „Er ist erkannt worden von einem Zeugen. Stand beim ersten Toten, dem Bertram von Öxstedt hinter den Mülltonnen neben dem Hauseingang. Hat sich wohl versucht, zu verstecken, aber der junge Benjamin Wolf hat ihn heute sofort erkannt." Mit wenigen Worten war Maike Scholz eingeweiht und sie fuhren nach Alsterdorf.

16.

Maike hatte ihnen schon eine Kanne Kaffee aufgesetzt,
gemütlich blubberte die Kaffeemaschine, als sie das
Büro betraten. Conny bedankte sich und griff zu zwei
Kaffeetassen. „Oh, ja. Das is' fei guard!" Auch Georg
freute sich und warf sich in seinen Sessel. Mit einem
Blick auf den hereingebrachten Frank Meerwald fragte
Conny: „Mögen Sie auch einen Kaffee?" Der
Krankenpfleger nickte und bedankte sich, als Conny
ihm eine Tasse auf den Tisch stellte. Die gute
Stimmung sollte jedoch damit gleich zu Ende sein,
denn Meerwald beugte sich vor und sah beide
Kommissare an: „Es tut mir sehr leid für Sie, aber ich
mache von meinem Recht auf Aussageverweigerung
Gebrauch. Sie werden von mir nicht erfahren, warum
ich hinter den Mülltonnen dieser Villa an der
Elbchaussee stand. Ich weiß weder wer da wohnt, noch
weiß ich, warum ich dort stand. Vielleicht ein Spaß,
eine witzige Täuschung. Keine blasse Ahnung. Ich kann
Ihnen da leider gar nicht weiterhelfen." Weissner
schnappte nach Luft. „Ach, jetzt spielen Sie den
Geheimnisvollen? So, ich sag Ihnen jetzt mal was:
Entweder Sie sagen aus, was Sie da zu suchen hatten
oder ich schreibe gleich in Ihrem Beisein, den Bericht
zur Verhaftung Ihrer Person wegen des Verdachts, den
Chefarzt der Klinik in seinem Auto ermordet zu haben.

Herr Meerwald, das ist kein Spaß! Hier geht es um Mord! Kalten, vorsätzlichen Mord. Ist Ihnen das klar?" Conny setzte nach: „Wir gehen davon aus, dass Sie den Öffnungsmechanismus der Türen des Jaguars elektronisch manipuliert haben. Wir wissen, dass Sie kundig genug sind, genau so etwas zu tun. Und wie mein Kollege ganz richtig sagt, sind Sie damit auch potentiell der Mörder von Herrn Dr. Bertram von Öxstedt. Es liegt eindeutig in Ihrer Hand, uns vom Gegenteil zu überzeugen." Der Krankenpfleger war blass und wirkte getroffen. Er schüttelte den Kopf und murmelte leise: „Nein, nein, nicht wirklich!" Zu den Kommissaren gewandt, sagte er etwas lauter: „Es ist wie ein Alptraum. Wirklich, glauben Sie mir bitte. Ich habe damit gar nichts zu tun. Rein gar nichts!!" Ohne jede weitere Aussage, aber nach einem mehrstündigen Verhör ließen die Kommissare Frank Meerwald ins Untersuchungsgefängnis bringen. Frustriert saßen sie vor ihrem Tisch, Conny war fast den Tränen nahe. „Sapperlot, das gibt's doch nicht", schimpfte Weissner. Conny sah ihn an. „Der deckt jemanden, da bin ich ganz sicher. Mensch Schorsch, wir irren uns doch sonst nicht so in der Einschätzung von Menschen und Tatverdächtigen. Der stand hinter den Mülltonnen beim Anwesen des Herrn von Ötzstedt. Der sollte mit seinem elektronischen Gerät die Türen des Jaguars öffnen. Als er das gemacht hatte, ist er dann wieder weg. Gretchenfrage ist nun: „Für wen hat er die Türen geöffnet? Wenn wir das wissen, haben wir auch den

Mörder! Lasst uns die Wohnung von Meerwald auf den Kopf stellen. Da muss doch das Gerät noch zu finden sein." „Ja und dann?", fragte Georg gefährlich ruhig zurück. „Na ja, dann wissen wir, dass Frank Meerwald daran beteiligt war." „Ja und dann?" Georg Weissner schüttelte den Kopf. „Conny, Du hast den Typen erlebt. Den können wir dreißig Jahre einsperren, aber der wird uns den Namen des Mörders nicht nennen." Conny lachte auf: „Entschuldige Schorsch, aber wir leben immer noch in einem Rechtssystem. Selbst wenn wir es wollten, wir könnten Frank Meerwald auf keinen Fall so lange in U-Haft lassen. Das unterschreibt uns kein Staatsanwalt. Wir müssen uns anschauen, warum uns Meerwald nichts erzählen will. Da ich annehme, dass wir beide ihn immer noch zu den Guten zählen, muss er einen verdammt triftigen Grund haben, uns den Namen nicht zu verraten." Missmutig setzte Conny sich an ihren Rechner und tippte lustlos in die Tasten. Auch Georg hatte seinen ursprünglichen Schwung verloren und schüttelte das eine ums andere Mal den Kopf. Maike kam an ihre Schreibtische und schaute sich die beiden Kommissare an. „Mensch, Leute, nicht aufgeben. Wir werden sicherlich was Entscheidendes finden. Ihr hattet doch gesagt, der Frank Meerwald ist auf keinen Fall ein Mörder. Den, den Ihr sucht, der läuft aber immer noch draußen frei herum". „Hörscht Maike, dass ist grad mal wenig motivierend." Auch Conny war leicht genervt. „Lass es doch einfach, Maike", knurrte sie.

Das Telefon klingelte und sowohl auf dem Diensthandy von Conny wie auch zeitgleich bei Weissner. Conny nahm das Gespräch an. Ihre Augen weiteten sich. „Wir sind unterwegs. Danke Herr Weiß." Sie sprang auf und gab Georg ein Zeichen. „Sofort los, es gab einen versuchten Anschlag auf den Kaluvka. Er ist verletzt, aber nicht schwer. Der Rettungswagen ist schon da." Während die Kommissare die Treppen zum Parkhaus hinunterliefen, erzählte Conny die weiteren Informationen: „Es soll eine Frau an der Tür gewesen sein, die den Boris Kaluvka besuchen wollte. Als der Schupo den Apotheker zur Tür bat und der die Frau an der Tür erkannte, soll er laut aufgeschrien haben und entsetzt zurückgesprungen sein. Ein Messer steckte im Schulter-Armbereich. Polizist Weiß kann allerdings nicht genau sagen, ob der Aufschrei vor dem Messerangriff kam oder erst hinterher. Er hat seinen Kollegen unten im Wagen angerufen und informiert, um die Frau festzunehmen, dann den Rettungswagen gerufen und sich um den zusammengebrochenen Apotheker gekümmert." Conny hört ihm zu und schüttelte den Kopf. „Haben sie die Frau gefasst?" Schwer atmend waren sie am Auto. „Nein, leider ist sie den Schupos entwischt. Aber das ganze Viertel ist um die Wohnung von Kaluvka abgesperrt, wir kriegen sie, da bin ich sehr sicher." Maike war am Telefon und gab ihnen die Adresse des Krankenhauses durch, in dem der Apotheker behandelt wurde. „Er scheint einen Riesenschreck bekommen zu haben, die Wunde ist dagegen harmlos. Vor dem Behandlungszimmer sind zwei Polizisten stationiert, da kommt keiner zu ihm durch." In der Klinik mussten sie ihre Ausweise vorlegen, wurden von einer jungen Polizistin über die Flure geführt. Im 2.Stock des Marienkrankenhauses gab es erneut Ausweiskontrolle, dann wurde ihnen die Tür geöffnet. Boris Kaluvka saß auf seinem Bett und sah ihnen entgegen. „Na, dass war keine große Polizeiaktion, oder?" scherzte er schon wieder. Weissner schüttelte den Kopf und sah auch Conny an. „Nein, eine Heldentat war das nicht, aber wer kann denn wissen, dass trotz des Schutzes vom Kollegen Weiß Ihnen jemand so dicht kommen kann? Kannten Sie die Frau?" Der Apotheker nickte. „Ja, klar. Ist zwar schon lange her, als wir uns das letzte Mal gesehen haben, aber wir kennen uns. Angenehm fand ich diese Frau nie, hab auch immer versucht, möglichst nicht in den direkten Kontakt mit ihr zu gehen, aber das eine oder andere Mal, ließ sich ein Wiedersehen nicht vermeiden. Oft genug hatte der Stefan Schomann ja eingeladen. Das waren nette Partys dort bei ihm im Haus, nur die Meissner passte mit ihrem Auftreten gar nicht zu uns. Prollig und dämlich, eine ganz schlimme Mischung. Irgendwann hat Frank Meerwald aber kapiert, dass sie von uns und vor allen Dingen von Stefans Frau nicht gerne gesehen war. Da sind echt Dinge passiert, dass ging auf keine Kuhhaut! Echt, völlig unmöglich hat die Meissner sich dort benommen." Conny nickte. „Ja, haben wir auch schon gehört. Ungefragt an den Kühlschrank und solche Sachen." Kaluvka nickte. „Ja und die kleinen Kinder ins Haus geschickt, damit sie in Ruhe auf einer Sonnenliege im Garten liegen konnte. Unglaublich war das. Mir tat der Frank immer so leid. Das war so ein patenter und netter Mensch. Mit dieser Frau war der echt gestraft." Weissner setzte nach: „Was hat die Caroline Meissner zu ihnen gesagt, als sie vor Ihnen an der Tür stand?" Der Apotheker schüttelte den Kopf und atmete tief ein und aus. „Nichts hat sie gesagt. Ich habe nur ihre dunklen, hasserfüllten Augen gesehen. Da war so ein Brennen drinnen, das hat mir totale Angst gemacht. Und dann sah ich nur ihren ausgestreckten Arm und spürte den Schmerz in der Schulter. Das ging so schnell alles. Ich glaube, ich habe mich noch kurz zur Seite gedreht, ganz intuitiv." Conny nickte: „Damit haben Sie ihre Herzseite geschützt, das war ein sehr guter Impuls." Boris Kaluvka lachte kurz auf. „Ja, vielen Dank. Ich habe als junger Erwachsener damals Kampfsport gemacht. Da muss doch etwas hängengeblieben sein. Hätte wohl alles schlimmer kommen können oder?" Weissner sah Conny an und nickte. „Ja, das hätte schlimmer kommen können. Ihr damaliger Kollege hatte leider nicht soviel Glück. Den hat es kalt vor der eigenen Haustür erwischt". Kaluvka nickte. „Der Jens Andresen... ich weiß! Ich habe es in der Zeitung gelesen. Mir war damals schon klar, dass es gegen uns und unsere Truppe ging."

Conny fragte nach. „Was genau kann die Caroline Meissner gegen Sie und die Anderen gehabt haben? Gab es einen Streit oder interne Konflikte?" Boris Kaluvka schaute zum Fenster und nahm sich Zeit, zu überlegen: „Ich glaube, das war irgendetwas Privates. Frank hat darüber nie direkt gesprochen, aber irgendwie hatte die Frau was gegen die Chemotherapie. Er meinte mal, dass Caro zwar seine Arbeit sehr schätze, weil er den Krebspatienten helfe, nur mit den Medikamenten der Chemo habe sie ein großes Problem. Ich weiß es nicht genau, aber Frank hatte damals kurz angedeutet, dass sie schlimme Erfahrungen gemacht habe und meinte, die seien rein zum Töten und Morden von Menschen hergestellt worden. Diskussionen hat sie nie zugelassen, entweder sie verließ den Raum oder sie schrie die Leute zusammen, die eine andere Meinung hatten." „Wie lange werden Sie noch in der Klinik bleiben?", fragte Conny. Kaluvka sah sie an und zuckte mit den Schultern: „Ich denke, nicht mehr als zwei, drei Tage, das wird schnell gehen, ich habe eine gute Heilhaut." Weissner nickte und wünschte ihm weiterhin eine gute Genesung. „Wir werden Ihnen noch zwei Kollegen als Schutz vor die Tür stellen, nicht wundern, wenn Sie aus dem Zimmer wollen, Sie haben zurzeit Begleitschutz." Nach einem weiteren Dankeschön des Apothekers gingen die Kommissare. An der frischen Luft atmete Conny tief ein und aus. „Mensch Schorsch, auf die Meissner wäre ich nie gekommen. Hat die uns verladen mit ihrer Unbeweglichkeit und ihrem dummen Gehabe? Ich glaub' s ja nicht!" Auch Weissner schüttelte den Kopf: „Nein, mir war die schon fast gedanklich entfallen. Einzig den Gestank hatte ich noch im Kopf gehabt, aber mehr nicht. Ich hoffe, die Kollegen kriegen die Frau. Jetzt macht plötzlich alles einen Sinn. Wir müssen zu Meerwald, der kennt den ganzen Hintergrund von der Caroline Meissner, der weiß genau, warum sie so einen Hass schiebt, lass uns los." Conny schaute auf ihre Armbanduhr. „Schorsch, das müssen wir auf morgen früh verschieben, im Untersuchungsgefängnis kriegen wir keinen Einlass mehr um diese Zeit." Schorsch guckte auf sein Handy. „Mmmh, stimmt. Nein, dass wird nix mehr. Lass uns irgendwas Nettes noch machen, irgendwo ein feines Bierchen trinken und etwas Leckeres zum Essen bestellen." Conny nickte und überlegte kurz: „Wir sind nicht weit von Winterhude entfernt, sag doch mal Pizza, Schorsch." Ihr Kollege lachte, klatschte in die Hände. „Jawoll, eine echt portugiesische Pizza hätte ich gerne!" Mit einem Blick auf Conny sagte er: „Rufst Du ihn an oder soll ich das für dich übernehmen?" Conny wirkte verwirrt. „Was meinst Du Schorsch", fragte sie. „Na, nun sag mal, Conny! Willst du Kai nicht dazu bitten oder ist mir entfallen, dass Ihr Euch getrennt habt?" Conny sah ihren Kollegen an und lachte lauf auf. „Du, ich habe seit fast drei Tagen nichts von Kai gehört, irgendwie habe ich ihn gar nicht auf dem Zettel zurzeit. Aber klar, Du hast ja Recht. Ich rufe mal an und frage einfach nach. Nur lange warten, bis er da ist, will ich nicht." Sie griff zum Handy und wählte Kai's Nummer. Das Läuten klang schräg in ihren Ohren. Sie zuckte die Schultern und legte wieder auf. „Also nur wir zwei Hübschen, fahr einfach weiter Schorsch, ich habe riesigen Hunger." Sie fanden einen Parkplatz neben dem Restaurant, beide jubelten und stiegen aus. Da klingelte das Handy von Conny. Mit einem Seitenblick auf ihren Kollegen nahm sie ab. „Hey Kai, was gibt es?" Sie sprach kurz mit ihrem Freund und zeigte zum Eingang. „Nein, alles gut Kai. Wir wollten nur nachfragen, ob du mitkommen willst. Alles gut. Nur keinen Stress. Küss Dich, Tschüssi." Am Tisch schüttelte Conny den Kopf. „Der ist voll im Stress, hat diese Woche mehr als dreißig Überstunden zuzüglich zur Dienstzeit. Der ist völlig platt, liegt jetzt schon im Bett und versucht endlich wieder zusammenhängend fünf Stunden Schlaf zu kriegen". Weissner schüttelte den Kopf. „Mensch, die verheizen doch ihre Schupos, das geht doch nicht!" Auch Conny seufzte: „Nein, das geht echt gar nicht. Aber ich bin auch selbst so in unserem Fall drinnen, da denke ich selbst kaum an die schöne gemeinsame Zeit mit Kai. Manchmal glaube ich, ich bin gar nicht beziehungsfähig, weil er in meinem Kopf so wenig Raum einnimmt." Schorsch schüttelte den Kopf. „Das darfscht ga nich denken. Ga nie nicht, hörscht?!" Conny grinste ihren Kollegen an. Das Essen kam rasch. Beide fielen über ihre Mahlzeit her, sie schwiegen bis zum letzten Bissen. Dann lehnte sich Conny zurück und atmete tief ein. „Man, was war das gut." Beim darauffolgenden Espresso sah Conny Schorsch an. „Sag, kannst Du dir die Caroline Meissner als Mörderin vorstellen?" Weissner rührte in seiner kleinen Tasse und zuckte kurz die Schultern. „Ja und nein. Wenn ich sie mir vorstelle, wie sie bei uns im Präsidium war, mit ihrer Unförmigkeit und Unbeweglichkeit, dann eher nicht. Aber wenn sie das nur gespielt hat und eigentlich fitter ist, als wir denken, dann ja." „Conny nickte. „Ja, ich konnte mir schon vorstellen, dass sie den Boris Kaluvka angegriffen hat. Aber ich habe kein Bild mit ihr, dass sie den Jens Andresen so abgeschlachtet hat, wie das wirklich in der Realität gewesen sein muss." Georg Weissner lachte kurz auf. „Du meinst, das passt zu ihr, dass sie ihn in der Schulter mit dem Messer trifft, statt im Brustbereich. Weil sie doch etwas ‚paddelig' ist?" Beide lachten und Conny nickte fast dankbar: „Ja, genau, das meine ich." Das Telefon klingelte und Conny seufzte: „Ja, Maike, was gibt`s?" Einige Sekunden später hatten sie bezahlt und waren im Laufschritt auf dem Weg zum Auto. „'Paddelig', meintest Du? Mensch Schorsch, wie blöd muss man sein, um bei einem von der Polizei umstellten Viertel ausgerechnet beim Bäcker zu sitzen und ein Brötchen zu verspeisen?" Georg Weissner lachte auf und schüttelte mehrmals den Kopf. „Nein, das ist weder ein guter Platz, noch eine gute Tarnung. Aber wir fragen sie gleich am besten selbst." Im

Präsidium war schon alles vorbereitet. Caroline Meissner saß im Verhörraum, ein Polizist stand vor der Tür und Maike hatte ihnen sogar einen frischen Kaffee aufgesetzt. „Moin", Conny stapfte in den Verhörraum. Georg war dicht hinter ihr und begann als erstes mit der Frage: „Wollten Sie gefasst werden oder warum sitzen Sie mitten im Verkaufsraum eines Bäckers und muffeln ein Brötchen?" Caroline Meissner schniefte kurz auf, dann brach es aus ihr heraus. „Ja, was sollte ich denn machen? Einfach nach Hause gehen, wäre mir auch lieber gewesen. Ich bin ungerne unterwegs, ich fühle mich zuhause doch ganz wohl. Und dann war, egal wo man hingehen wollte, alles voll von „Bullen". "Polizei heißt das", knurrte Weissner. „Na, sach ich doch." Caroline Meissner blieb ungerührt. Conny fragte weiter: „Woher kennen Sie den Boris Kaluvka?" Die dicke Frau schniefte wieder. „Dieser Dödel gehörte doch zur Truppe um den Pharma -Typen. Ich habe den öfter mal gesehen, als ich noch mit Fränki zusammen war. Nett, war der nie. Aufgeblasen, arrogant und wenn der besoffen war, konnte der richtig gemein werden." „Wieso haben Sie ihn angegriffen mit einem Messer?" „Na, weil der doch Schuld daran hat, dass der Fränki nun im Knast ist. Der hat doch dafür gesorgt. Ich habe gedacht, nun kann sich Fränki nicht wehren, dann mach ich das für ihn." Sie schniefte wieder. Conny zog die Kleenex-Box vom Tisch heran und sagte: „Nehmen Sie!" Die Frau nickte dankbar und griff sich ein paar Tücher und schnaubte laut aus. „Kennen Sie auch den anderen Apotheker?" „

„Den Jens, ja klar, den kenne ich auch. Das ist ein ganz Netter gewesen, hat mir immer Lutschpastillen geschenkt, falls mal ein Husten im Anmarsch ist." „Wen kennen Sie noch von der „Truppe", wie Sie sagen?" Conny sah Schorsch an und der nickte ihr kurz zu. „Na, den Paul kannte ich auch, aber nicht gut. Der ist ja nun auch schon dahin, ich hab´s in der Zeitung gelesen. Dann den Jens, den Boris und den Stefan. Bei dem hat ja Fränki bis zuletzt gearbeitet, bevor er nach Portugal ging. Der war mit dem Stefan früher ganz gut befreundet, aber das ist dann auseinandergegangen, weil Fränki fand, dass der Stefan unehrlich geworden war." „Woher kennen Sie den Bertram von Öxstedt", Conny hatte Schärfe in ihre Stimme gebracht. Die Frau starrte sie an, wurde abwechselnd blass und rot im Gesicht. Ihre Stimme schien nicht zu funktionieren, sie röchelte, kein Ton kam über ihre Lippen. Sie schaute hilflos zu Weissner. Der versuchte einen milden Blick. „Sie kennen den Chefarzt, oder?" Die Meissner nickte. „Ja..., den kenn ich auch." „Woher kennen Sie Herrn von Öxstedt? Sagen Sie uns das bitte, Frau Meissner." Die polterige Frau wirkte ganz verstört, ließ sich aber gerne auf die fürsorgliche und ruhige Stimme vom Kommissar ein. Sie suchte nach Worten. „Der war mit meiner Tochter zusammen. Dieses Dreckschwein hatte sie geschwängert..." Conny stand kurz der Mund offen. "Was ist passiert?" Nun sah Caroline Meissner auch Conny in die Augen. „Sie hatte damals ein Praktikum in der Klinik gemacht. Da hat sich der Typ an sie rangemacht. Als Dolly von ihm schwanger war, hat er erst für den Schwangerschaftsabbruch des Kindes gesorgt und sich danach von ihr getrennt. Sie hat das alles nicht überwunden...!" Conny fragte nicht weiter, sondern ließ die Frau erstmal ihre Trauer leben. Sie holte eine Packung Tempotaschentücher aus ihrer Tasche und reichte diese an Caroline Meissner. Die Frau bedankte sich durch ein kurzes Nicken und bat, um ein neues Taschentuch. Conny gab ihr die Packung in die Hand und sagte: „Nehmen Sie bitte." Dann fragte sie leise und vorsichtig: „Was ist dann passiert?" Die korpulente Frau schniefte in ein Taschentuch, sah Conny an und sagte: „Nichts. Sie ist einfach gegangen. Hat bei sich zuhause den Gashahn aufgedreht. Das war es. Kein Abschied, kein Brief. Einfach nichts. Sie hat es nicht überleben wollen, hatte der Arzt damals gesagt, der den Totenschein ausgefüllt hat." Conny schüttelte den Kopf. „Wie schrecklich! Das ist wirklich furchtbar. Es tut mir sehr leid für Sie." Caroline Meissner hatte sich wieder gefangen. „Ja, das war eine schlimme Zeit. Wir hatten nicht wirklich einen guten Kontakt. Ich habe sie großgezogen, mit allem, was dazu gehörte, aber gedankt, hatte sie es mir nie. Sie wollte schon früh was Besseres sein, hat sich an ihren Vater geklammert. Ein Mann von Welt, hat sie früher immer gesagt. Dass der Typ ein Gauner und Betrüger war, das hat sie nie interessiert. Wenn er mal in Hamburg war, hat er sie schick ausgeführt. Einmal sogar ins Hotel

Atlantik und sie durfte bestellen, was sie wollte. Danach hat er sich wieder zwei Monate nicht blicken lassen. An ihrem Geburtstag kam eine Karte aus Las Vegas. Da hat sie immer drauf geguckt, bevor sie einschlief am Abend. Was für ein ‚Schwachmaat‘, aber für meine Dolly war es der Traum-Papa." Georg schaltete sich ins Gespräch ein. „Die riesige Wut auf den Arzt kann ich Ihrerseits ja verstehen, aber da liegen doch Jahrzehnte zwischen der Affäre Ihrer Tochter und seinem Tod." Caroline Meissner sah Georg verständnislos an. „Nicht Jahrzehnte, das „e" am Ende ist verkehrt. Meine Dolly ist vor zehn Jahren und nun mittlerweile sechzehn Tagen tot." Conny ergriff den Kalender, der im Kommissariat an der Wand hing. Sie schaute in ihr kleines Notizbuch und rechnete nach. „Wieso haben Sie sich erst nach 10 Jahren gerächt an dem Chefarzt? Ich verstehe es nicht. Bitte sagen Sie es mir." Die Frau wiegte sich leicht in der nicht vorhandenen Taille und sah Conny an. „Ich hatte erstens vorher die Kraft dafür nicht und zweitens hätte ich auch keine Ahnung gehabt, was ich ihm hätte antun können. Ich war zwar unendlich wütend, aber auch genauso hilflos. Dazu kommt, dass ich ja nun auch alleine war, ohne Fränki hätte ich mich das nicht getraut. Aber dann habe ich so einen amerikanischen Krimi gesehen, so eine Sendung, die regelmäßig im Fernsehen läuft. Da gab es so einen Fall, dass jemand ein Auto mit so einem elektrischen Gerät geöffnet hatte. Der Typ im Krimi wollte das Ding ja klauen, aber ich wollte das Auto ja nur einfach öffnen und mich reinsetzen und warten, bis der von Öxstedt kommt." Conny fragte nach: "Und? Haben Sie sich reingesetzt?" Caroline Meissner nickte eifrig. „Ja, das habe ich. Der Fränki hatte ja das Gerät, mit dem man das Auto öffnen konnte. Also klick, das Auto geöffnet, habe mich hinten reingesetzt und gewartet. Der Mann ist ja immer ganz früh morgens schon zur Arbeit gefahren. Ich habe da so nachts gesessen und plötzlich kam die ganze Wut wieder nach oben. Ich habe ihn gehasst dafür, was er mit meiner armen Dolly gemacht hatte. Und als er dann wirklich einstieg, habe ich mich erst erschrocken, bin hoch, hab ihm nur den Strick, der eigentlich früher mal ein Schal werden sollte, um den Hals gelegt und ganz festgezogen, bis der sich nicht mehr bewegt hat. War eigentlich ganz schön einfach! Ein bisschen Gezappel und dann nichts mehr. Bin schnell raus, damit niemand mich sieht." „Wusste Frank Meerwald, dass Sie den Arzt umbringen wollten?" Caroline Meissner sah Conny groß an und schüttelte den Kopf. „Nee, das wollte ich ja vorher auch gar nicht. Das hat sich nur so ergeben, als ich im Auto saß und über mein armes Mädchen nachgedacht hatte. Der Fränki war auch völlig fertig, als er hörte, dass der Arzt tot war." „Aber der Frank war doch in Portugal, als Sie den Bertram von Öxstedt ermordeten. Haben Sie das Auto wirklich alleine aufgeschlossen?" Die Meissner nickte stolz: „Jupp, das konnte ich mit dem Ding auch alleine machen. War darauf programmiert. Einmal klicken und auf war die schicke Karre!" Weissner mischte sich ein: „Was war das für ein Schal, mit dem Sie den Arzt erstickt haben?" Die Frau wurde leicht unsicher. „Na ja, eigentlich sollte dass mal ein Schal werden, aber dass war mir missglückt. Strick oder dickes Seil passt eher dazu?" „Warum denn noch die Spritze? Was für einen Sinn hatte denn das?" Wieder kicherte Caroline Meissner. „Ich hatte echt so eine Angst, dass der nicht tot ist. Ich habe das Ding mitgenommen, als ich mal Fränki aus der Praxis abgeholt hatte. Wollte eigentlich auf das WC, bin aber in den verkehrte Raum reingelascht, da war alles voll von diesen Spritzen. Kann ja nicht schaden, dachte ich bei mir und hab eine gleich eingepackt. Als ich dann aus dem Auto raus bin, habe ich kurz geguckt, Tür aufgemacht und die Spritze in den Arm gegeben. Dann war ich weg. Der Motor lief ja und irgendwann wäre die holde Ehefrau sicher davon aufgewacht." Conny nickte und schaute dann ihren Kollegen an. „Warum mussten denn die anderen Männer sterben? Warum der Jens Andresen, ich dachte, den fanden Sie ganz nett?" Eine kurze Pause entstand. Caroline Meissner begann plötzlich zu schreien und auf den Tisch zu schlagen. „Ihr seid doch bekloppt. Wieso soll ich denn das gemacht haben? Nix! Ich lass mir doch nicht sowas unterschieben." In kürzester Zeit waren zwei Polizisten da und standen neben der tobenden Frau. Conny und Meissner waren aufgesprungen und vom Tisch zurückgetreten,

„Beruhigen Sie sich, hören Sie einfach auf, alles kaputt zu machen!" Conny schrie fast, doch Caroline Meissner warf Stühle, den Tisch um und konnte sich gar nicht wieder beruhigen. Erst als mehrere Polizisten die Frau auf den Boden legten und in den Gewahrsam-Griff nahmen, hörte sie auf, zu randalieren. Keuchend lag sie am Boden. Conny kniete sich vor sie. „Gucken Sie mich an!! Bitte gucken Sie mich an!" Irgendwann schnappte die dicke Frau nach Luft und sah mit erhobenem Kopf Conny an. „Das ist eine Sauerei, was Sie mir unterstellen. Schämen Sie sich!" „Kommen Sie langsam wieder hoch und bitte beruhigen Sie sich. Niemand will Ihnen irgendwas unterstellen. Das war eine Frage!" Conny nahm den Arm der Frau und stützte sie, damit sie aufstehen konnte. Die Polizisten waren auf Abstand Richtung Tür gegangen. Weissner sah die Kollegen schmunzelnd an. "Jo, mei, das ist unser alltäglicher Job, meine Herren. Ihr denkt, wir fahren nur schick in unseren Autos rum, nein, nein!" Conny führte Caroline Meissner zu einem, der wieder aufgestellten Stühle und ließ sie Platz nehmen. Sie reichte die Klenex-Packung und die Frau wischte mit zitternden Händen über ihr nasses Gesicht. Trotzig sah sie die beiden Kommissare an. „Muss ich jetzt ins Gefängnis?" Georg Weissner blieb stehen, als er die Frage bejahte und der Beklagten ihre Rechte verkündete. Conny fügte noch erklärend hinzu, dass zunächst einmal das Untersuchungsgefängnis auf die Meissner zukäme, dann der Prozess und danach erst nach richterlichem Beschluss die Inhaftierung. „Aber Sie stecken mich doch ins Gefängnis?" Conny wollte zu einer längeren Erklärung ansetzen, als Georg den Kopf schüttelte und auf seine Armbanduhr zeigte. Kurz nickend verabschiedete sich Conny von Caroline Meissner und ging zur Tür. Plötzlich drehte sie sich um und sprach ungefragt weiter: „Wem von den ganzen Toten in diesem Fall hätten Sie es denn gegönnt? Seien Sie einfach mal ehrlich, Frau Meissner." Man sah es der Frau an, dass sie nachdachte. Conny wartete und dann kam es: „Dem Schomann hätte ich den Tod gewünscht. Das war doch echtes Ekelpaket. Der hat mit dem Leid fremder Menschen dicke Kohle gemacht." „Sie finden also, der hätte es verdient?" Auch Georg ging zurück zum Tisch und setzte sich. „Aber warum denn nicht der Kaluvka, der von Seesen und der Jens Andresen?" Wieder dachte die Meissner lange nach und antwortete eher zögerlich. „Na ja, den Kaluvka mochte ich ja gar nicht, aber den gleich unter die Erde bringen, nee, dass finde ich nicht gut. Der Zocker-Paule, der war alt. Das erledigt sich doch von alleine dann mit dem Sterben. Ja, und den Jens den mochte ich ganz gerne, so wie der war, und wie der vor allem mit mir umgegangen ist." Conny bedankte sich für die Antwort und ließ die Meissner von den beiden Polizisten abführen. Sie gingen beide sehr nachdenklich in ihr Büro. Weissner schenkte sich noch eine Tasse Kaffee ein und setzte sich Conny gegenüber. „Das war fei goard, dass Du sie noch einmal zu den Männern befragt hast. Ihr Denken ist zwar leicht eingeschränkt, finde ich, aber es entbehrt nicht einer gewissen Logik." Conny nickte und sah ihren Kollegen an. „Ich weiß noch, wie der Jens Andresen fast martialisch umgebracht wurde. Der ist doch mit viel Wut, Hass und Abscheu fast mit dem Messer zerstückelt worden. Auch der Stefan Schomann wurde mit einem Schlag auf den Kopf auf seinen Sitz geworfen, dort festgebunden und dann mit dem Gift umgebracht. Das war ebenfalls qualvoll und voller Gewalt. Der von Seesen kriegt „nur" – sag ich mal - eine Spritze Fentanyl in den Arm und stirbt so im ICE auf dem Weg nach Hannover. Mir scheint, als gäbe es ein inneres Ranking beim Mörder." Weissner sah sie an. „Los, mach weiter. Das ist prima." Conny seufzte und schüttelte den Kopf. „Ich war eher gerade auf der Schiene, ob es nicht um zwei Täter geht. Einer, der heftig böse ist und Blut fließen lassen will und ein Anderer, der zwar tötet, aber planvoll und wie bei dem Pharma-Mann eher leise und konzentriert vorgeht". Weissner nickte: „Conny, da ist was dran, das klingt gut und klärt viele Überlegungen, die ich auch schon hatte. Also kein inneres Ranking, wie du es zuerst meintest, sondern zwei Menschen, die zwar das gleiche Ziel haben, aber ganz unterschiedlich vorgehen." Conny nickte: „Ja, das Ziel ist Tod der Leute, nur die Frage ist, wie genau mache ich das? Voller Hass und Wut oder langsam und gemein, bis zum Herzstillstand des Opfers?" „Der Eine mimt den Schlachter, der

Andere den Arzt, das ist genial. Nun brauchen wir entweder einen Mörder mit gespaltener Persönlichkeit oder wir suchen zwei Personen mit genau diesen Berufen." Conny lachte auf und sagte kichernd: „Da will ich heute Abend mal ein Abendblatt besorgen und gucken, wie die Stellenanzeigen dieser Berufsgruppen besetzt sind und Du rufst in Ochsenzoll mal in der Klinik an und fragst, ob sie jemand mit einer solchen Störung grad vorrätig haben. Dann fahren wir zusammen hin und fertig ist das Puzzle der Ermittlung in diesem Fall."Weissner lachte mit, die Stimmung wurde wieder besser zwischen ihnen, dachte Conny. „Ich möchte nochmal zum Kaluvka, mir sind noch einige Fragen eingefallen, die ich ihm gerne stellen möchte. Weissner nickte und zeigte zur Tür. „Zwei Doofe, ein Gedanke! Mir ist auch noch die Frage eingefallen, was... zurzeit eigentlich mit seinem Bruder läuft, diesem Geschäftsmann in Buchholz. Das passt auch gut zu deinem „Zwei-Täter-Modell". Conny kicherte auf der Treppe. „Na ja, erst hatte wir keine Tatverdächtigen, nun haben wir eine Mörderin und zwei Tatverdächtige, von denen wir ausgehen, dass sie in diesem Mafia-Clan eine herausragende Rolle gespielt haben. Der Eine, weil er einfach raus gekickt wurde vom großen Geldregen und der Andere, weil er damit gar nichts zu tun hatte. Hmmh, Schorsch, irgendwas passt da gar nicht. Aber lass uns trotzdem los. Nun können wir ja sowohl den Meerwald als auch die Meissner besuchen, so eine U-Haft ist ja auch ganz gut." Weissner kicherte und sagte: „Ja, nur ein Arbeitsweg, dass ist ja mal wieder was für deinen Mazda." „Jippi, geht los," rief Conny und galoppierte die Treppen hinunter. Sie überlegten kurz und fuhren zunächst zu Boris Kaluvka, in der Hoffnung er möge wohl schon aus der Klinik entlassen sein. Als der Summer zur Öffnung der Haustür ging, wussten sie, dass ihr Gefühl richtig war. Oben an der Tür stand ein älterer Mann, lugte aus der Tür und sah die beiden Kommissare fragend an. Der Apotheker war zu Hause und das Glück schien ihnen hold, denn der hochgewachsene Mann stellte sich ihnen vor als Simon Kaluvka, der Bruder des Apothekers. Conny nannte ihren Namen und den ihres Kollegen, danach erst durften sie eintreten. Boris Kaluvka lag im Wohnzimmer auf dem Sofa und winkte ihnen zu. „Treten Sie bitte ein, ich habe mit Hilfe meines Bruders hier im Wohnzimmer mein Lager aufgebaut." Weissner sah den Apotheker an. „Wie geht es Ihnen?", fragte er vorsichtig. Der Mann zeigte auf seinen Arm und die Schulter, die verbunden war. „Zum Kochen reicht`s noch nicht, aber ansonsten sind die Schmerzen aushaltbar. Ich hatte wohl Glück im Unglück, es sind keine wichtigen Sehnen und Bänder getroffen. Die Ärzte dort im Krankenhaus waren ganz zufrieden. Da mein Bruder mir seine Hilfe hier zuhause angeboten hatte, konnte ich relativ schnell wieder gehen." Er bot Conny und Weissner Sitzplätze an, sein Bruder fragte, ob er einen Kaffee aufsetzen solle.

Conny verneinte, dann wendete sie sich an Simon Kaluvka. „Wie schaffen Sie es, jetzt hier vor Ort in Hamburg zu sein?" Der Mann sprach schnell und hastig: „Wunderbar, ich krieg das schon hin. Hab ja zurzeit nur die Verwaltung unserer Häuser in Buchholz, da steht nicht viel Arbeit an. Meine Sekretärin hält mich auf den Laufenden, falls Termine anstehen, muss ich kurz los, versuche aber Stunden später, wieder da zu sein. Meinem Bruder geht es nicht so gut, dass er schon alleine zurechtkommt. Ich verstehe die Ärzte in der Klinik auch nicht, warum sie ihn so schnell wieder entlassen haben." Simon Kaluvka hatte sich in Erregung gesprochen, er machte einen unbeherrscht-fahrigen Eindruck. Conny sah nur kurz zu ihrem Kollegen und schoss ihre Frage ab. „Wo waren Sie am Freitagabend dieser Woche?" Boris Kaluvka stand sofort auf und schrie die Kommissarin an: „Was fällt Ihnen ein, meinen Bruder zu verdächtigen?" Auch der Bruder ging einige Schritte auf Conny zu und beschimpfte sie mit wenig freundlichen Worten. Weissner ging dazwischen. „Nun beruhigen sich alle zuerst mal. Hier wird niemand verdächtigt! Was wir brauchen, um unsere Arbeit zu tun, sind Fakten. Wer war wann, zu welcher Zeit und wie lange an welchem Ort. Dafür bezahlen Sie uns und da ist nur berechtigt, wenn wir Ihnen diese Fragen stellen. Also bitte! Die Frage geht an Sie beide: Wo waren Sie am Freitagabend in der Zeit zwischen zehn und drei Uhr nachts. Bitte?" Er drehte sich zu Boris

Kaluvka. Dieser stutzte kurz und mit Blick auf seinen Bruder sagte er: „Hier zuhause war ich. Habe mir noch einen Film im Fernsehen angeschaut und bin dabei auf dem Sofa eigeschlafen und irgendwann nachts aufgestanden und ins Bett. Das war es soweit mit dem Freitagabend". Weissner wandte sich an Simon Kaluvka. „Darf ich jetzt Sie fragen, was Sie Freitagabend zwischen zehn Uhr abends und drei Uhr nachts getan haben?" Der Mann nickte und zeigte auf seinen Bruder. Fast das Gleiche, wie mein Bruder. Wir haben auch noch miteinander telefoniert. Das muss irgendwann zwischen neun und zehn Uhr am Abend gewesen sein. Zwischen dem Film auf dem Zweiten und den Nachrichten. Ich habe dann noch meinen Plan für den nächsten Tag aufgestellt, danach bin ich an den Rechner und habe mir dort einige Filmchen angeschaut. Gegen Zwei war ich wohl im Bett, da habe ich nicht wirklich auf die Uhr geschaut. Da der nächste Tag ein Samstag war, musste ich auch keinen Wecker stellen." Conny nickte und bedankte sich für die Auskünfte. Im Auto sah sie ihren Kollegen an und sagte: „Was für unangenehme Menschen. Beide." Schorsch nickte und kicherte in sich rein. „Ja, dees kannst laud soagen! Unangenehm ist noch ein sehr freundlicher Begriff für diese Brüder. Lass uns zu Meerwald und der Meissner, ich hoffe inständig, dass sie sie dort mal geduscht haben." Conny lachte und fuhr den schnellsten Weg, den sie kannte, zum Untersuchungsgefängnis. Sie kamen am städtischen

Park ‚Planten und Blomen' vorbei. Conny parkte im Innenhof neben dem Gefängnis und sie warteten auf ihren Einlass. „Meerwald zuerst", gab Conny vor und legte ihre gesammelten Unterlagen dem Beamten am Eingang vor. Der Wärter nickte und wenige Minuten später saßen sie in einem grauen, wenig heimeligen Raum und warteten auf den Krankenpfleger. „Mich nervt diese ganze Schlüssel-Arie hier", raunte Conny ihrem Kollegen zu. Der nickte und zuckte aber gleichzeitig mit den Schultern. „Wie willst es sonst machen hier"? Conny schüttelte den Kopf. „Keine Ahnung, aber irgendwie fühle ich mich sofort eingesperrt, auch wenn ich weiß, dass wir nachher auf jeden Fall wieder auf den Parkplatz und zum Auto kommen." Die Tür wurde aufgeschlossen und ein sehr müde wirkender Frank Meerwald trat ein. „Guten Morgen," eröffnete Georg Weissner das Gespräch. „Sie brauchens net wieder störrisch zu sein, die Caroline Meissner hat alles gestanden und sitzt auch grad im Frauen-Trakt hier ein." Der Krankenpfleger sah ihn an und nickte: „Sorry für das Störrisch-Sein. Aber ich lass doch eine alte Freundin nicht hängen. Obwohl ich echt nicht wusste, dass sie ihn tatsächlich töten wollte. Für mich war sie eher ein Schaf, was auf keinen Fall einen Wolf jagen würde. Aber, wie Sie ja wissen, man kann nicht in jeden Menschen reingucken und sich sicher sein, dass das, was man sieht, auch Wirklichkeit wird." Conny nickte: „Das stimmt. Allerdings haben Sie ihr dabei geholfen, in dem Sie ihr das Öffnen der Autotür möglich gemacht haben. Das sieht nach Beihilfe einer Tötungsabsicht aus, auch wenn Sie das der Caroline Meissner nicht zugetraut hätten. Was haben Sie denn gedacht, was Ihre alte Freundin in dem Jaguar machen wollte?" Meerwald zuckte mit den Schultern. „Da habe ich überhaupt nicht drüber nachgedacht. Den Doc erschrecken, ihn beschuldigen, beschimpfen, irgendetwas im Auto kaputt machen. Alles davon hätte ich mir vorstellen können. Aber ihn töten, nee, da fehlt mir selbst jetzt noch jede Form irgendwelcher Bilder und Gedanken!" Conny schaute ihren Kollegen an. Der nickte ihr zu und sie bat den Krankenpfleger, auf Reisen bis zum Prozess zu verzichten. „Ansonsten können Sie gehen, Sie sind frei. Bitte wechseln Sie im Moment weder ihre Wohnung, noch das Handy, damit wir Sie schnell bei weiteren Fragen erreichen können. Im Übrigen wird es zu einer Anzeige gegen Sie und damit sicherlich auch zu einem Prozess kommen. Auch wenn wir Ihnen glauben, dass Sie keine Mordabsichten gegen Bertram von Öxstedt hatten, ist es auch in unserem Strafrecht untersagt, mittels eines elektronischen Gerätes ein Auto zu öffnen..., zu welchem Zweck auch immer." Damit stand sie auf, gab dem Krankenpfleger die Hand und verabschiedete sich von ihm. Ihr Kollege schloss sich an und sie verließen einen ziemlich verdutzt ausschauenden Frank Meerwald. Kurz Zeit später wurde Caroline Meissner zu ihnen in den Besprechungsraum geführt. Sie ging aufrecht, wirkte freundlich und auf eine bestimmte Art und Weise selbstbewusst. „Ach Ihr seid es ", begrüßte sie die Kommissare. Georg Weissner übernahm das Gespräch: „Wie geht es Ihnen, Frau Meissner?" Sie sah ihn an und strahlte: „Gut. Danke der Nachfrage. Das Essen ist prima, die Schließer kümmern sich hervorragend um mich. Stellen Sie sich vor: Gestern hat mich eine Wärterin geduscht, mir die Haare gewaschen und trockengeföhnt. Mann, hier bleibe ich bis zum Ende meiner Tage. Demnächst kriege ich Ausgang und kann im Hinterhof mit den anderen Frauen spazierengehen. Da freue ich mich schon richtig drauf. Es sind alle sehr nett zu mir, seitdem sie wissen, dass ich eine Mörderin bin. Nett und vorsichtig sind die alle..., hihi!" Sie lachte etwas heiser. Conny schüttelte innerlich den Kopf, aber hielt sich bei der Befragung zurück. Sie fand Schorsch machte seine Sache recht gut, wollte auf keinen Fall die gute Stimmung von Caroline Meissner zerstören. Weissner lachte mit und stimmte ihr zu. „Ja, der Ausgang mit den anderen Frauen ist bei gutem Wetter bestimmt was Feines hier. Sagen Sie mir bitte nochmal genau, was Sie in dieser Nacht im Auto des Oberarztes Herrn Dr. Bertram von Öxstedt gedacht und getan haben? Bitte ganz langsam und Schritt für Schritt." Die Aufforderung war fast zu kompliziert für die Frau. Caroline Meissner atmete schnell ein und aus und legte los: „Nun ja, erstmal saß ich da ja im Auto und war ganz froh, dass das mit dem Öffnen geklappt hatte. Aber das Frohsein war schnell vorbei. Ich habe mich da so umgeschaut in dieser Nobelkiste und dann bin ich richtig wütend geworden. Damit hat er die jungen Dinger wohl rumgekriegt. Sah ja echt alles nach viel Geld aus. Dazu noch einen Schampus und schwupps, hatte er die Mädels in der Kiste, der feine Herr Doktor. Dieses Dreckschwein!" Ihre Tränen flossen und Conny konnte ihre Wut auch ein bisschen nachvollziehen. „Ja und dann wurde ich ganz traurig und musste an meine Dolly denken. Die war ja richtig verliebt in diesen Stutzer. Bis sie kapiert hat, dass der jedes junge Mädchen mit seiner Masche in die Kiste kriegt und flachlegt, da war ihr schon nicht mehr zu helfen. Mann, was hatten wir für heftige Streits über diesen Herrn. Dolly hat mir sogar unterstellt, ich sei nur gegen ihn, weil ich so einen feinen Herrn niemals als Partner kriegen würde. Ich sei ja doof und fett, da würde sich so ein Herr Doktor kaum ranmachen. Das war gemein von ihr, richtig gemein!" Weissner setzte nach. „Das ist Ihnen alles wieder eingefallen, als Sie dort im Auto saßen. Wie lange saßen Sie dort? Ein oder zwei Stunden oder länger?" Caroline Meissner sah ihn lange an, man merkte, dass sie innerlich rechnete. „Das war eine lange Zeit, aber mir ging es gut da mit dem Warten. Es gab ja so ein Lied von einem Schlagerfuzzi, der sich von seinen Freunden verabschiedet mit einer Zigarette und einem letzten Glas im Stehen. Da musste ich immer dran denken und habe es gesummt. Plötzlich fiel mir nun ein neuer Refrain ein und ich habe daraus gemacht: Gute Nacht

Mörder, es wird Zeit für Dich zu gehen! Das gefiel mir richtig gut. Bei dem ganzen Warten dort im Auto war mir klar: Der feine Herr Doktor hatte meine Dolly auf dem Gewissen. Ohne seine Sauerei wäre sie noch am Leben. Und mein kleines Enkelkind auch. Es wurde schon langsam hell am Himmel, ich denke, es muss so um und bei fünf Uhr nachts gewesen sein. Ach ja, ich war auch ein bisschen am Dösen, wurde aber sehr schnell wach, als der Doktor ins Auto stieg und gleich darauf telefonierte mit seiner Sekretärin". Conny war plötzlich ganz konzentriert. Ja, klar. Der Arzt hatte mit Frau Dorn am Morgen telefoniert. Auch in Caroline Meissner ging eine Veränderung vor sich. „Ja, er hatte Bescheid gegeben, dass er gleich losfährt und in knapp einer halben Stunde in der Klinik sei. Da war mir klar, jetzt oder gar nicht. Dieser Schmierlappen sollte sich nicht gleich weiter an die Dollys dieser Welt ranmachen. Er startete den Wagen, ich hatte mich aufgesetzt, den Schal um den Hals gelegt, das Ende war schon eingefädelt und dann habe ich nur gehalten und nach hinten gezogen..., bis es plötzlich still wurde. Ich habe dann noch weitergezogen, hatte Angst, dass er sich doch noch befreit. Dann bin ich ausgestiegen, hab die Tür aufgemacht, ich habe so gezittert, dass ich kaum die Spritze in den Oberarm gekriegt habe..." Weissner fragte langsam weiter. „Was haben Sie dann gemacht?" Die Frau wurde ruhiger. „Ich bin dann zu Fuß weiter. Immer diese Straße mit den Häusern der feinen Pinkel weitergegangen. Irgendwann war ich auf

Höhe des Altonaer Rathauses, da fuhren auch schon wieder Busse. Ich bin dann in einen gestiegen und wollte erst direkt nach Hause fahren. Aber ich hatte ja den Schal noch in der Tasche, mit dem ich den Doc abgemurkst hatte. Das Teil wollte ich loswerden, deshalb bin ich nach Ohlsdorf auf den Friedhof und habe den am Grab von Dolly in der Erde vergraben. Ich habe lange dort mit der Kleinen unter mir geredet und war hinterher richtig gut drauf und auch in bisschen müde. Dann bin ich nach Hause, habe nur kurz die Zähne geputzt und bin ins Bett und den ganzen Tag nicht mehr aufgestanden. Warum auch?" „Wann ist Ihre Dolly geboren?" Die Frage kam von Georg. „Am 28.5.1984, sie ist in der Finkenau geboren in Hamburg." Conny schob der Frau einen Zettel hin. „Bitte Frau Meissner schreiben Sie uns kurz auf, wo Ihre Tochter begraben ist und wie wir das Grab am Besten finden. Dann lassen wir Sie gleich wieder zurück in Ihre Zelle bringen." Als die Polizistin die Frau abführte, sah Conny kurz auf den kleinen Zettel vor ihr und musste lachen. „Sie hat den Weg zwar eingezeichnet, aber von wo der ausgeht, steht da nicht." „Müssen wir mal schauen, das ist doch eine gute Aufgabe für unseren Sebastian." Georg wirkte ruhig und besonnen. Im Auto tippte er kurz in sein Handy, Sebastian war sofort Feuer und Flamme und versprach sich zu kümmern. Zwischenzeitlich hatte Conny schon ein Foto der abenteuerlichen Wegbeschreibung von Caroline Meissner gemacht und dem Kollegen geschickt. Wenig später rief er kichernd an. „Sag, Ihr Beiden, das ist der Wegeplan? Damit müssen wir den gesamten Ohlsdorfer Friedhof aufbuddeln, um genau diese zwei Wege in dem großen Park zu finden. Ich werde den einfacheren Weg gehen und mich mit der Verwaltung in Verbindung setzen und nach dem Grab von Dolly Meissner fragen. Habt Ihr ihre Daten für mich?" Conny schlug in ihrem Notizbuch nach und antwortete zögerlich: „Nach meinen Aufzeichnungen hat sie ihrem Leben ein Ende gesetzt am 28. Mai 2010, das war unglücklicherweise auch noch ihr Geburtstag. Sie ist an diesem Tag 24 Jahre geworden." „Oh, was für ein Schiet, dass muss die Mutter ja heftig getroffen haben..." Conny nickte und sah mit Blick auf ihren Kollegen zu Boden: „Ich glaube, davon hat sie sich nie wieder richtig erholt. Allerdings wirkte sie heute das erste Mal fast fröhlich. Sie findet das Essen im Knast super und freut sich auf den gemeinsamen Spaziergang heute an der frischen Luft mit den anderen Insassinnen. Ach ja, eine Wärterin habe sie geduscht und ihr die Haare gewaschen, erzählte sie uns freudestrahlend. Ich denke, für so einen einsamen Menschen wie für diese Frau Meissner scheint das fast Glücksgefühle hervorgerufen zu haben." Schorsch mischte sich ein und bat Sebastian darum, Informationen über die Kaluvka-Brüder zusammen-zutragen. „Ganz besonders über den Simon Kaluvka, dem traue ich nicht von hier bis Mittag. Irgendwas stimmt da nicht, die geben sich gegenseitig ein Alibi,

aber das ist dünn, zu dünn meiner Meinung nach."
Maike mischte sich ein: „Ich grüße Euch, Ihr Beiden.
Ich hatte schon für Euch mal geguckt. Sowohl für den
Mord an dem Onkologen, wie auch an dem Apotheker
Jens Andresen gibt es auf den Terminseiten der
Kaluvkas keine Einträge, da steht nichts an
irgendwelchen Terminen oder Verabredungen." Conny
zuckte: „Woher hast du die Kalender von denen,
Maike?" Diese lachte: „Auf Anfrage hin beim Boris
Kaluvka. Aber der hat mir gleich den Timer seines
Bruders mitübergeben, ohne dass ich gefragt habe."
Schorsch schüttelte den Kopf. „Da ist doch irgendwas
faul, auf solche Ideen kommen sonst Leute, die von uns
befragt oder verhört werden gar nicht. Überhaupts
nich, mei!" Conny war konzentriert dabei, durch den
Feierabendverkehr zu kommen und schüttelte nur
leicht den Kopf. Sie fand die Brüder auch komisch,
aber ihre Erfahrung hatte sie gelehrt, dass „Komisch-
Finden" das Eine war, das Töten von Menschen etwas
ganz Anderes. Sie setzte ihren Kollegen am Präsidium
ab und verabschiedete sich schnell von ihm. Schorsch
wünschte ihr einen angenehmen Abend, unterließ
allerdings die Bemerkung, sie möge Kai von ihm
grüßen. Conny ertappte sich dabei, dass sie darüber
nachdachte, ob Schorsch schon ahnte, dass es heute
Abend eher unangebracht gewesen wäre, Grüße zu
übermitteln. Sie wollte Kai im Restaurant treffen,
gemeinsam mit ihm eine Kleinigkeit essen und reden.
Reden über ihre diffusen Gefühle, über ihre

Vorbehalte. Darüber sprechen, dass ihr im Augenblick liebevolle Treffen miteinander einfach zu anstrengend waren. Sie mochte ihr Leben, wie es zurzeit war: voll im Kopf mit dem Fall beschäftigt, dazwischen abends eine Kleinigkeit essen, Dusche oder Badewanne, dann ab ins Bett. Oftmals schlief sie ohne Fernsehen oder ihre Hörbücher ein. Der Schlaf war tief und fest, sie wachte manchmal Minuten vor dem Klingeln ihres Weckers auf, frisch und guter Dinge. Wie passte Kai in diesen Tag? Schon die innere Frage verunsicherte sie. Ihr Dienst-Handy klingelte. Es war Sebastian. Er klang verschnupft und Conny ahnte, dass er wohl schon am Grab von Dolly, der Tochter von Caroline Meissner gewesen war. „Was gibt es, Sebastian?", fragte sie eher fröhlich. „Nun ja, Auftrag ausgeführt, aber lustig fühlt sich anders an." „Was ist passiert?" Der junge Kollege atmete tief durch, bevor er antwortete: „Ja, das Grab auf dem Friedhof habe ich gefunden, war nach der Zeichnung auch echt nicht schwer. Da liegt ein Stein, so ein Findling, wie man ihn auf Feldern zur Abgrenzung findet. Da drauf ist mit weißer Schrift drauf: „Schlaf gut, Dolly. Alles Liebe Mutti". Sebastians Stimme zitterte leicht. Conny schluckte und bemühte sich ruhig und fest zu wirken. „Das passt zu der Meissner, ich finde es schön, was da auf dem Stein steht. Du nicht?" Der junge Kollege schniefte nochmals kurz und sagte dann erstaunlich ruhig: „Ich finde es so unendlich liebevoll. Keiner weiß ja richtig, wie es in Beziehungen wirklich läuft, aber für mich steckt da so unglaublich viel Gefühl in diesem Spruch... Mich hat es echt tief berührt und Conny, Du kennst mich, ansonsten reagiere ich anders." Conny lächelte. „Solange uns noch irgendwas berührt, Basti, solange leben wir noch und unterscheiden uns nicht wirklich von den Menschen da draußen." Eine Pause entstand. „Das tut mir gut, Conny. Danke, ich hatte Angst, Du würdest mich auslachen oder etwas in der Art..." Sebastians Stimme wirkte wieder stabiler. Er berichtete noch von der Grabbeilage, dem missglückten Schal, den Caroline Meissner in der Erde vergraben hatte. „Ist schon bei unserem Pathologen Zanker, der kümmert sich rasch darum. Wir sollen mal anrufen am morgigen Nachmittag." Conny bedankte und verabschiedete sich von den Kollegen.

Zuhause sprang sie kurz unter die Dusche. Beim Anziehen merkte sie, dass sie kaum gedanklich bei dem Treffen heute Abend war. Mensch, was sollte und wollte sie mit Kai, mit einer wie auch immer gearteten Liebensbeziehung? Ihre Gedanken drifteten immer wieder ab. Während sie sich anzog, merkte sie, dass sie Hunger hatte. Das freute sie, wenigstens ein Hoffnungsschimmer, worüber sie miteinander reden konnten. Sie räumte ihre Sachen vom Boden des Schlafzimmers und hängte die Kleidung wieder in den Schrank. Egal, was passierte, sie wollte sich nicht die Blöße geben, zu erklären, warum sie beim Ausziehen am Abend einfach alles an Klamotten fallen ließ. Beim

Klappen ihrer Haustür lächelte sie. Sollte sie Kai noch mit in ihre Wohnung nehmen oder warum hatte sie vorsorglich aufgeräumt? Manchmal war sie sich selbst unheimlich.

17.

Am nächsten Morgen saß Weissner schon an seinem Rechner und überprüfte seine zahlreichen Protokolle. Erst gegen zehn Uhr ging die Tür auf und Conny trat ein. „Moin, Schorsch." Er blickte hoch und sah zu ihr. „Mahlzeit, Conny. Wusste nicht, dass Du Überstunden abbummeln wolltest..." Conny lachte und schüttelte den Kopf. „Sorry, ist gestern ein bisschen später geworden, bin heute nicht wirklich gut hoch-gekommen." Sie sah auf seinen Rechner. „Was machst Du grad?" Er zeigte auf den Bildschirm. „Ich schau nochmal alle Gesprächsprotokolle durch, die ich in diesem Fall gemacht habe. Irgendetwas ist mir weggerutscht, aber es fällt mir echt nicht ein, was genau es war."

Durch die offene Tür trat ein aufgeregter Sebastian ein: „Mahlzeit, Conny, Du auch schon an Bord? Ich habe etwas für Euch, das wird auch in Schorsch`s Heimatland als Schmankerl bezeichnet." Er lachte und winkte mit seinem Papierblock. Conny klatschte in die Hände. „Ja, super. Erzähle, was gibt es Gutes?" Auch Maike und die anderen Innendienstkollegen drängten sich in dem kleinen Büro. Sebastian genoss es sichtlich, im Mittelpunkt zu stehen und strahlte über das ganze Gesicht. „Ja, unser Schorsch hatte schon ein richtiges Gefühl, irgendwas war merkwürdig mit den Kaluvka-

Brüdern. Jetzt wissen wir auch warum! Hier ist die Adresse von Simon Kaluvka, der ja wie Ihr wisst, mehrere Ein-Familien-Häuser und Eigentums-Wohnungen im Norden von Niedersachsen hat. Allerdings besitzt er nicht nur eine Wohnung im Süden der Stadt in der Nähe seines Bruders, nein, der Gute hat auch ein Zwei-Zimmer Appartement im Mundsburg-Tower. Was sagt Ihr nun?" Ein spitzer Aufschrei von Conny und der Applaus der umstehenden Kollegen machte die Runde. Weissner war aufgesprungen und sah Conny an. „Wow, wie genial! Mensch Sebastian, jetzt wissen wir, warum niemand einen bluttriefenden Mörder im Parkhaus gesehen hat. Der ist einfach nur in sein Appartement, hat sich umgezogen und gewaschen. Das ist klasse, bitte sofort die Spurensicherung dorthin, denke, die werden sicherlich etwas finden im Bad oder Wohnraum. Bei so einem Gemetzel wie an dem Jens Andresen, da bleibt etwas, egal, wie gut der Mann hinterher geputzt und geschrubbt hat." Es war, als wäre eine Last von den Kollegen abgefallen, es wurde gelacht, gescherzt und endlich einmal wieder tief durchgeatmet. Conny und Georg Weissner waren auf dem Weg zu ihrem Auto, auch sie wollten einen Blick in das Appartement von Simon Kaluvka werfen. Im Wagen schaute Conny ihrem Kollegen an. „Kai und ich haben uns gestern ausgesprochen", sagte sie leise. „Irgendwie war plötzlich der Zauber weg und das Verlangen ebenfalls, jedes Treffen war ein Angang.

271

Zeit, von der jeder von uns ausging, sie einfach nicht zu haben. Aber es gab keine Vorhaltungen oder irgendwelche schlimmen Bemerkungen, wir waren beide sehr sachlich, aber auch ziemlich klar. Ich wollte nur, dass Du es weißt, bevor Du wieder einmal nach Kai fragst." Mit einem Blick auf Conny antwortete Weissner nur kurz. „Danke, dass Du es mir erzählt hast."Conny überlegt kurz und redete dann weiter: „Kai möchte sich weiterbilden, er will vielleicht irgendwann auch zur Kripo. Na ja, und ich habe gemerkt, dass es mir alles zu schnell und viel zu intensiv war. Gestern Abend im Restaurant ist mir ganz doll aufgefallen, dass ich ihn sehr mag und wirklich schätze, aber zurzeit ist bei uns Beiden wenig Raum und Zeit für Liebe, wie wir sie eigentlich leben wollen." Direkt am Winterhuder Weg fand Weissner einen Parkplatz. Ruhig sagte er: „Conny, das is scho recht. Vielleicht braucht`s mehr Gefühl oder ein anderes Gefühl. Vielleicht ist auch genug Liebe da, aber das Leben hat andere Prioritäten für Euch. Keine Ahnung, aber ich freue mich trotzdem sehr, dass Du es mir gesagt hast. Ich finde schon, dass Ihr gut zusammenpasst, aber wir werden sehen, wie es sich entwickelt bei Euch, wenn er in die Ausbildung geht. Egal, wo die Kripo-Ausbildung ist, Ihr werdet Euch auf eine Fernbeziehung einstellen müssen. Das muss ja auch nicht das Schlechteste sein. Stell dir vor, er kommt zur Ausbildung nach Stuttgart und fährt am Freitag zu Dir nach Hamburg, bleibt bis

Sonntagnachmittag und muss dann wieder ins Ländle. Wieviel Zeit bleibt Dir in der Woche, um mit mir die Mörder dieser Stadt dingfest zu machen!" Beide lachten, als sie ausstiegen und zum Eingang des Towers gingen. Ein älterer freundlicher Herr ließ sie in den Fahrstuhl mit den Worten: „Die Kollegen sind schon oben. Bitte Stockwerk 16 und gleich rechte Hand gehen." Sie folgten dem Hinweis. In der kleinen Wohnung waren mehrere Männer und Frauen in weißer Schutzkleidung. Sie knieten auf dem Badezimmerboden oder standen in der Dusche. Conny und Weissner erhielten schon an der Tür blaue Plastiksäckchen, um ihre Schuhe nicht ausziehen zu müssen und trotzdem keinen Schmutz in die Räume zu tragen. Es herrschte eine konzentrierte, ruhige Stimmung. „Wie sieht es aus? Habt Ihr schon etwas gefunden?" Georg wirkte etwas angespannt. Ein älterer Kollege der Spurensicherung hob die Hand. „Joo, egal wo wir schauen, wir finden überall Blutreste. In der Dusche, in der Sitzwanne, am Eingang und sogar auf dem Teppich vorne am Fenster. Wir werden die Spuren mit den Blutresten von dem Apotheker abgleichen, aber von uns aus ist schon jetzt fast zu hundertprozentiger Sicherheit zu sagen, dass es sich um Hautpartikel von Simon Kaluvka und den Blutresten von Jens Andresen handelt. In drei Stunden wissen wir mehr, wenn alles im Labor gecheckt worden ist..." „Habt Ihr die Klamotten von Kaluvka gefunden?", grätschte Conny, sehr untypisch für sie, dazwischen. „Nein, alles wohl schon entsorgt, hier wurde auch sehr gut und gründlich saubergemacht." Die beiden Kommissare bedankten sich bei allen Beteiligten und verabschiedeten sich rasch. „Sofort zu Boris Kaluvka und schicke auch gleich eine Streife nach Buchholz zur Wohnung von dem Bruder", drängte Conny." „Schon unterwegs", murmelte Weissner und nahm sein Handy in die Hand. Mit wenigen Worten erklärte er seine Bitte und schloss mit den Worten: „Passt auf Euch auf, der Kerl ist unangenehm und rasch cholerisch." Dann fuhren sie Richtung Horn. „Das passt doch, Schorsch. Ich denke, die beiden Brüder haben alles zusammen geplant, der Simon war aber der deutlich Aggressivere und hat zugestochen. Hast Du die Sammlung von Messern und Dolchen bei ihm in den Glasschränken gesehen. Das ist unser Täter. Ganz sicher!" Georg Weissner nickte: „Ja, eine riesige Sammlung, allerdings hab ich kein fehlendes Messer gesehen. Da heißt es, alle Messer testen und untersuchen. Da kommt viel Arbeit auf unsere Labore zu. Nun ich habe zwar genügend Vorbehalte gegen den Kaluvka, aber fällt dir ein Argument ein, warum der so plötzlich durchdreht und den Apotheker wie im Rausch absticht? Ich meine, der Jens Andresen war der einzige Apotheker, nachdem der Boris Kaluvka von Paul von Seesen entsorgt wurde. Das muss jetzt knapp zehn Jahre her sein. Warum dreht der Bruder durch? Warum nicht der Boris, der ja direkt betroffen war durch die Entscheidung des

Pharma-Referenten? Für mich sind da immer noch eine Menge Rätsel und je mehr ich frage, desto merkwürdigere Antworten gibt es." Conny nickte. „Da hast Du Recht, aber das klärt sich, wenn wir die Brüder in der Mangel haben. Da bin ich sehr sicher. Hauptsache, wir kriegen die Beiden." In Horn standen zwei Polizisten vor dem Eingang des Miethauses, in dem Boris Kaluvka wohnte. Beide grüßten, als Conny und Weissner vorbeigingen. Sie fanden Boris Kaluvka in seiner Wohnung in sehr aufgeräumter Stimmung. Vor ihm stand ein Glas Cognac, gut geschenkt, aus dem er trank. „Mir geht es immer besser, von Tag zu Tag verheilt auch die Wunde, die die Messerattacke dieser fürchterlichen Frau hervorgerufen hatte. Darf ich Ihnen etwas anbieten?" Die Kommissare verneinten und Conny fragte nach Simon Kaluvka. „Nein, der hat jetzt seine Termine und Geschäfte in Buchholz zu machen, kann hier nicht dauernd als meine Amme fungieren." Mit einem weiteren großen Schluck seines Brandys lachte der grobschlächtige Mann übertrieben laut. Conny beschloss, den Typen einfach mitzunehmen. Im Verhörraum gäbe es nicht so viele Möglichkeiten, sich zu betrinken. Ohne Absprache, aber mit ihrem inneren Applaus sagte Weissner nun ebenfalls laut: „Nun bitten wir Sie zu uns ins Präsidium, da haben wir sicherlich mehr Zeit, mit Ihnen zu sprechen. Also kommen Sie bitte mit!" Unter Protest verließ Boris Kaluvka mit ihnen die Wohnung, es war ein hartes Stück Arbeit, bis sie ihn im

Verhörraum platziert hatten. Mit Genugtuung vernahm Weissner, dass auch der zweite Kaluvka-Bruder auf dem Weg zu ihnen ins Präsidium war. Er nickte Conny zu und bot dem schon sitzenden Mann ein Schluck Wasser an. Der verneinte und wirkte plötzlich gar nicht mehr so fröhlich. „Was soll das hier? Ist das ein Verhör? Dann will ich sofort einen Anwalt an meiner Seite. Hören Sie!" Weissner schüttelte den Kopf und antwortete schnell: „Nein, Herr Kaluvka, dies ist kein Verhör, dieses ist eine Befragung und wir bitten Sie inständig, uns bei der Klärung einzelner Sachverhalte zu helfen. Bitte!" Der Mann atmete schwer und nach einigen Sekunden Bedenkzeit, nickte er. „Fragen Sie?", ermunterte er nun seinerseits Weissner und dieser begann zu reden: „Wir wissen, dass Sie lange Zeit der zweite Apotheker neben Andresen waren. Wir wissen auch von Ihnen, dass Paul von Seesen dafür sorgte, dass Sie später von dem gewinnbringenden Club der Apotheker ausgeschlossen wurden. Was wir nicht verstehen, wie haben Sie darauf reagiert? Gab es weitere Gespräche und wie hängt Ihr Bruder mit allem zusammen?" Boris Kaluvka atmete ein weiteres Mal tief ein und aus. „Es war ein abgekartetes Spiel, denke ich. Zocker-Paule war sauer auf mich, weil ich seiner Frau nicht nur die Schönheiten der Hansestadt Hamburg gezeigt habe. Ich meine, sie hatte das Geld, was er sehr zu schätzen wusste. Gegen eine Affäre hätte er wohl auch gar nichts gehabt, aber die Süße wollte ja gleich zu mir nach Hamburg ziehen. Das konnte und wollte er nicht zulassen. Dazu kam, der Jens Andresen konnte mich eh nicht leiden, hat viel dafür getan, dass er als einziger Apotheker im Zockerclub verweilte. Ich meine, das war ja ein System zum Gelddrucken: Ein Onkologe, der die Zytostatika verschrieb, ein Apotheker, der die Rezepte gegen Ware einlöste und Zocker-Paule ganz oben, der seinen Absatz in diesem Marktsegment gigantisch in die Höhe trieb." „Dazwischen gab es aber noch die Patienten, die aufgrund ihrer Krebserkrankung von Angst geschüttelt auf Heilung hofften!" Conny konnte ihre Wut in der Stimme kaum verbergen. Weissner ging dazwischen. „Haben Sie versucht, diese Entscheidung rückgängig zu machen? Haben Sie mit den Beteiligten gesprochen?" Boris Kaluvka wandte sich an den Kommissar. „Klar, mehrfach. Habe Alternativen angeboten, den Lieferpreis gesenkt, um den Anderen ihr Plus schmackhafter zu machen. Keiner hat darauf reagiert. Die waren fertig mit mir. Das war die gängigste Aussage von jedem dieser ehrenwerten Gestalten." Kaluvka lachte bissig. Zu Conny gewandt sagte er: „Es war Stefan Schomann, der immer wieder davon sprach, dass bei Ableben eines Patienten mindestens drei nachrückten. Der war sich so sicher, dass das Geld auf jeden Fall floss. Wie sagt man in Hamburg gerne: „Außen hui, innen pfui." Zu Weissner gewandt, lächelte er. „Mein Bruder hatte ja lange Zeit nichts mit mir und der Apotheke zu tun. Der hat in Immobilien investiert. Das war sein Bereich, da war er gut, sehr gut. Alles andere hat ihn nicht interessiert. Er war der echte Business-Mann: Kaufen und Verkaufen. Ich habe ihn schon immer sehr dafür bewundert." Weissner sah ihn an. „Was ist passiert, dass Ihr Bruder plötzlich soviel Hass auf den inneren Zirkel dieser Fentanyl- Truppe bekommen hat?" Wieder lachte Kaluvka. „Fentanyl-Truppe klingt gut. Heute heißen die Produkte auch anders. Aber ganz ehrlich, fragen Sie das meinen Bruder. Ich will ihn nicht belasten oder gar anschwärzen." Mit einem Wink bedeutete ein an der Tür stehender Polizist, dass Simon Kaluvka eingetroffen war und sich im Nebenraum befand. Conny und Schorsch sprangen auf und waren schon fast an der Tür, als sich Conny umdrehte. „Ihr Bruder hat eine große Messer-sammlung in seiner Wohnung. Konnte er mit den Dingern gut umgehen oder war er nur ein Sammler?" Boris Kaluvka lachte. „Fragen Sie ihn selbst. Ich denke, er hat Ihnen viel zu erzählen." Beim Rausgehen grinste Weissner Conny an. „Netter Versuch, aber ich hoffe, dass wir im anderen Raum jetzt endlich mehr erfahren. Nachher auf ein Bier?" Conny nickte und blickte ihren Kollegen dankbar an. „Unendlich gerne, Schorsch." Simon Kaluvka hatte es sich schon im zweiten Verhörraum gemütlich gemacht. Er hatte seine Jacke ausgezogen und über einen Stuhl neben ihm gehängt. Vor ihm stand ein Becher Kaffee, an dem er vorsichtig nippte. „Guten Tag Herr Kaluvka", begrüßte Conny den Immobilienmakler und stellte sich und ihren Kollegen kurz namentlich vor. Kaluvka, rückte seinen Becher Kaffee auf den Tisch etwas nach rechts und schaute interessiert auf die beiden Kommissare. "Moin, was kann ich für Sie tun?" Georg Weissner war in Gedanken bei seinen Feierabendbier, dass er als wohlverdient wertschätzte. Auf solche Artigkeiten hatte er gerade gar keine Lust. „Herr Kaluvka, haben Sie das Stiletto wieder zurück in ihre Sammlung gepackt, nachdem Sie auf brutalste Art und Weise Jens Andresen vor vier Tagen ermordeten? Wenn nicht, sagen Sie uns, wo wir die Tatwaffe finden. Aber bitte pronto." Der Überraschungsangriff gelang, Simon Kaluvka schien innerlich zu straucheln. „Das Messer liegt im Goldbekkanal, habe es nach der Tat dort reingeworfen, gleich an der Stelle, wo unten der Ruderverein seinen Steg hat. Ich wollte nicht, dass das Messer bei mir gefunden wird. War schon alles eklig genug." Conny setzte nach. „Sie waren nach der Tötung von Jens Andresen in ihre Wohnung im Tower zurückgekehrt. Was haben Sie dann gemacht?" „Das müssten Sie eigentlich besser wissen als ich. Ich habe mich erst an der Tür im Eingangsbereich ausgezogen, hab die Sachen in eine Mülltüte geworfen und bin dann auf Zehenspitzen ins Bad, gleich unter die Dusche. Das Blut roch süßlich und mir war kotzübel von diesem Geruch. Nach der Dusche war ich zur Beruhigung nochmal in der Sitzbadewanne, hab mir dort die Zähne geputzt und die Haare zum dritten Mal gewaschen. Danach habe ich mir erstmal einen dicken

279

Cognac im Wasserglas genehmigt. Danach ging es mir besser, ich habe mich angezogen, das Messer beim Spaziergang entsorgt und bin etwas Essen gewesen."

„Sie waren stinksauer auf den Andresen, oder?" Wieder sprach Weissner mit Schärfe und Strenge." Simon Kaluvka nickte: „Ja, das stimmt. Der hatte mehr als diesen schnellen Tod verdient, diese Ratte!" Conny setzte nach: „Was hat er getan? Wieso mochten Sie den Andresen so gar nicht?" Simon Kaluvka nippte wiederholt am Kaffee. „Mann, das ist echt ein Heißgetränk! Wie kriegt Ihr das hier so runter?" Georg Weissner lachte auf. „Gar nicht, Herr Kaluvka. Wir kriegen das Zeug hier alle nicht runter. Aber ich lass Ihnen gerne einen Kaffee frisch kochen, wenn Sie möchten." Kaluwka winkte ab, bedankte sich allerdings für das Angebot. Er schien gute Umgangsformen zu haben. Zu Conny gewandt antwortete er: "Jens Andresen war nach Aussage meines Bruders in diesem Verbund der Krebs-Mafiosis eigentlich wohl ein ganz Netter. Eigentlich. Schien ziemlich akribisch genau zu arbeiten, die Krebsmedikamente auf ein Gramm genau abzurechnen, bevor er sie an den Onkologen Schomann verkaufte. Wie gesagt, ich hatte mit diesem Klüngel nix am Hut, lebte und arbeitete meist in Buchholz. Manchmal hat mein Bruder was erzählt, auch Namen genannt, besonders dann, wenn er betrunken war. Dann passierte etwas, was meine Meinung über den Apotheker völlig veränderte.

Nennen Sie es einen blöden Zufall, aber genauso ist es passiert. Seit mehreren Jahren gibt es eine Frau in meinem Leben. Nichts Festes, aber ich besuche sie regelmäßig, meist zweimal die Woche. Sie ist eine ganz Süße, ich nenne sie Babsi. Ich buche sie meist für zwei Stunden, wir reden, haben Sex und verstehen uns wirklich gut. Also, sie ist ja angestellt in ihrem Etablissement, ich lege erst die Scheine auf den Tisch und dann kommen wir uns näher." Weissner hakte ein: „Wo ist der Puff?" Kaluvka sah ihn an und lachte. „In der Herbertstraße, ganz grade durch und dann links." Weissner brummte: „Da ist doch der Italiener auf halber Strecke oder? Dort wo man ein paar Stufen nach oben geht?" Simon Kaluvka nickte: „Ja, genau. Da habe ich Babsi schon mehrfach zum Essen ausgeführt. Wir mochten das Ambiente. Aber Ihr Chef fand es weniger gut, seine Mädels sollten nicht in der Nähe des Clubs Essen gehen." Conny ließ ihren Kollegen gewähren. Sie hatten Zeit. Es schien auch, dass Simon Kaluvka Vertrauen aufbaute, das brauchten sie auch dringend, damit er auch den Rest der Geschichte erzählen konnte. „Wie gesagt, wir hatten ein loses, aber für mich trotzdem stabiles Verhältnis. Mich störte es nicht, dass Babsi viele Männer hatte, das war ja ihr Job. Mein Job war es, das Geld zu verdienen, damit ich mir Babsi leisten konnte. Alles war gut. Wir hatten sogar die Handynummern ausgetauscht, obwohl das eigentlich verboten war. Aber manchmal verabredeten wir uns, gingen an der Alster spazieren und einen Kaffee trinken. Babsi ist und bleibt ein Teil meines Lebens. Immer!" „Was ist dann passiert?" Weissner spürte, dass er die Strenge fallen lassen konnte. Simon Kaluvka sah ihn an und atmete tief ein und aus. „Eines Tages, ich bin ganz sicher, es war ein Dienstag, war Babsi nicht da. Ich fragte nach ihr, alle wussten, dass ich immer mit ihr das Zimmer und Bett teilte. Die Antworten waren so schwammig, niemand konnte mir in die Augen sehen. Die Mädels wirkten erschrocken und ängstlich. Also bin ich zum „kleinen Chef" und fragte nach ihr. Der wirkte nicht erschrocken, sondern eher supersauer. „Die ist nicht da, sagen Dir doch alle. Hör auf zu nerven!" Ich war alarmiert. Irgendwas stimmte nicht. Ich ließ mich nicht abwimmeln, ging sogar gleich weiter zum „großen Chef". Der kannte mich doch auch, wusste, dass Babsi immer mein Mädchen war und ich niemals wechselte. Nach einem längeren Wortgefecht, schnaubte er auf und sagte: "Melde Dich bei Ihr, erschreck Dich aber nicht. Sie sieht nicht so gut aus im Moment!" Mensch, war ich durch den Wind. Auf dem Weg zum Auto wählte ich ihre Nummer. Sie ging auch sofort ran, als sie hörte, dass ich es bin, weinte sie gleich. Sie gab mir ihre Adresse und ich fuhr sofort los. War auch nicht sehr weit, ich wusste, dass sie manchmal am frühen Morgen nach dem Feierabend gerne zu Fuß nach Hause ging. Sie ließ mich in ihre Wohnung, nachdem ich am Hauseingang geklingelt hatte, sagte mir allerdings auch gleich, ich möge mich nicht erschrecken, wenn ich sie sähe." Das tat ich aber trotzdem. Der Hals war rot und geschwollen und man konnte mehrere Fingerabdrücke vorne links und rechts erkennen. Es sah total schrecklich aus. Sie machte mir einen Tee und erzählte, dass ein Freier sie gewürgt habe. Er könne nur zum Orgasmus kommen, wenn er die Frauen würge. Meine Babsi fing wieder an zu weinen und flüsterte leise, dass sie ja nicht wusste, dass er sie fast umbringen wollte. Sie habe so viel Angst gehabt, wie noch nie in ihrem Leben. „Woher wussten Sie den Namen des Freiers?" Simon Kaluvka sah Conny zum ersten Mal wirklich an und sagte leise. „Den Namen hatte ich mir von Babsis Chef geben lassen. Es muss dort im Club ziemlich heftig hergegangen sein. Babsi hatte wohl die Notruflampe gedrückt, als sie so heftig gewürgt worden war, der Chef ist nur wenige Minuten später ins Separee gekommen, der Jens musste tausend Euro Strafe zahlen, wurde offiziell auf die Rote Liste gesetzt und darf das Bordell nie wieder besuchen. Danach hatte sich der zweite Chef um Babsi gekümmert, hatte sie erst zum Arzt und danach nach Hause gefahren. Sie ist jetzt krankgeschrieben und soll sich jeden Tag einmal telefonisch melden, wie es ihr geht." „Sie kannten nun den Namen? Wie ging es weiter?" Simon Kaluvka wurde etwas leiser von seiner Stimme. „Ich habe Babsi noch ein Schmerzmittel gegeben und ihr etwas Wasser gebracht. Dann habe ich gewartet, bis sie in meinem Arm eingeschlafen war. Sie hatte so eine Angst, dass der Typ nun als nächstes sich so eine junge Frau vom Babystrich nimmt und war totunglücklich deswegen. Ich habe versucht, sie zu beruhigen, versprach ihr bald wiederzukommen, hab ihr noch einen Kuss gegeben und bin nach Hause gefahren. Es war kurz nach Zehn am Abend. Plötzlich zu Hause war mir ganz klar: so etwas darf dieser Mann so nie wieder mit einer Frau machen. Niemals! Ich habe eines meiner schärfsten Messer rausgesucht. Eigentlich hatte ich vor, dem Typen den Schwanz abzuschnippeln, aber als ich den später sah, wie er selbstherrlich lächelnd im Flur auf seine Wohnung zuging, da war nur noch Wut in mir, grenzenlose heftige Wut. Ich wollte nicht, dass er jemals wieder soetwas einer Frau antut, ich wollte, dass der stirbt! Sie können mich nun verhaften, ich gestehe alles." Simon Kaluvka wirkte wie erleichtert, als sei von ihm eine große Last gewichen. Weissner ließ ihm einige Sekunden, um dann die nächste Frage zu stellen. „Was ist mit den anderen Männern? Was ist mit Paul von Seesen, dem Onkologen Stefan Schomann?" Wieder atmete der Makler tief ein und aus. Dann sah er Weissner offen und mit leicht vergrößerten Augen an. „Den Alten habe ich noch kurz im Zug erwischt. Er saß passender Weise alleine in einem Erste-Klasse-Abteil. Ich sprach ihn kurz an, bevor ich ihm die Spritze in den Oberarm jagte. Mein Bruder erzählte mir von diesem Mann, der Millionen scheffelte, weil er sich ein perfektes System mit dem Onkologen Schomann und dem Apotheker Andresen geschaffen hatte. Wie perfide ist das denn?" Conny sprach in die Stille. "Mussten die Männer sterben, weil die Ihren Bruder nicht mehr an der Seite haben wollten? Weil er abserviert wurde aus persönlichen Gründen?" Mit einem energischen Kopfschütteln antwortete der Immobilienmakler: „Nein, das war mir eher recht, dass der Boris raus aus dieser Truppe geflogen war. Er ist Apotheker und ein Guter, wie ich finde. Absatzprobleme hatte er nie. Aber dieser jämmerliche Club hatte die Menschen, für die sie eigentlich ihren Job tun, gar nicht mehr im Blick. Es ging nur noch um die Krebsmedikamente und das Steigern des Absatzes, um noch mehr ab zu zocken. Das dahinter Menschen stehen, die Angst haben, an der Krankheit zu sterben, war denen doch völlig egal. Unsere Mutter ist damals an einem Krebstumor gestorben. Erst hatte sie Brust-Krebs, dann fand man Metasthasen in der Leber. Gestorben ist sie letztendlich sehr qualvoll an einem Hirntumor. Boris und ich saßen an ihrem Bett, als sie starb. Es war Boris, der mich fragte, ob ich mir vorstellen könnte, der ganzen Truppe den Garaus zu bereiten. Ich hatte zuerst gar nicht verstanden, was er meinte. Wir saßen in einem netten Lokal in der Hamburger Meile, die Stimmung zwischen uns war gut. Irgendwie kamen wir auf das Thema mit dem Apotheker. Da fragte mich Boris ganz direkt, ob ich ihm helfen wollte, den Krebs-Mafia-Ring zu beseitigen. Ich habe lange gezögert und abgewogen. Als ich dann antwortete, gab es nur zwei

Prämissen für mich: Keine Bluttat, ich wollte sowas nie wieder riechen. Außerdem wollte ich, dass er dabei ist und mich im Ernstfall unterstützen würde. Beides war für meinen Bruder okay. Er machte den Plan und ich schwöre Ihnen, es war unglaublich einfach. Die junge Angestellte von Schomann wollte grade aus der Tür gehen, als wir ankamen. Wir schlüpften hinter ihr in das Treppenhaus und gingen die Treppe hoch. Schomann's Praxistür war offen. Interessanterweise erkannte er Boris sofort. „Was willst Du?", fragte er schroff. „Dich töten", war die Antwort. Ich hatte ihn schon mit dem Baseballschläger schwer am Kopf getroffen, er sank zu Boden. Wir hebelten ihn in den Sessel, Boris fixierte seine Arme, dann stach ich mit der Spritze zu. Es war so unglaublich einfach. Genauso war es mit dem Paul von Seesen. Auch dieser hatte Boris erkannt, kam aber nicht mehr zu irgendeiner Aussage, er wirkte schläfrig-benommen. Wir stiegen bei dem nächsten Halt in Harburg aus, dort stand mein Auto und gemeinsam fuhren wir zurück." „Sie wissen, dass wir Sie nun wegen Mordes in mehreren Fällen verhaften müssen? Gibt es noch etwas, was Sie uns sagen möchten?" Simon Kaluvka nickte. „Sagen Sie bitte meiner Babsi, dass sie nun keine Angst mehr zu haben braucht. Das ich sie liebe und immer für sie da sein werde." Conny nickte ebenfalls: „Das sagen wir ihr, wenn wir sie treffen. Keine Sorge, Herr Kaluvka." Nach den obligatorischen Sätzen für den Verhafteten verabschiedeten sie sich von dem Immobilien-Makler.

Dieser wurde von zwei Polizisten abgeführt, nachdem sie ihm Handschellen angelegt hatten. Conny sackte auf ihrem Stuhl zusammen und seufzte: „Mensch, Schorsch. Da hat nun einer seine große Liebe gefunden und nun das... Ich finde das Leben ist manchmal traurig". Ihr Kollege nickte. „Joo, aber fad wird`s nie. Lass uns nachher kurz zu der Kleinen fahren und ihre Aussage aufnehmen. Aber nun kommt noch der Bruder Kaluvka, mal sehen, ob er die Aussage stützt."

*

Zwei Stunden später saß Conny bei ihrem ersten Pils und Weissner hatte sich ein Weißbier mit Zitrone organisiert. „Puuuh, was für ein Ritt. Solange haben wir an einem Fall noch nie gesessen. Lieber Schorsch, wir werden alt und behäbig." Dieser trank einen großen Schluck aus seinem Glas und schüttelte lächelnd den Kopf. „Das stimmt nicht, Conny. Das waren zwei Fälle. Erst der tote Chefarzt in seinem Jaguar, dann die Toten um den Jens Andresen. Nö, das haben wir schon ganz gut aufgedröselt, wie Ihr Hamburger zu sagen pflegt. Ich bin stolz auf uns. Vor allem, weil wir bei uns geblieben sind, einen Verdacht nach dem anderen ausgeräumt haben. Nö, das war fei gute Polizeiarbeit." Conny bestellte sich noch ein neues Bier. „Ja, stimmt. Das waren zwei Fälle. Dafür war es ganz ordentlich..." Weissner knuffte seine Kollegin in die Seite. „Was wolltest Du mir noch über

Kai und Eure Trennung sagen?" Mit schelmischem Blick guckte Conny ihren Kollegen an. „Nichts, Schorsch. Das war eine gute Zeit mit ihm. Vielleicht werden wir uns bald mal wiedersehen, an einer Beziehung mit ihm, ob fern oder nah, bin ich sehr interessiert. Alles ist gut, wie es ist. Lass uns was zu essen bestellen. Ich habe endlich mal wieder Hunger." Sie kicherte in sich hinein und stieß mit ihrem neuen Bier gegen das Glas ihres Kollegen. „Wer feiert denn hier so einsam und alleine vor sich hin?" Maike Scholz sah ihre beiden Außendienstkollegen lachend an. Die Tür öffnete sich erneut und Sebastian trat ein, dicht hinter ihm Manfred Zanker, sowie ihr Dienststellen-leiter Dietmar Brodten. Conny riss ihre Augen auf: „Mensch Leute, welch Glanz in dieser Hütte!!! Was freue ich mich über Euer Kommen. Setzt Euch zu uns, toll, dass ihr bei dieser spontanen Feier dabei seid." Eine Hand berührte ihre Schulter. „Hey Liebes, bevor ich in den Süden der Republik versetzt werde, wollte ich es mir nicht nehmen lassen, Dir und Schorsch zu Eurem Erfolg zu gratulieren." Conny sprang auf und umarmte Kai. Selbst Weissner war für einen Moment fast sprachlos, fing sich aber schnell und rief: „Die erste Runde geht auf mich. Ohne Eure Hilfe wären wir noch lange ohne Ergebnis rumgelaufen, vielen lieben Dank." Auch der Pathologe Manfred Zanker wirkte erfreut, dass er dabei sei konnte. „Ich hoffe nun, dass ich nicht arbeitslos werde, sondern weiter genug zu tun habe. Auch von meiner Seite ein Dankeschön und

Gratulation". Er beute sich zu Conny und flüsterte ihr ins Ohr: „Auf deinem Schreibtisch liegen die Ergebnisse von der Untersuchung des verunglückten Schals. Eindeutig der Caroline Meissner und dem Chefarzt zuzuordnen. Gute Arbeit von uns allen!" Mit diesen Worten orderte er beim Wirt mehrere Flaschen Sekt und Gläser für alle zum Anstoßen: „Auf die besten Kriminalen in Hamburg!" Der Abend ging in die Geschichte der Mordkommission ein, soviel geredet, gelacht und gefeiert wurde noch nie gemeinsam!

DANKSAGUNG

Zunächst danke ich meinem liebsten Mann Fred, der trotz seiner beruflichen Anspannung und seinem eigenen Autoren-Stress immer hilfsbereit war und mich in jeder Phase des Buches unterstützt hat.

Danken möchte ich auch seiner Tochter Christina, die mein tolles Cover entworfen hat, und ruhig und gelassen auf meine Layout-Wünsche eingegangen ist.

Meinem/unserem Freund Jan Juhnke ist zu danken, weil er mit Ruhe und Nachsicht auf meine technischen Unzulänglichkeiten reagiert hat. Ohne ihn wäre dieses Buch nie in den Druck gegangen!!!